손 위에 홀로그램처럼 떠오른
「그것」을 보고, 토모야 는 충격을 받았다.
아마 이 세계에 온 뒤로
가장 놀랐다고 해도 될 것이다.

Nagato Yamata
야마타 나가토
일러스트 시소

1

스테이터스 올 인피니티
STATUS ALL INFINITY

적기사라고 불리는
리네와 만남.

"저거 적기사 맞지?
그 B랭크 모험가."

"천만에요! 에헤헷!"

루나리아는 기뻐서 미소를 지었다.

신시아 를 보니,
얼굴이 빨개져서
고개를 숙여버렸다.

다가온 것은
파란 머리를 땋아서 두 갈래로 내린
열두 살 정도의 소녀— 앙리 였다.

"어서 오세요!"

"미안, 기다렸지."

"......토모, 야."

그 목소리를 듣고, 그 등을 보았다.
만난 지 아직 얼마 안 됐지만,
이미 익숙해진 목소리와 익숙해진 등.
그것은, 지금 막 리네가 생각했던
토모야의 뒷모습이었다.

"……네 놈은."

의문을 품은 리네의 귀에,
피네스의 목소리가 들렸다.
대체 어떻게 된 걸까?
리네는 의문을 품으면서
천천히 눈을 떴다.

INTRODUCTION
신에게 받은 은혜가……

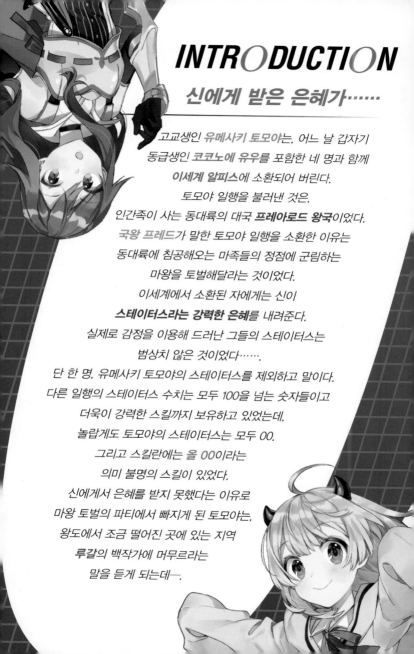

고교생인 유메사키 토모야는, 어느 날 갑자기
동급생인 코코노에 유우를 포함한 네 명과 함께
이세계 알피스에 소환되어 버린다.
토모야 일행을 불러낸 것은,
인간족이 사는 동대륙의 대국 **프레아로드 왕국**이었다.
국왕 프레드가 말한 토모야 일행을 소환한 이유는
동대륙에 침공해오는 마족들의 정점에 군림하는
마왕을 토벌해달라는 것이었다.
이세계에서 소환된 자에게는 신이
스테이터스라는 강력한 은혜를 내려준다.
실제로 감정을 이용해 드러난 그들의 스테이터스는
범상치 않은 것이었다…….
단 한 명, 유메사키 토모야의 스테이터스를 제외하고 말이다.
다른 일행의 스테이터스 수치는 모두 100을 넘는 숫자들이고
더욱이 강력한 스킬까지 보유하고 있었는데,
놀랍게도 토모야의 스테이터스는 모두 00.
그리고 스킬란에는 올 00이라는
의미 불명의 스킬이 있었다.
신에게서 은혜를 받지 못했다는 이유로
마왕 토벌의 파티에서 빠지게 된 토모야는,
왕도에서 조금 떨어진 곳에 있는 지역
루갈의 백작가에 머무르라는
말을 듣게 되는데—.

스테이터스 올 인피니티

1

*STATUS
ALL INFINITY*

야마타 나가토 지음

시소 일러스트
박경용 옮김

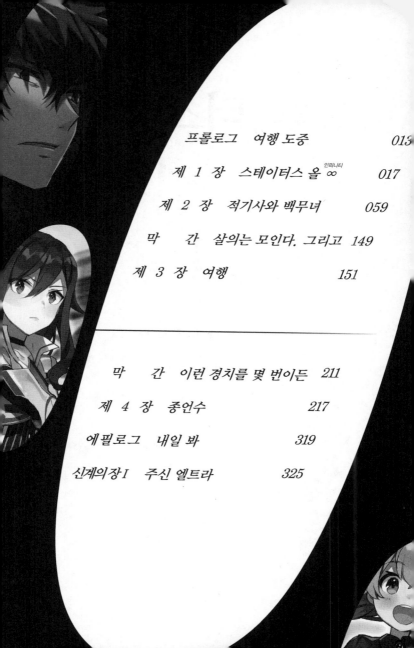

프롤로그　여행 도중　　　　　　　　013

제 1 장　스테이터스 올 $\overset{\text{인피니티}}{\infty}$　017

제 2 장　적기사와 백무녀　　　059

막　　간　살의는 모인다. 그리고 149

제 3 장　여행　　　　　　　　151

막　　간　이런 경치를 몇 번이든 211

제 4 장　종언수　　　　　　　217

에필로그　내일 봐　　　　　　319

신계의 장 I　주신 엘트라　　　325

1

CONTENTS

일러스트 **시소**

스테이올터스

STATUS ALL INFINITY

인피니티

프롤로그 여행 도중

"토모야! 이거!"

토모야가 딱 좋은 크기의 바위를 찾아서 앉자 그 앞으로 한 소녀가 다가왔다. 햇빛을 받아서 반짝반짝 빛나는 은색 머리칼과 깊은 바다 같은 파란 눈을 가졌다. 그리고 머리에는 특징적인 검은색의 뿔이 두 개 있었다. 소녀는 수프가 든 접시를 토모야에게 내밀었다.

"그래. 고마워, 루나."

"천만에요! 에헤헷!"

접시를 받고 머리를 쓰다듬어주자, 그 소녀— 루나리아가 미소를 지으며 기뻐했다. 그녀와 함께 지내기 시작한 뒤로 몇 번이나 본 미소지만, 결코 질리는 일은 없었다. 오히려 점점 더 매력이 늘어나는 것 같다는 생각마저 들었다.

쓰다듬는 쪽도 쓰다듬을 받는 쪽도 행복해서 엄청 행복한 공간을 만들고 있는데, 문득 누가 말을 걸었다.

"이 녀석들. 토모야, 루나. 기껏 만든 수프잖아. 식기 전에 얼른 먹어야지."

그곳에 있는 것은 선혈처럼 붉고 긴 머리칼에 비취색 눈동자를 가진 아름다운 여성이었다. 몸의 주요 부분만 은색 갑옷으로 가린 경장이고, 허리춤에는 검 한 자루를 차고 있었다.

그녀의 표정은 어쩐지 불만스러워 보였다. 토모야는 왜 그런지 생각하다가 이유를 깨닫고 입을 열었다.

"아하. 리네도 루나의 머리 쓰다듬고 싶었구나. 어쩔 수 없지. 교대해줄게."

"너, 너는 대체 무슨 말을 하는 거야! 딱히 그것 때문에 한 말이 아니야."

"리네도 쓰다듬어? 야호, 기뻐라! 자 여기."

"그, 그래. 결코 그러려고 한 말은 아니었지만, 이렇게 됐으니 쓰다듬지 않는 편이 부자연스럽군. 루나, 간다."

어째선지 이제부터 전투에 나서는 것처럼 말한 다음, 그 붉은 머리칼의 여성— 리네가 루나리아의 머리를 쓰다듬었다. 그 순간, 너무나도 기분이 좋았는지 표정이 느슨해졌다. 그러나 그것을 지적하면 화를 낼 것 같아서, 토모야는 입을 다물고 수프를 먹기로 했다.

"맛있네."

루갈에서 피네스 국으로 가는 길에 나타나는 마물들 중에서 가장 맛있다고 정평이 날만 하다. 확실히 러그 보어를 삶은 수프는 그야말로 일품이었다. 마차를 함께 탄 사람들 가운데 요리가 특기인 모험가가 있어서 다행이었다.

'어디 보자……. 그런데 나는 어째서 이러고 있었던 거였더라?'

얼마 전까지는 일본에서 학생으로 생활하고 있었다. 그런데 어째서 평범하게 마물 따위가 돌아다니는 이세계에서 루나리아와 리네 같은 미소녀와 함께 여행을 하고 있을까?

토모야는 천천히, 오늘까지 일어난 갖가지 일을 돌이켜 보았다.

제1장 스테이터스 올 ∞

<small>인피니티</small>

눈부신 빛이 서서히 잦아들었다.

그것에 맞추어 유메사키 토모야는 눈을 떴다.

토모야의 시야에 비친 광경은 호화로운 장식이 된 궁전에 있는 방 같은 곳이었다. 그대로 시선을 돌리며 주위를 둘러보자, 토모야 말고 몇 명이 더 있는 것을 알 수 있었다. 순백의 드레스를 입은 금발의 여성과 그 여성을 둘러싼 중세 귀족 같은 복장을 입은 남성들. 그리고 더욱이 토모야와 마찬가지로 교복을 입은 네 명의 남녀가 있었다.

'무슨 일이 일어난 거지?'

고교생인 토모야는 방금 전까지 수업이 끝난 교실에서 자고 있었을 텐데, 정신이 들고 보니 여기 있었다. 무슨 일이 일어났는지 전혀 이해할 수가 없다.

"여기 어디야! 너희들은 누구야!"

그런 토모야 옆에서, 다갈색 머리칼에 단정한 용모를 가진 남학생─ 코코노에 유우가 외쳤다. 토모야와 같은 반이며, 용모는 단정, 학업은 우수, 운동도 능숙하다는 3박자를 갖추고 있는 반 전체의 인기인이었다.

"맞아. 어째서 우리가 이런 곳에 있는 거야!"

"방금 전까지 교실에 있었지?"

"이해불능."

다갈색 포니테일을 흔들며 큰 소리로 의문을 외치는 소녀, 야나기 유이.

검은 롱 헤어를 나부끼며 상황을 확인하는 소녀, 후나바시 리코.

눈을 가릴 정도로 기른 검은 머리를 만지작거리며 순수한 감상을 말하는 소녀, 사쿠라 미호.

그 세 명도 유우와 마찬가지로 토모야와 같은 반이며, 평상시부터 유우와 함께 행동하는 일이 많았다.

"정숙!"

카앙! 금발의 여성 옆에 있던 남자가 석장으로 땅바닥을 때렸다.

유우 일행이 조용해지는 것을 보고, 남자는 금발 여성 쪽으로 고개를 끄덕였다. 그러자 여성이 한 걸음 앞으로 나섰다.

"동요시킨 것 같아 죄송합니다. 저는 프레아로드 왕국 제2왕녀, 레이나 폰 프레아로드입니다. 이제부터 상황을 설명하겠습니다."

그녀는 현실과 동떨어진 서론을 말한 다음, 설명을 하기 시작했다.

지금 토모야 일행이 있는 이곳은 《프레아로드 왕국》. 세계 《알피스》 안에서도 인간족이 많이 사는 동대륙 《미아레르드》에 위치한 곳이었다.

그리고 미아레르드 옆에 위치한 중앙대륙 《프란릿데》에서, 마족이라고 불리는 대단히 강한 힘을 가진 존재가 때때로 쳐들어오는 탓에 동대륙 사람들이 대단히 힘든 상황이라고 했다.

　현재는 여러 나라가 기사단을 보내서 대응하고 있지만, 그것도 이제 곧 한계를 맞이할 거라고 예상되는 모양이다. 그래서 미아레르드의 대국인 프레아로드 왕국이, 마족의 왕인 마왕을 쓰러뜨리기 위해 이세계에서 용사를 소환하기로 결정했다. 그 용사로서 소환된 것이, 여기 있는 토모야 일행 다섯 명이라고 한다.

　이상이 레이나가 설명한 내용인데, 도저히 믿을 수가 없는 이야기였다. 토모야는 여기가 정말로 이세계인지, 그리고 이세계라고 해도 지금 그 이야기가 모두 정말인지 아닌지에 대해 의문을 품었다.

　그런 가운데, 토모야 옆에서 마찬가지로 이야기를 듣고 있던 유우가 입을 열었다.

　"그렇군. 그래서 우리를 불러낸 거네요. 좀처럼 믿기 어려운 이야기지만, 상황이 이렇다 보니, 일단은 믿기로 할게요."

　그 말은 토모야가 품은 감상과 그리 큰 차이가 없었다. 극단적으로 말해서, 지금 그 이야기가 정말인지 거짓말인지는 상관이 없다. 토모야 일행은 그녀의 말을 따르는 수밖에 없다.

　만약 정말이었을 경우는 그녀들에게 악의가 없다는 것이니, 일단 따라도 문제는 없다. 오히려 거짓말이었을 경우가 문제다. 그 요청을 받아들이지 않으면 신경을 거스르게 되어, 무슨 일을 당할지 알 수 없었다.

어느 쪽이든 어느 정도 대책을 생각해 둬야겠다. 그렇게 생각하면서, 토모야는 레이나의 다음 말을 기다렸다.

"이러한 이야기를 믿어주셔서 감사합니다. 다음은, 앞으로에 대해서—"

"들어가마."

레이나의 말에 끼어드는 목소리와 함께, 방의 문이 열렸다. 그리고 사나운 생김새에 하얀 수염을 기르고, 호화로운 망토를 입은 남성이 들어왔다.

그러자, 토모야와 유우 일행을 빼고 모두의 표정이 일제히 변하더니 고개를 숙였다. 그 남성은 토모야 일행을 한 번 보더니 고개를 끄덕였다.

"좋은 자들이 모인 모양이군. 내 이름은 프레드 폰 프레아 로드. 이 나라의 왕이다. 다들 고개를 들라."

프레드라고 이름을 밝힌 남성은 전원이 고개를 드는 걸 보고서 말을 이었다.

"앞으로에 대한 이야기는 내가 직접 말하지. 그대들은 이제부터 특별 훈련을 받고, 언젠가 마왕을 쓰러뜨려야 한다."

"저기…… 말을 끊어서 죄송합니다만, 잠깐 괜찮을까요? 일단 사정은 알았습니다. 그렇지만 신경 쓰이는 점이 몇 가지 있어요. 애당초 저희들한테 마왕이라는 자와 싸울 힘이 있는 건가요? 그리고 본래 세계로 돌아갈 방법이 있는지 없는지도 알고 싶은데요—"

"그래. 일단 후자부터 대답하지. 그대들이 귀환할 방법은 있다. 다만 그것을 알고 있는 것은 탁월한 마법의 지식을 가진 마왕뿐이다. 따라서, 귀환하기 위해서는 반드시 마왕을 쓰러뜨리고 그 정보를 알아내야 한다."

"무슨……."

프레드의 말에 망연해지는 유우 일동. 토모야도 무심코 눈썹을 치켜 올리지 않을 수 없었다. 자기들이 이세계에서 용사를 소환해놓고서는, 본래 세계로 돌려보내기 위한 수단을 모른다는 게 있을 수 있는 일일까? 그리고 어째서 마왕이라면 그 방법을 알고 있다고 확신하는 건지 알 수가 없다. 이렇게 되면, 방금 전까지 들은 설명이 정말인지 아닌지도 의심스러워진다.

"염려 말라. 그대들에게는 그것이 가능한 힘이 있다. 지금부터 그것을 말해주마― 여봐라, 다섯 명의 스테이터스 카드를 준비해라. 감정과 기록은 내가 하지."

토모야 일행이 보내는 의심스런 시선을 느꼈는지, 프레드는 다음 행동으로 이행했다. 그가 지시하자, 뒤에서 대기하고 있던 집사복을 입은 남성이 프레드에게 다섯 장의 카드를 건넸다. 신용카드보다는 크고, 엽서보다는 작은 사이즈다.

프레드가 다섯 장을 펼쳐서 들고 말했다.

"이것은 스테이터스 카드라고 불리는 것이다. 이 세계에서는, 인간족, 아인족, 수인족, 마족, 용족 등 갖은 종족에게 신 ― 주신 엘트라께서 은혜를 내려주신다. 보통은 생각할 수 없을 정도의 힘이지. 그 은혜를 문자나 수치 따위로 변환한 것을, 여기에 새길 수 있는 것이다. 그것을 우리는 스테이터스라 부른다."

"그럼, 저희들한테도 그 스테이터스라는 게 있는 건가요?"

"그래. 게다가 이세계의 용사는 보통과는 차원이 다른 은혜를 받는다고 하지. 지금부터 내가 【감정】 스킬을 사용해서 그것을 실제로 확인하도록 하겠다."

감정. 스킬. 게임 따위에 흔히 나오는 단어다. 따라서 어느 정도 추측은 할 수 있었다. 그러나 자세하게 알아두고 싶으니까 그것들에 대해 이것저것 질문을 하려고 했지만, 묻는 것보다 빠르게 프레드가 일단 유우에게 시선을 돌렸다.

"감정 발동— 아니, 이것은!"

무언가를 외치자마자, 프레드가 눈을 부릅뜨고 놀라움을 드러냈다. 대체 무슨 일인지 몰라 다들 의문을 품는 가운데, 그는 스테이터스 카드 한 장을 강하게 움켜쥐고 흥분한 기색으로 외쳤다.

"이거 놀랍군. 어마어마한 스테이터스야. —좋아, 옮겨 적었다. 보도록 해라."

그가 내민 스테이터스 카드에는, 이렇게 적혀 있었다.

코코노에 유우, 17세, 남자, 레벨: 1
직업: 용사

공격: 300 방어: 300 민첩: 300

마력: 300 마공: 300 마방: 300

스킬: 언어 이해, 전속성 마법 Lv4, 검술 Lv4, 마력 조작

Lv4, 마력 회복Lv4, 자동 치유 Lv4, 신기 적성 Lv1, 영웅

화 Lv1

"보통 레벨 1 상태에서 공격을 포함한 각 스테이터스는 10, 스킬 Lv은 1이 평균적이다. 그런 가운데 이 정도의 수치가 나오다니, 수천 년에 한 번 나오는 인재라고 해도 과언이 아니다!"

그 스테이터스가 이 세계의 상식을 훨씬 넘어서는 것이었는지, 다들 유우의 실력에 환성을 질렀다. 기분 탓인지 유우도 우쭐거리는 표정을 지었다.

이어서 야나기, 후나바시, 사쿠라의 순서로 프레드가 감정을 사용하여, 그 결과를 스테이터스 카드에 적었다.

세 명의 스테이터스도 유우 정도는 아니지만 압도적인 수치가 나타나서, 더욱 자리의 분위기를 띄웠다. 이 자리에 있는 모두가 신기한 분위기에 휩쓸리고 있었다. ―단 한 명, 아직 자기 스테이터스를 모르는 토모야를 제외하고.

'그러면…… 다음은 내 차례구나.'

"남은 것은 그대뿐이군."

토모야의 내심을 읽은 건 아니겠지만, 타이밍 좋게 프레드가 앞으로 다가왔다. 앞선 네 명이 찬사를 받는 결과를 내지 않았는가. 아직 조금 의심을 품고 있는 토모야도 무심코 꿀꺽 침을 삼켜버렸다.

"감정 발동— 아, 아니, 이것은!"

그것은 유우의 스테이터스를 봤을 때와 같은 말이었다. 그러나 어쩐지 좀 다른 기색이었다. 유우 때는 기쁨과 흥분이 뒤섞인 반응이었던 것에 비해, 이번에는 그저 하염없이 순수하게 놀랐다는 모습—.

토모야가 품은 의문은, 다음 순간에 걷히게 되었다.

"—스테이터스 올 00이라고?! 신께서 아무런 은혜도 내려 주지 않았단 말인가!"

"……어?"

한순간 무슨 말인지 알 수 없었다.

그저 그 외침에 좋은 의미가 담기지 않았다는 것은 느낄 수 있었다.

"설마, 이런 일이 일어날 수 있다니……."

프레드는 한 손을 이마에 대고서, 지친 기색으로 마지막 한 장의 스테이터스 카드를 내밀었다. 거기에 적힌 내용을 보고, 토모야는 프레드가 한 말의 의미를 알았다.

'이건…….'

유메사키 토모야, 17세, 남자, 레벨: 00
직업: 00 사용자

공격: 00 방어: 00 민첩: 00

마력: 00 마공: 00 마방: 00

스킬: 올 00

거기에는, 레벨부터 각 스테이터스의 수치까지 모두 00이라는 숫자가 적혀 있었다. 이 결과가 가리키는 의미는 토모야도 이해할 수 있었다. 다시 말해서, 토모야에게는 스테이터스라고 불리는 신이 내려주는 은혜가 무엇 하나 주어지지 않은 것이다.

방금 전 유우 일행 때하고는 다른 술렁거림이 실내에 퍼졌다. 이것은 대체 어떻게 된 걸까? 이러한 사태가 있을 수 있는 걸까? 그를 마왕 토벌에 참가시키는 것이 가능한 것인가? 상상도 못해본 사태에, 모두가 예외 없이 당황하고 있었다.

"잠시 기다려라. 긴급 사태이니, 이제부터 특별회의를 집행하여 그대의 처우를 정하겠다."

프레드가 그 말을 남기고, 방에 있던 남성진을 이끌고 밖으로 나갔다. 이 자리에 남겨진 것은 용사로 소환된 토모야 일행과 제2왕녀인 레이나뿐이다.

기묘한 분위기가 실내를 지배하고 있었다. 그런 가운데, 레이나가 미안한 기색으로 토모야 곁에 다가왔다.

"그게…… 일이 이렇게 되어버려서, 참으로 죄송합니다."

"아니, 괜찮아."

레이나의 말을 듣고 토모야는 담백하게 대답했다. 사실 그런 것보다, 다른 생각이 사고 영역을 가득 메우고 있었기 때문에 그렇게 대답하는 것이 고작이었다.

프레드가 건넨 스테이터스 카드를 보고, 토모야는 어떤 의문을 품었다.

'신이 내린 은혜가 없어. 그건 이해했지만 어째서 0이 아니라 일부러 00이라고 표시하지? 그리고 이 스킬은 뭐지? 올 00이란 건 대체…… 스킬이 하나도 없는 것하고 뭐가 다른 거지?'

혼자서 아무리 생각해도 대답은 나오지 않는다. 애당초 토모야가 가진 이 세계의 지식은 아직 아주 조금밖에 없으니 그것도 당연하다.

일단 이 자리에서 대답을 찾는 걸 포기하고 생각하는 것을 멈추려고 하는데 문득 옆에 누군가 다가온 기척을 느꼈다. 돌아보자, 그곳에 유우가 있었다. 그가 조금 고민스런 태도로 입을 열어—

"……유메사키, 너는—"

"들어간다."

유우가 마지막까지 말을 하는 것보다 빠르게, 프레드가 다시 방으로 들어왔다. 어느샌가 그렇게 긴 시간이 지나버린 것일까?

프레드는 몇 명의 집사와 병사를 이끌고 와서 토모야 앞에 유유히 섰다.

"그대의 이름을 물어봐도 되겠는가?"

"……유메사키 토모야입니다."

"그렇군. 유메사키 토모야로군. 그대의 처우가 정해졌다. 이제부터 그것을 전달한다."

'……오는구나.'

토모야는 약간 경계했다. 이세계, 용사 소환, 무능하다면 이 다음 전개도 어느 정도는 상상이 된다. 결론부터 말하자면, 내치는 것이다. 문제는 그 방법이었다. 방해꾼으로 처분을 할까? 아니면 아무 준비도 없이 추방이라도 당하는 걸까? 조금이라도 나은 상황을 만들기 위해 교섭을 할 마음가짐을 다져야 한다.

그렇게 생각하여 각오를 굳힌 토모야에게, 프레드가 고했다.

"그대의 힘으로는 마왕과 싸우는 것은 어렵다. 개죽음이 고작일 것이야. 따라서, 마왕 토벌에 보낼 수는 없다. 따라서 다른 네 명의 용사가 마왕을 토벌하여 본래 세계로 귀환하는 방법을 발견할 때까지, 왕도에서 남쪽에 위치한 도시 루갈에 있는 백작가의 식객이란 형태로 체재하라."

"어?"

그것은 예상 못한 제안이었다.

"그러니까, 그건 다시 말해서, 마왕을 토벌할 때까지 내 안전을 보장해준다는 건가요?"

"그렇고말고."

'……진짜냐.'

예상했던 것보다 훨씬 나은 제안이었다. 토모야로서는 바람직하다. 교섭을 할 필요도 없다. 물론 순순히 받아들이기로 했다.

"알겠습니다. 그렇게 부탁드립니다."

사실 토모야는 이세계에 불려온 것이나 은혜를 무엇 하나 받지 못한 것, 그것들에는 불만이 없었다. 솔직히 기껏 이세계에 왔는데 힘을 받지 못한 것에는 불만이 있지만, 이세계에 대한 흥미가 조금 더 강했다.

요컨대, 자신은 용사 소환에 엉뚱하게 말려든 존재에 지나지 않는다. 유우 일행이 마왕을 쓰러뜨리는 사이, 가능한 이세계를 즐겨보자. 그렇게 생각했다.

이튿날 이른 아침. 토모야는 객실에서 하룻밤을 지낸 다음, 준비를 마치고 프레아로드 왕국의 왕성 밖으로 나왔다. 그곳에는 커다란 마차 한 대와 마부 한 명, 그리고 갑옷을 입은 기사들이 몇 명 있었다. 그들이 토모야를 루갈이라는 도시까지 데려가주는 모양이다.

왕도에서 루갈까지 이어지는 가도에는 마물이라고 불리는 존재도 나타나는 모양이라 호위가 필요하다고 했다. 참으로 배려가 넘치는 일이다.

배웅은 없다. 유우 일행은 빨리도 마왕을 쓰러뜨리기 위한 특훈을 시작했다. 같은 반이라지만, 애당초 그들과 자주 대화하는 사이도 아니었기 때문에 딱히 쓸쓸함 따위는 없었다.

"이제 슬슬 출발할 건데, 괜찮겠습니까?"

"네, 부탁드립니다."

마부의 말에 긍정하고, 토모야는 마차에 올라탔다. 마부는 마부석에, 그리고 토모야와 기사들은 뒤에 타게 되었다.

이렇게 토모야는, 이세계에 와서 처음 발을 디딘 도시에서 여행을 떠나게 되었다.

도시를 둘러싼 거대한 성벽을 빠져나가자, 정성스럽게 포장된 커다란 가도 하나가 이어지고 있었다. 가도의 양 옆에는 예쁘게 정돈된 녹지가 펼쳐지고, 강한 바람이 불자 풀도 흐름에 몸을 맡기듯 커다랗게 흔들렸다. 끝없이 이어지는 광대한 경치. 앞날에 대한 기대가 높아지는 것도 어쩔 수 없는 일이다.

돌이 깔린 길을 마차가 나아간다. 바퀴가 회전할 때마다 머리에 남을 것처럼 소란스런 소리가 울려 퍼진다. 이 또한 토모야가 들어본 적이 없는 소리여서, 지금까지 살고 있던 곳과 다른 장소에 왔다는 사실을 여실하게 이야기하는 것 같았다.

토모야 일행을 태운 마차는 얼마 동안 딱히 문제없이 순조롭게 나아갔다. 도시에서 멀어질수록 정비가 어려워지는지 가도의 포장이 조금씩 벗겨지고, 길이 일정하지 않은 잡초나 신비로운 색을 한 꽃 따위가 늘어났다. 서서히, 사람들이 제대로 손볼 수 없는 장소까지 온 것이다.

토모야가 그런 생각을 하고 있을 때, 「그것」이 나타났다.

"一윽."

마차가 갑자기 브레이크를 걸더니 어마어마한 기세로 감속했다. 바퀴와 가도가 마구 쓸리는 소리와, 마차가 격렬하게 흔들리는 감각이 토모야를 덮쳤다.

"무슨 일인가요?!"

무슨 일이 있었는지 확인하려고 옆에 있던 기사에게 묻자 그가 혈색이 바뀌어 말했다.

"마물이 나온 거야! 너는 여기 있어라! 우리가 금방 토벌하고 오지!"

그가 외치고, 기사들이 한 명만 남기고 무기를 손에 들더니 밖으로 나갔다. 마차 안에 남은 토모야는 머릿속으로 방금 전에 들은 말을 반추했다.

'마물이라고 했지? 그리고 지금부터 싸운다고? ……보고 싶어'

여기가 이세계라는 증거. 그것을 자기 눈으로 확인할 수 있는 기회가 갑자기 찾아왔다. 토모야의 흥미를 부추기기에는 충분한 것이었다.

"어, 야!"

"죄송합니다. 조금만요!"

호위 기사가 제지하는 것을 뿌리치고, 토모야는 마차에서 뛰쳐나갔다.

그리고 토모야는 그 광경을 분명히 보았다.

"그르르르르……."

뾰족한 회색 털가죽에 날카로운 적색의 눈을 가진, 거대한 늑대와 닮은 짐승. 네 개의 발톱으로 땅을 힘차게 할퀴고, 초원에서 몸을 숙인 채 으르렁거린다. 그 짐승이 머리를 좌우로 흔들자 적색의 눈이 허공에 잔상을 남겼다.

바깥에 나간 기사들은 무기를 겨누고서 그것을 둘러쌌다. 각자 검과 창 따위를 들고 있지만, 한 명만 맨손이었다.

'저 사람은 무기가 없어도 괜찮은 거야?'

토모야가 그런 의문을 품은 순간, 그 기사가 짐승에게 양손을 겨누고 외쳤다.

"아이스 샷."

"……!"

무심코, 토모야는 자신의 눈을 의심했다. 방금 전까지 아무것도 없던 기사의 손에서, 갑자기 얼음 덩어리가 나타나 짐승을 향해 날아갔기 때문이다. 뒤늦게 깨달았다. 그래. 저건 분명히 마법이라는 거다.

"크그르!"

늑대 같은 짐승은 어마어마한 반사속도로 얼음 덩어리를 피했다. 그러나 그것도 기사가 노린 바였던 모양이다. 늑대가 피해서 간 곳에는 이미 검을 겨눈 다른 기사가 기다리고 있었다.

은색의 칼날이 짐승의 몸통을 벤다. 그 자리에서 힘차게 피분수가 뿜어져 나왔다. 그 광경을 보고서도 그들은 방심하지 않고, 훌륭한 연계를 보이며 추가로 공격했다. 검으로 한 번 더 베고 창으로 두 번 찌르는 과정을 거쳐, 그 짐승은 완전히 숨이 끊어졌다.

'굉장해……. 이게 이세계의 싸움이구나.'

토모야는 그 싸움에서 처음부터 끝까지 눈을 떼지 못했다. 지금까지 만화나 애니메이션 안에서밖에 본 적이 없었던 싸움이 이렇게 현실에서 펼쳐진 것이다. 아마도 지금 이 싸움보다 훨씬 고도의 싸움마저도, 이 세계에는 산더미처럼 넘치고 있으리라.

따라서 생각했다. 한 번은 납득을 해버렸지만, 역시 나에게도 싸우기 위한 힘이 있었으면 좋겠다. 그것만 있으면 그들처럼 마물과 싸우고, 그리고 이 넓은 세계를 여행하여 갖가지 광경을 볼 수 있을 텐데…….

이제 이룰 수 없게 된 소망을 품으면서, 토모야는 멋대로 마차에서 뛰쳐나간 것 때문에 기사들에게 주의를 받은 다음, 다시 루갈을 향해 출발했다.

그리고 며칠 뒤, 토모야를 태운 마차는 루갈에 도착했다.

루갈이라고 불리는 그 도시는 거대한 원형 성벽이 도시 전체를 둘러싸고 있었다. 눈앞에 우뚝 선 그 견고한 모습을 보고, 토모야는 무심코 말을 잃고 말았다.

토모야 일행의 목적지는 이 도시를 다스리는 영주인 백작의 집이었다. 귀족들이 사는 곳은 북부지구에 있기 때문에, 토모야 일행은 북문을 통해 성벽을 넘어 루갈에 발을 들였다. 거리에는 유럽풍이라고 말하면 금방 떠오르는 어엿한 건물이 늘어서 있었다. 마차가 돌이 깔린 길을 달리고, 이윽고 목적지에 도착했다.

"……굉장하다."

영주의 집이라 그런지 주변에 있는 저택과 비교해도 훌륭한 건물이었다.

기사 한 명이 먼저 가서 사람을 부르는 사이에 마차에서 내려 기다렸다. 곧 커다란 문이 열리더니 여성 한 명이 안에서 나왔다.

허리춤까지 자란 굽이치는 금색 머리칼이 햇빛을 받아 반짝이고 있었다. 커다랗고 파란 눈동자와 티없는 피부를 가진, 대단히 귀여운 여성이었다. 왕성에서 만난 레이나도 같은 금발이었지만, 눈앞에 있는 그녀가 훨씬 활발한 인상을 주었다.

그녀는 토모야 앞까지 오더니, 살며시 인사를 하며 말했다.

"처음 뵙겠습니다. 당신이 유메사키 토모야 씨로군요. 이야기는 이미 들었습니다. 제 이름은 신시아 폰 에르니아치. 이곳 일대를 다스리는 영주인 아버지의 외동딸입니다. 앞으로 잘 부탁드립니다."

"네. 잘 부탁드립니다."

자기소개를 한 신시아는 해맑은 미소를 지으며 토모야를 보았다.

'생각보다 환영해주는 분위기네.'

난생 처음 보는 사람이 자기 집에 찾아오는 것이다. 보통을

싫어하지 않을까? 토모야는 그렇게 생각하고 있었다. 그러나 여기는 이세계다. 토모야의 상식이 통하지 않는다. 어쩌면 귀족이라서 손님에 익숙한 걸지도 모른다고 결론을 내렸다.

"안에서 아버님이 기다리고 있어요. 저를 따라오세요."

신시아의 말하자, 토모야는 그녀를 따라 건물로 들어갔다.

신시아를 따라가서 도착한 곳은 번쩍거리는 장식품이 놓인 훌륭한 응접실이었다. 낮은 테이블이 가운데 놓여 있고 테이블 양 옆에는 푹신푹신한 소파가 있었다. 그 소파에 남성 한 명이 앉아 있었다.

짙은 다갈색 머리칼을 가졌고, 마흔이 될까말까한 모습이다. 남성은 토모야가 들어온 것을 깨닫고 조용히 일어서더니 가까이 다가왔다. 겉모습보다도 행동에서 더욱 힘이 느껴졌다.

남성은 토모야 앞에 다가와 손을 내밀었다.

"내 집에 잘 왔네. 나는 이 집의 주인인 릿셀 폰 에르니아치야. 요전에 찾아온 사자에게 대략적인 사정은 들었어. 느긋하게 지내도록 하게."

"유메사키 토모야입니다. 이쪽이야말로, 잘 부탁드립니다."

마찬가지로 토모야도 손을 뻗어 악수를 나누었다.

"그러면 앞으로에 대한 이야기를 하지. 그쪽에 앉게나."

"네."

그가 권하는 대로 소파에 앉았다. 맞은편에는 릿셀이 앉고, 신시아는 토모야 옆에 나란히 앉았다.

"그러면, 이야기를—."

"저기, 이야기를 시작하기 전에 잠깐 괜찮을까요?"

"음? 뭔가?"

처음에 물어봐야 할 중요한 질문이 있다. 그 대답에 따라서, 앞으로 토모야가 어떻게 대응해야 할지도 바뀌기 때문에 면밀하게 물어보기로 했다.

"방금 전에 하신 말씀을 들어보니 사정을 들었다고 하셨습니다만, 그건 어느 정도까지…… 인가요?"

"그렇군. 그것이군. 폐하께는, 자네가 이세계에서 소환된 용사지만 싸우는 힘을 가지지 못한 까닭에, 귀환할 때까지 여기서 식객으로 대하라는 말을 들었네."

"……알겠습니다. 고맙습니다."

이것 또한 토모야의 예상을 뒤엎는 것이었다. 보통은 자신이 이세계의 인간이라는 중요한 정보를 말하지 않을 것 같았다.

"다만, 그 사정을 들은 것은 나와 내 딸인 신시아 뿐이야. 폐하께서도, 더 이상 그 이야기가 퍼지지 않도록 하라고 하셨네. 자네도 충분히 조심을 하게나."

그렇게 생각하는 토모야의 마음을 읽은 건 아니겠지만, 이어서 릿셀이 그 의문에 대한 대답을 해주었다.

그것을 듣고서야 토모야도 납득할 수 있었다. 유우 일행은 이제부터 이세계의 용사로 활약하게 될 것이다. 그런 가운데 같은 입장으로 소환되었지만 힘이 없는 존재가 있다는 게 국민들에게 알려지는 건, 그다지 좋은 일이라고 하기 어려울 것이다. 이세계에서 소환된 용사. 이것을 브랜드라고 표현하는 것이 옳은 건지는 알 수 없지만, 국민이 품는 기대감 따위가 적지 않게 흐려져버리는 건 틀림없을 것이다.

토모야로서도 귀찮은 일에 말려들고 싶지는 않다. 자신이 이세계에서 소환된 인간이라는 것은 숨기기로 결심했다.

"그러면, 이번에야말로 본론에 들어가지. 일단은 그렇군……. 자네는 이 세계에 대해 어느 정도 설명을 들었지?"

"그게, 분명히 기억하고 있는 범위에서는—."

소환되었을 때 레이나가 설명해준 내용을 떠올리면서 말했다. 이 세계의 이름은 알피스이고, 지금 자신들이 있는 곳은 동대륙 《미아레르드》라고 불리는 대륙 안에 있는 《프레아로드 왕국》이다. 그리고 옆에 있는 중앙대륙 《프란릿데》에서 쳐들어오는 마족이라는 존재에게 고통 받고 있다고.

토모야의 이야기를 마지막까지 들은 릿셀은 고개를 끄덕였다.

"그렇군. 그러면 그것에 보충하는 형태로 이야기를 진행하지. 일단은 그래…… 신시아, 지도를 가져다주겠니?"

"알겠습니다, 아버님."

신시아가 일어서더니 그대로 응접실을 나섰다. 몇 분 뒤, 돌돌 말린 종이를 한 장 가지고 돌아왔다. 이야기의 흐름을 봐서 저것이 지도이리라.

신시아는 지도를 책상 위에 펼쳐두고 다시 소파에 앉았다. 토모야는 무심코 몸을 내밀어 지도를 보았다.

보아 하니 이 세계는 커다랗게 다섯 대륙으로 나뉘어 있는 모양이었다. 중심에 한층 커다란 대륙이 있고, 거기서부터 네 장의 꽃잎이 피어난 것처럼 대륙이 이어져 있다.

"이것이 이 세계의 지도야. 하나하나 설명을 하지."

릿셀의 설명을 종합하면, 다음과 같았다.

마족이 많이 사는 중앙대륙 프란릿데. 여기에 마왕이 있다고 한다.

인간족이 많이 사는 동대륙 미아레르드. 현재 토모야가 있는 장소다.

엘프족이나 드워프족 같은 아인족이 많이 사는 북대륙 아르스나.

용족이나 용종이 많이 사는 서대륙 드라그나.

그리고 마지막으로, 수인족이 많이 사는 남대륙 프루나.

각 대륙에 사는 종족의 설명을 들었지만, 이것은 어디까지나 다수를 점하는 것에 지나지 않는 모양이다. 예를 들어 미아레르드에도 아인족이나 수인족이 일정한 비율은 존재한다. 아마도 앞으로 미아레르드를 벗어날 일이 없을 토모야였지만, 이런 지식은 만약을 위해 기억해두는 편이 좋다고 한다.

세계에 대한 대략적인 설명을 마치고, 이야기가 다음으로 이어졌다.

"그리고 다음으로 알아야 할 것이 이 도시 루갈에 대해서일 거야. 그러나 이것에 관해서는 실제로 도시를 보면서 설명을 듣는 편이 이해가 잘 되겠지."

"그렇다면 아버님, 제가 토모야 씨를 안내할게요. 토모야 씨가 이 집에 살게 되면서 필요해지는 것도 많이 있을 거라고 생각하니까, 그것도 함께 사올게요."

"······토모야 씨?"

신시아가 말하고 있지만, 갑자기 이름으로 불린 것에 대해 토모야가 무심코 반응해 버렸다. 신시아도 그의 말을 듣고서 고개를 갸우뚱거렸다.

"왜 그러시나요? 토모야 씨. 뭔가 실례되는 말을 해버린 걸 까요?"

"아니, 그게 아니라. 갑자기 이름으로 불러서 조금 놀란 것 뿐이에요. 너무 신경 쓰지 마세요."

"······그러니까, 유메사키가 이름이고, 토모야가 성이 아닌 건가요?"

"우리가 있던 나라에서는 성이 먼저고, 뒤에 이름이 붙어 요. 그러니까 유메사키가 성이고 토모야가 이름이 됩니다."

이야기를 하면서 이 세계에서는 이름이 해외 같은 순서라는 것을 이해하고, 앞으로는 토모야 유메사키라고 자기소개를 하 기로 결정했다. 창피를 당하기 전에 깨닫게 해준 신시아에게 감사를 해야겠다.

"하지만, 이걸로 이제부터는 실수하지 않겠네요. 가르쳐 줘 서 고마····· 응?"

"저기, 그러니까, 그렇다면, 저는 처음 대면한 분인데 허락도 없이 이름을 불러버렸다는 건가요? 우우우, 창피해요······."

정작 신시아를 보니, 토모야를 이름으로 불러버린 것이 창피한 건지 얼굴이 빨개져서 고개를 숙여버렸다. 그 정도로 수치를 느낄 일은 아니라고 생각하는데. 토모야는 마음속으로 중얼거렸다.

"딱히 이름으로 불리는 게 싫었던 게 아니니까 그렇게 풀이 죽이 않아도 돼요. 그대로 토모야라고 불러주는 편이 더 좋아요. 그리고 저도 이제부터 성이 같은 사람이 두 명 있는데 에르니아치 씨라고 부를 수는 없으니까요. 당신만 좋다면 저도 신시아 씨라고 불러도 될까요?"

앞에 앉은 릿셀을 한 번 본 다음, 위로하는 것처럼 토모야가 말했다. 릿셀은 익숙지 못한 딸의 반응을 흥미로운 기색으로 바라보기만 하고, 토모야의 말을 막으려는 낌새가 없었다. 토모야의 제안을 들은 신시아는 천천히 심호흡을 한 다음, 조금 창피한 기색으로 웃으며 입을 열었다.

"물론, 그렇게 불러주셔도 상관없어요. 저도 토모야 씨라고 부를게요. 그리고 애당초, 서로 존댓말을 쓰는 게 조금 어색하네요. 괜찮으시면 토모야 씨도 평소와 같은 말투로 이야기를 해주세요. 저는 평소부터 이렇게 말을 하니까 바꾸는 건 조금 어렵지만요……. 그렇죠. 괜찮다면 그냥 신시아라고 부르셔도 괜찮아요."

"괜찮을까요?"

"네, 저도 그러는 편이 기뻐요."

"……그럼, 신시아. 새삼 잘 부탁해."

"네. 이쪽이야말로 잘 부탁드립니다."

토모야와 신시아는 서로에게 미소를 짓고, 새삼 악수를 나누었다. 비단결처럼 매끄러운 피부가 꼬옥 손에 밀착되는 감촉은, 아마도 몇 번을 반복해도 익숙해지지 않으리라.

"……어흠. 이제 슬슬 괜찮을까?"

"앗, 네."

"네, 네에. 아버님. 죄송합니다."

릿셀이 헛기침을 하자 제정신을 차린 토모야와 신시아가 황급히 손을 놓았다. 릿셀은 그 모습을 바라보고 웃으며 말했다.

"하핫. 그렇게 당황할 것 없어. 딸이 또래와 사이좋게 지내는 건 좋은 일이야. 토모야 군, 부디 딸을 잘 부탁하지."

"아, 네……."

어쩐지 좀 이상한 대화가 되지 않았나 의문스럽게 생각하면서도, 일단 수긍했다.

그리고 잠시 대화를 나눈 다음, 이번에야말로 토모야는 신시아의 안내를 받아 장보기와 도시 산책을 가게 되었다.

─그를 기다리고 있는 경악의 사실과, 하나의 만남을 모른 채.

루갈의 동부지구는 상업지구라고 불린다. 도시의 중심에 분수가 있는 대광장이 있고, 대광장에서 동쪽을 향해 대로가 뻗어 있다. 그 양 옆에 이어지는 형태로 갖가지 가게나 상점이 늘어서 있는 것이다. 길의 중앙을 달리는 마차를 피하기 위해 길의 가장자리로 치우치면서, 토모야와 신시아는 천천히 나아가고 있었다.

"……굉장한걸."

그 광경을 바라보면서, 토모야는 감탄을 흘렸다.

일본에서는 보지 못한 신비로운 형태를 한 건물. 매직 아이템 따위로 불리는 흥미로운 물건이 놓인 가게가 평범하게 늘어서 있었다. 그것들도 물론 놀라웠지만, 그 이상으로 도시를 걷는 사람들을 보면서 놀랐다.

부자연스럽게 길고 끝이 뾰족한 귀를 가진 여성, 개의 귀와 꼬리를 가진 아이들 등등. 비율은 많지 않지만, 토모야가 아는 인간과 전혀 다른 존재가 평범하게 도시를 걷고 있었다. 코스튬 플레이 따위의 완성도가 아니다. 다시 말해서 그런 것이다.

"있지, 신시아. 저 사람들은……."

"아아, 엘프족과 수인족 분들이군요. 분명히, 토모야 씨가 있던 세계에는 없었다고 하셨죠."

다시 말해서, 그들은 토모야에게는 공상 속의 존재였던 자들이었다. 기분이 고양되는 것도 어쩔 수 없다. 돌격 인터뷰 같은 걸 하면 혼나려나? 혼날 테니까 그만 둬야지.

토모야에게 놀라운 것은 그들뿐이 아니었다. 평범한 인간조차도 충격의 대상이었다. 왜냐하면, 갑옷을 입고 검을 허리에 찬 사람들이 주변 가게에서 평범하게 장을 보고 있었다. 마물이라고 불리는 적이 있는 세계니까, 도검류 소지에 관한 법률 따위는 당연히 존재하지 않는 것이리라. 도시로 나서자 새삼 알 수 있는 본래 세계와의 차이점이 산더미 같았다.

"토모야 씨, 저 분들이 신경 쓰이는 건가요?"

토모야가 그들을 보고 있다는 걸 눈치챈 신시아의 물음에 고개를 끄덕이자, 그녀가 이어서 설명해주었다.

"그들은 이른바 모험가 분들이네요. 사실 이곳 루갈은 모험가의 도시라는 별명으로 불리고, 많은 모험가가 살고 있어요. 남부지구에는 모험가 길드가 있으니까 평소에는 그쪽에 많은 모험가 분이 있습니다만, 장을 보러 올 때는 이쪽으로 오는 모양이네요."

"그렇구나. 모험가구나."

이 또한 토모야의 흥미를 부추기는 단어였다. 모험가 길드라고 하면, 이세계에 와서 가보고 싶은 장소 랭킹 제1위(내부 조사)다. 만약 기회가 된다면 가보고 싶었다.

물론 마물과 싸울 힘이 없는 토모야가 간다고 해도, 제대로 된 일이 생기지 않을 거라는 것은 예상이 된다.

그건 그렇고, 토모야는 주위에서 자신들을 보는 시선이 많은 것을 문득 깨달았다. 적의 같은 것이 있는 건 아니고, 순수하게 흥미의 시선이 많았다. 어째서 그렇게 되는 건지 의문스럽게 생각했지만, 자신의 몸을 보고 이유를 알 수 있었다. 아마도 지금 토모야가 입고 있는 교복이 이 도시에서는 눈에 띄는 것이다. 갑옷은 평범한데 교복에 위화감이 있다니, 그야말로 그것 자체에 위화감이 느껴지지만 어쩔 수 없다.

"신시아. 일단 옷을 사고 싶은데 상관없을까?"

"그렇네요. 그렇게 해요."

토모야의 제안한 의도를 이해했으리라. 신시아는 살짝 미소
지으며 고개를 끄덕였다.

　"이거면 될까?"

　"네, 잘 어울려요."

　복장은 딱히 고집하는 부분이 없으니까, 간소한 검은 바탕
의 셔츠와 짙은 남색 바지를 구입하여 입어봤다. 이제는 주위
에 녹아들 수 있을 거라고 신시아가 보증을 해줬으니, 앞으로
를 위해서 비슷한 옷을 몇 벌 사뒀다.

　"미안해. 돈까지 내줬네. 언젠가 갚을 수 있으면 좋을 텐데."

　"아뇨. 그런 말씀 마세요. 신경 쓰지 말아주세요."

　말은 그렇게 했지만, 역시 빚을 지고 있는 건 좋지 않다고
마음속으로 강하게 다짐했다.

　이어서 신시아와 함께 장을 보러 다니는 가운데, 돈에 대해
서도 배웠다. 동대륙 전토에서 쓸 수 있는 화폐에 대해서 들
은 이야기를 토대로 본래 세계의 돈과 관련을 지어 보면, 대
략적으로 다음과 같은 결과가 나왔다.

　철화 10엔.

　동화 100엔.

　은화 1,000엔.

　금화 10,000엔.

　성금화 100,000엔.

　이렇게 된다. 10배씩 올라가기 때문에 참 기억하기 쉽다. 참

고로 지금 토모야가 입고 있는 셔츠와 바지의 가격은 합쳐서 금화 2닢이니까 약 2만엔. 제법 비싼 금액이었다. 예비로 산 것을 포함하면 더욱 금액이 부풀어 오른다.

다시 한 번 깊은 감사를 품으면서 길을 걷고 있는데, 야채나 과일을 파는 가게를 발견했다. 그 안에 있는 황녹색의 울퉁불퉁한 것은 과일일까? 눈길이 갔다. 과연 저건 맛이 있는 걸까?

"저건 후루라는 과일이네요. 먹어 보시겠어요?"

"어, 아아. 고마워."

흥미가 생겨서 바라보고 있는데, 옆에서 신시아가 설명해주었다. 토모야가 고개를 끄덕이자, 신시아가 가게 주인에게 동화 한 닢을 지불했다.

"고맙습니다!"

"아뇨."

가게 주인에게 후루를 받아 들자, 생각보다 묵직한 느낌이었다. 뭐든 시험을 해봐야 하니, 용기를 내서 껍질째로 그대로 깨물었다.

"우옷."

후루는 생각한 것과 달리 부드럽고, 껍질이 간단히 갈라지며 그대로 이가 과육에 들어갔다. 그러자 부드러운 단맛을 듬뿍 품은 과즙이 입 안에 잔뜩 퍼진다. 희미하게 혀에 느껴지는 산미가 좋은 액센트를 주었다.

"응. 맛있네."

"그런가요! 그건 다행이에요."

그대로 하나를 통째로 먹어 치웠다. 그러자 문득 신시아가 「앗」 하고 소리를 흘렸다.

"손에 과즙이 묻었네요. 조금 기다려 주세요. 청정 마법, 발동."

"……굉장하네. 그것도 마법이구나."

신시아가 양손을 토모야의 오른손을 향해 들고 그렇게 말하자, 어찌된 일인지 순식간에 손에 묻은 과즙이 사라졌다. 그녀가 말한 것처럼 청정 마법이라는 이름의 마법이리라. 그 효과에 놀란 토모야는 솔직한 감상을 말했다.

그러자, 신시아는 조금 쑥스러운 기색으로 표정을 풀며 말했다.

"고맙습니다. 저는 몇 가지 보조 계통 마법 스킬을 가지고 있어서, 이런 건 특기에요. 그만큼, 전투는 조금 서투르지만요……."

"아니, 그래도 충분히 굉장해. 나도 이런 걸 쓸 수 있으면 편리할 텐데."

몇 번째인지 모르지만, 자신에게 마법 따위의 힘이 없다는 것을 유감스럽게 생각했다. 어떻게든 그런 힘을 얻을 수는 없는 걸까—.

"—윽."

"꺄아아아아악!"

—그 순간, 도시의 소란을 날려버리는 것처럼 굉음이 울렸다. 해체 공사를 하느라 집을 무너뜨릴 때처럼 계속해서 귀에 남는 둔중한 소리였다. 토모야와 신시아는 깜짝 놀라버렸다.

"무, 무슨 일일까요?!"

"모르겠어. 하지만 그다지 좋은 일은 아닌 것 같아."

토모야와 신시아만 놀란 것이 아니었다. 근처에 있는 모든 사람이 원인을 확인하고자 주위를 둘러보았다. 그런 가운데 다른 사람들과 다른 행동을 하고 있는 남성이 한 명 있었다. 그는 조금 떨어진 장소에서 뭔가를 외치며 달려왔다.

"큰일났다! 마물의 집단이 나타나서 동문이 부서졌다! 도시 안에 침입했어! 도망쳐! 금방 여기까지 올 거다!"

"······무슨!"

한순간 무슨 말을 하는 건지 이해 못했다. 머릿속으로 그의 말을 반추하고 나서야 드디어 이해했다. 마물의 집단이 도시 안으로 들어왔다—.

"윽, 저건!"

외치는 남성보다 더욱 뒤쪽에 보이는 형체를 확인하고 토모야는 충격의 목소리를 흘렸다. 네 다리로 땅을 달리는 짐승이 대량으로 이쪽에 다가온다. 수는 50마리 정도일까? 토모야는 그 짐승을 본 적이 있었다. 토모야가 루갈로 오는 도중에 마주친, 기사들이 협력해서 쓰러뜨린 회색 털을 가진······.

"그레이 울프! C랭크 지정의 강력한 마물이에요! 토모야 씨, 지금 당장 도망쳐요! 저희들은 당해낼 수 없어요!"

"윽, 그, 그래!"

신시아의 지시에 따라, 토모야는 주위 사람들과 마찬가지로 도망치기 시작했다. 모험가로 보이는 사람들이 포위망을 형성하여 용감하게 맞서면서 그레이 울프의 전진을 막았지만, 그 틈을 몇 마리가 빠져 나왔다.

'위험해, 이대로는 따라 잡혀……!'

운 좋게 토모야가 있는 쪽으로 공격해오는 적은 없었다. 그러나 포위망을 빠져 나온 그레이 울프가 수십 마리는 되었다. 언제 놈들의 위협이 이쪽으로 닥칠지 예상할 수 없다. 하다못해 최악의 사태가 되기 전에 도망쳐야 한다.

"이쪽이야, 신시아! 그레이 울프가 공격해오지 못하는 좁은 뒷골목으로 도망—."

"기, 기다려 주세요! 저기에 도망 못 친 아이가……!"

"무, 슨! 기다려!"

토모야가 쥔 손을 뿌리치고서, 신시아가 달려갔다. 고개를 돌리자 신시아는 길 한가운데 넘어져 있는 소녀에게 가고 있었다. 주위에는 달리 아무도 없다. 더욱이 그 소녀에게 그레이 울프 한 마리가 다가간다.

그레이 울프에게서 소녀를 감싸는 것처럼, 신시아가 늑대 앞을 막아섰다. 소녀를 지키기 위해 싸우려고 하는 것일까?

『고맙습니다. 저는 몇 가지 보조 계통의 마법 스킬을 가지고 있어서 이런 건 특기에요. 그만큼, 전투는 조금 서투르지만요…….』

문득, 토모야는 아까 신시아가 한 말을 떠올렸다.

그렇지. 그녀는 말했다. 싸우는 게 서투르다고. 그런데 어째서 위험에 몸을 던지면서 저런 행동을 했는지 이해할 수 없다. 왜냐면 실제로, 신시아와 마찬가지로 힘을 가지지 못한 토모야는 이렇게 그저 멍하니 지켜보는 수밖에 없―.

"―아니야. 그게 아니잖아!"

―머릿속에 발생한 생각을 떨쳐내는 것처럼 외치면서 토모야는 전력으로 달렸다. 힘을 가졌는가 아닌가 따위는 지금은 상관없다. 두 소녀가 위험에 처해 있는 이 상황에서, 그런 것을 신경 쓸 수 없다.

'늦지 마라―.'

그레이 울프는 이미 땅을 차고 뛰어 올라 사나운 송곳니를 신시아에게 들이대고 있었다. 자신에게 다가오는 그것을 보고, 신시아는 공포에 다리를 떨었다. 두 눈은 이제부터 찾아올 잔혹한 결말에서 도망치는 것처럼 감고 있었다.

그렇지만 그 광경 앞에서, 토모야가 눈을 감는 것은 용납되지 않는다. 아슬아슬한 타이밍에 그레이 울프와 신시아 사이로 미끄러져 들어가는데 성공했다.

'하지만, 아직이야!'

진짜 문제는 지금부터다. 토모야에게 눈앞의 마물을 쓰러뜨릴 힘이 없다는 것은 변하지 않는다. 그렇다고 도망칠 수는 없다.

따라서 바란다. 지금 이 자리에서 저 마물을 쓰러뜨리고, 신시아와 소녀를 구할 수 있는 힘이 필요하다.

그저 그것만을 바라며, 토모야는 하다못해 한 방 먹이려고 주먹을 휘둘렀다.

"―어?"

그리고, 경악하여 눈을 부릅떴다.

토모야의 주먹이 그레이 울프의 안면에 박히자, 그레이 울프의 몸이 격렬하게 터져 버렸다. 그레이 울프는 탁한 적색의 피를 주위에 뿌리면서 자신의 죽음을 증명했다.

그것은 동시에, 토모야가 그레이 울프를 토벌했다는 증거이기도 했다.

"이긴…… 건가?"

무슨 일이 일어났는지 이해하지 못해서, 토모야는 천천히 그레이 울프의 피로 범벅이 된 손에 시선을 보냈다. 나한테 그레이 울프를 쓰러뜨릴 수 있는 힘 같은 건 없었을 텐데. 그런데 어째서 이런 결과가 된 걸까? 알고 싶다고 생각했다.

다음 순간, 그 변화가 일어났다.

"이건, 무슨……."

손 위에 홀로그램처럼 떠오른 「그것」을 보고, 토모야는 충격을 받았다. 아마 이 세계에 온 뒤로 가장 놀랐다고 해도 될 것이다.

왜냐 하면, 거기에 적혀 있는 것은—

감정 Lv ∞를 발동합니다.

유메사키 토모야, 17세, 남자, 레벨: ∞

직업: ∞ 사용자

공격: ∞ 방어: ∞ 민첩: ∞

마력: ∞ 마공: ∞ 마방: ∞

스킬: 올 ∞

"이것, 은⋯⋯."

그것은, 토모야가 소환되었을 때 본 스테이터스와 거의 같은 것이었다. 그렇지만 무엇보다 중요한 점이 크게 달랐다.

"00이 아니라 ∞⋯⋯라고?"

그렇다. 그때 국왕은 토모야의 모든 스테이터스가 00이며 신에게서 받은 은혜가 없다고 했다. 그래서 토모야는 에르니아치 가문까지 오게 되었다. 그렇지만 여기에 나타난 것은 프레드의 말과 달리, 모든 스테이터스가 ∞라는 정신 나간 결과였다.

"토모야 씨? 어라? 그레이 울프는?"

자신의 손에 떠올라 있는 문자에 의문을 품고 있는데, 드디어 눈을 뜬 신시아가 주위를 둘러보면서 의문을 말했다. 일단 그쪽에 대응해야 한다고 토모야는 판단했다.

"그레이 울프는 내가 쓰러뜨렸어. 거기 시체가 있는데, 별로 안 보는 게 좋아."

"네? 토모야 씨가 그레이 울프를 쓰러뜨렸나요? 어떻게 된 거죠?"

"그거 말인데⋯⋯. 아니, 그걸 설명하기 전에 먼저 이걸 봐줘. 이게 뭔지 알겠어?"

토모야는 손에 묻은 피로 땅바닥에 ∞를 적어 신시아에게 보여줬다. 그러자 그녀는 고개를 갸웃거리며 대답했다.

"뭘까요? 본 적이 없는 문자인데요……. 아니 숫자로군요. 0을 두 개 나란히 적은 걸까요?"

'큭, 그렇구나. 그렇게 된 거였어!'

그 대답을 듣고, 토모야는 확신했다. 아직 자세하게는 알 수 없지만, 아무래도 이 세계에는 ∞라는 기호가 존재하지 않는 모양이다. 따라서 신시아와 같은 잘못을 프레드도 저지른 것이리라. 다시 말해서 ∞를 00으로 착각했고, 스테이터스 카드에 그 결과를 적은 것이다. 일부러 0이 아니라 00이라고 적은 것은 그렇기 때문이리라.

그러나 그렇게 되면 더욱 의문이 떠오른다. 스테이터스가 모두 ∞라면, 토모야의 몸에는 어떤 이변이 일어나야 하지 않을까? 그런데도 방금 그레이 울프와 대치할 때까지는 그런 감각이 없었다.

손 위에 떠오른 문자를 보면서 그렇게 생각하자, 놀랍게도 그것에 변화가 일어났다.

감정 Lv ∞를 발동합니다.

공격— 임의 발동. 온갖 물질에 대한 공격력을 높인다. 발

동자가 의식해서 공격력을 자유롭게 조작 가능.

방어— 항상 발동. 임의 해제. 온갖 물질에 대한 방어력을 높인다. 평소에는 최대한까지 방어력을 높이지만, 발동자가 의식해서 자유롭게 조작 가능.

민첩— 임의 발동. 행동 속도를 상승시킨다. 발동자가 의식해서 자유롭게 조작 가능.

마력— 항상 발동. 발동자의 총 마력량과 마력의 회복 속도를 가리킨다.

마공— 임의 발동. 마력을 이용한 공격의 힘을 높인다. 발동자가 의식해서 공격력을 자유롭게 조작 가능.

마방— 항상 발동. 임의 해제. 마력을 이용한 공격에 대한 방어력을 높인다. 평소에는 최대한까지 방어력을 높이고 있지만, 발동자가 의식해서 자유롭게 조작 가능.

"……그래서였구나."

공격, 민첩, 마공에 있는 임의 발동. 방어, 마력, 마방에 있는 항상 발동이란 단어를 보고 이해했다. 힘의 강함이나 행동의 빠름 같은 것은, 토모야가 바라지 않으면 스테이터스의 영향이 실제로 몸에 나오지 않는 것이다.

그래서 그레이 울프를 상대하며 그레이 울프를 쓰러뜨리기 위한 힘이 필요하다고 바랐을 때 처음으로 그만큼의 힘이 토모야에게 생겼다— 그렇게 생각하면 설명이 된다.

더욱이, 떠오른 문자는 이어지고 있었다.

올 ∞— 뮤테이션 스킬. 이 세계에 현존하는 노멀 스킬을 모두 Lv ∞의 상태로 사용할 수 있다.

노멀 스킬— 전세계에 두 명 이상 사용자가 있는 스킬.

뮤테이션 스킬(유니크 스킬)— 세계에 한 명밖에 사용자가 없는 스킬

"무슨!"

너무나도 파격적인 스킬 설명을 보고 토모야는 눈을 동그랗게 떴다.

강하다는 차원을 훨씬 넘어서고 있다. 노멀 스킬을 모두 쓸 수 있다는 것이 얼마나 이상한 일인지는 아무리 토모야라도 추측이 된다.

감정 Lv ∞를 발동합니다. 이 문장도 올 ∞가 가진 능력의 일부이리라. 다시 말해서 토모야는 노멀 스킬인 감정을 사용하여, 이렇게 자신의 스테이터스를 구석구석까지 보는데 성공한 것이다. 지금까지 품고 있던 의문이 단숨에 해결된다.

"오빠! 또 마물이 왔어!"

"큭."

그렇지만, 느긋하게 자신의 힘을 분석하는데 시간을 들일 여유는 없는 모양이었다. 신시아가 감싸고 있던 소녀가 토모야를 향해 경고의 말을 외쳤다. 퍼뜩 고개를 들자, 토모야 일행을 덮치려는 다섯 마리의 그레이 울프가 시야에 들어왔다.

방금 전까지였다면, 이 광경 앞에서 토모야는 두려움에 떨었을 것이다. 그러나 이제는 사정이 바뀌었다. 지금의 토모야에게는 이 위협을 떨쳐낼 수 있는 힘이 있다.

"이제부턴 맡겨둬."

토모야는 다섯 마리의 그레이 울프와 마주보더니 가볍게 싸울 자세를 취했다. 다른 사람이 보기에는 초보자 티가 확 나겠지만, 그런 건 상관없다.

그레이 울프들이 연속으로 토모야에게 달려든다. 그러나 토모야는 당황하지 않고, 그레이 울프를 쓰러뜨리기에 충분한 힘이 필요하다고 바라며 차례차례 주먹을 휘둘렀다. 안면이 터지고, 몸통에 구멍이 뚫리고, 사지가 날아가고, 일격에 한 마리씩 그레이 울프를 쓰러뜨리는데 성공했다. 고작 몇 초 만에 결판이 났다.

"토모야 씨, 굉장해요⋯⋯."

"이렇게 간단히 쓰러뜨릴 수 있는 거야⋯⋯?"

뒤에서 토모야의 싸움을 본 신시아와 소녀가 감탄의 말을 하지만, 그것에 반응할 여유는 없다. 이 자리에 있는 적은 토모야를 공격해온 그레이 울프만 있는 게 아니다.

모험가들이 막아내고 있지만 어느 정도 통하는지 알 수 없다. 토모야는 하다못해 지킬 수 있는 범위를 지키고자 강하게 생각하며, 그레이 울프 집단이 지나온 방향으로 시선을 돌리고—.

그곳에서, 선혈을 보았다.

'—아니, 아니야.'

올바르게는 선혈처럼, 혹은 타오르는 불꽃처럼 붉은 머리칼이 허공을 춤추는 모습이었다. 깊이 있는 비취색 눈동자에, 도자기처럼 아름다운 피부를 가진 여성이었다. 용모가 대단히 단정한 그 여성은 경장의 은색 갑옷을 입고 검신이 붉게 물든 검을 휘두르고 있었다.

그녀 주위에는 몸이 두 동강 난 그레이 울프의 시체가 헤아릴 수 없이 굴러다니고 있었다. 수는 가볍게 두 자리 수를 넘을 것이다. 그녀 주위에는 살아 있는 그레이 울프의 모습도, 상처를 입은 사람들의 모습도 없다.

그녀가 활약하여 피해를 막아낸 거라고 간단히 추측할 수 있었다.

토모야는 상황을 파악하고서 크게 안도의 한숨을 내쉬었다.

그 다음, 새삼 그 붉은 머리의 여성에게 눈길이 이끌렸다.

대단히 아름다운 여성이다. 검을 허리의 칼집에 되돌리고 유유히 선 그 모습을 보기만 해도 신기하게 마음이 들떴다. 그렇게 생각한 것은 토모야뿐이 아니리라. 주변에 있는 사람들도 그 여성을 보면서 차례차례 입을 열었다.

"저거 적기사 맞지? 그 B랭크 모험가."

"소문으로 들었던 것처럼 강하네. 그리고 너무 아름다워……."

"난 진짜로 보는 거 처음이야!"

이야기를 들어보니 그녀는 이 근처에서 유명인인가 보다.

"와아, 굉장해요. 저도 적기사를 보는 건 처음이에요."

옆에 있는 신시아도 그녀에게 동경의 눈길을 보냈다.

적기사……. 그녀의 아름다운 적색 머리칼과 은색 갑옷 차림에서 연상되어 붙은 별명일까? 참 어울리는 이름이라고, 토모야는 마음속으로 생각했다.

"윽."

문득 적기사라고 불린 여성이 토모야 쪽을 보아 두 사람의 시선이 마주쳤다. 그때 토모야에게는 그녀가 작게 웃은 것처럼 보였다.

그렇지만 금방 토모야에게서 시선을 돌리고 재빨리 자리에서 벗어났다. 그 뒷모습을 토모야는 조용히 지켜보는 수밖에 없었다.

토모야의 스테이터스가 올 ∞라는 경악의 사실.

그리고, 적기사라고 불리는 그녀와의 만남.

그것들이 얼마나 커다란 사실인지, 이때 토모야는 완전히 이해하지 못했다.

제2장 적기사와 백무녀

그레이 울프 집단이 도시에 침입했다는 대사건은 그 규모와 달리 커다란 손해를 내지 않고 해결됐다. 다친 사람도 있고 건물이 조금 부서지기는 했지만, 놀랍게도 사망자는 한 명도 없었다.

그 자리에서 그레이 울프를 쓰러뜨린 토모야는, 그 다음에 찾아온 위병에게 간단히 사정을 이야기하고 그 자리에서 떠났다. 그때 신시아와 토모야가 목숨을 걸고 구한 소녀가 웃으면서 감사 인사도 해주었다. 열심히 구해낸 보람이 있었던 것이다.

그런 과정을 거쳐 토모야와 신시아는 무사히 백작가로 돌아올 수 있었지만— 토모야에게 중요한 문제는 이 다음에 기다리고 있었다.

"그렇군. 다시 말해서 토모야 군은 사실 강력한 스테이터스를 갖추고 있다는 거군. 그것을 폐하께서 잘못 보고, 그 결과를 스테이터스 카드에 적었다는 것인가."

"그런 느낌이라고 생각해요."

그렇다. 중요한 문제란 이번 일로 파악한 토모야의 스테이터스에 대해서였다. 공격 따위의 각 항목이 ∞, 다시 말해서

상한선이 없다. 그리고 스킬은 올 ∞라는 노멀 스킬을 모두 다룰 수 있다는 정신 나간 것이었다.

그 설명을 들은 릿셀이 탄식 같은 소리를 흘리면서 생각에 잠겼다.

"……그렇군. 좋아, 잘 알았네. 이 건에 대해서는 사자를 보내 폐하께 전하도록 하지. 일단 대답이 돌아올 때까지는 예정대로 이 집에 머무르게나."

"알겠습니다. 여러모로 고맙습니다."

"아니야. 감사를 해야 하는 건 이쪽이지. 자네 덕분에 딸이 무사했으니까. 생각보다 몸이 먼저 움직여 버리는 건 신시아의 나쁜 버릇이라서."

"아, 아버님! 그건 지금 상관없어요!"

좋지 않은 흐름이라고 이해했는지, 신시아가 당황한 기색으로 릿셀의 말을 가로막았다. 그 필사적인 모습을 보고 토모야는 무심코 웃음을 흘려버렸다.

"우으. 토모야 씨, 실례잖아요."

"하하, 미안해. 무심코."

사과하자, 신시아는 삐친 시늉을 보인 다음 조금 부끄러운 기색으로 미소를 지었다.

"제 행동이 단락적이었다는 건 인정하지만요……. 그건 그렇고 새삼 생각해 봐도 정말로 놀라워요. 토모야 씨 설명에 따르면, 무한? 이라는 것은 상한선이 없을 정도로 커다란 수치라고 하니까요. 다시 말해서 다른 어떤 사람보다도 강력하다는 게 되는 거죠."

"그래. 어쩌면, 마왕조차도 간단히 쓰러뜨려 버릴 정도의 힘이 있는 걸지도 모르겠군. 그런 부분도 포함하여, 폐하께 대답이 오는 것을 기다릴 셈이다."

"하하하."

어쩐지 자신을 칭찬하는 흐름이 되었기에, 토모야는 쓴웃음을 지으며 그 자리를 넘겼다. 이세계인인 토모야마저도 충격을 받을 스테이터스 올 ∞라는 사실은, 이 세계 사람에게는 그야말로 파격적인 것이리라.

그리고 수십 분 정도 대화를 한 다음, 오늘은 피로가 쌓였다고 말하고 해산했다. 토모야가 묵을 객실은 호화로운 조명과 편안한 침대가 놓인 멋진 방이었다.

거기서 잠시 쉬고 있는데, 신시아가 저녁 식사에 부르러 와서 식당으로 갔다. 훌륭한 긴 테이블에 릿셀, 신시아, 토모야, 그리고 여기서 처음 보게 된 신시아의 어머니 크리스(신시아와 닮아서 대단히 예쁜 여성이었다.)까지 넷이 앉자, 사용인(메이드다. 메이드. 메이드다.)이 프랑스 풀코스 요리 같은 것을 가져다주었다. 감탄하면서 맛보고, 다 먹은 뒤에는 욕실을 빌려 몸을 씻었다.

객실의 침대에 훌쩍 눕고, 앞으로의 생활에 기대를 품으면서 깊은 잠에 빠졌다.

◇◆◇

이튿날, 깨어나고 금방 그 소식이 찾아왔다.

"그러니까, 그건 다시 말해서……."

응접실에 찾아간 토모야는 릿셀이 한 말의 의미를 좀처럼 소화하지 못하고 확인하는 것처럼 되물었다. 그러자 릿셀이 고개를 끄덕인 다음 다시 한 번 말했다.

"어젯밤, 나는 이 도시에 폐하의 측근이 오셨다는 얘기를 듣고 만나러 갔다. 거기서 그에게 토모야 군의 스테이터스 등 여러 가지 사정을 전달하려고 했다만, 그러기도 전에 그 대답이 돌아왔다. 「그의 사정이 어떻든지, 앞으로 나라에서 그에게 간섭하는 일은 일절 없다. 앞으로 그에 대한 처우는 에르니아치 백작가에 일임한다」라고."

"……그렇군요."

분명히 성으로 돌아가게 되지 않을까 생각하고 있던 토모야는 그 소식을 듣고 맥이 빠졌다. 그러나 옆에서 같은 이야기를 듣는 신시아는 달랐던 모양이다.

"그럴 수가! 토모야 씨는 누구보다도 강한 힘을 가졌고, 이 도시의 위기를 구해주신 분이잖아요?! 그런 분에게, 그러한 조잡한 대응을 하다뇨."

"그래. 나도 그렇게 생각하여 반론을 했다만, 전혀 들을 생각을 하지 않더군. 그렇지만 이 정도로 물러날 생각은 없다. 토모야 군이 바란다면, 내가 직접 왕도로 가서 폐하께 알현을 청할 셈이다만."

"아니, 그렇게까지 할 필요는 없어요. 저는 딱히 신경 쓰지 않으니까요."

신시아와 릿셀이 조금 흥분하고 있는 모양이다. 토모야는 열을 식히기 위해 차분히 고했다. 그러자 두 사람이 눈을 동그랗게 떴다.

"괜찮으세요, 토모야 씨? 앞으로도 이 집에 머무르는 것과, 나라의 용사로서 활약하는 것. 어느 쪽이 영예로운 일인지는 생각할 것도 없습니다만."

"으~음. 딱히 목숨을 걸고 마왕이랑 싸우고 싶은 게 아니니까. 나라의 영웅이 되고 싶은 것도 아니니까 그건 딱히 흥미 없어."

"그, 그렇지만 이번 일에는 불가해한 점이 많다. 그것들을 확실하게 해결해두고 싶다고 생각지는 않는가?"

"뭔가 숨기려고 하는 거라면, 그럴만한 이유가 있을 거라고 생각해요. 괜히 수풀을 휘저었다가 뱀이라도 튀어나올 것 같으니까, 저는 이대로 생활을 향유하는 편이 옳은 선택이라고 생각합니다. 그리고 직접 만나서 질문을 해도 대답해줄 것 같지가 않으니까요."

토모야의 말을 듣고서, 두 사람은 어떻게 하는 것이 옳은 일인지 생각에 잠기는 모양이었다. 그런 그들에게 토모야가 거듭해서 고했다.

"오히려 긍정적으로 생각해야겠어."

"긍정적으로, 말인가요?"

"그래. 나라가 나를 방치해준다면, 그건 다시 말해서 내가 자유롭게 움직일 수 있다는 거야. 기껏 이세계에 왔으니까 하고 싶은 일을 하면 되지. 자유롭게 해볼 생각이야."

그것은 진심으로 하는 말이었다. 이 세계에 온 뒤로 계속 생각하고 있었다. 왕도에서 루갈까지 마차로 오는 도중이나, 도시에서 모험가를 봤을 때도. 자신에게 힘이 있다면 그들처럼 마물과 싸우며 이 세계를 자유롭게 여행하고 싶다고.

아아, 그렇지. 지금 그게 이루어진 것이다. 새삼 그 사실을 곱씹어보자, 몸 안쪽에서 뜨거운 마음이 떠올랐다.

"그렇게 됐으니까 이 이야기는 그만 하자. 그보다도 더 중요한 일이 있거든. 가보고 싶은 곳이 있어."

"가보고 싶은 곳, 이요?"

"그래."

토모야는 씨익 웃으면서 말했다.

"이세계에 왔으면 일단 가보고 싶은 장소 랭킹 제1위— 모험가 길드야!"

흥분한 토모야와 달리, 신시아와 릿셀은 「이 사람 대체 무슨 말을 하는 거지?」하는 느낌의 시선을 토모야에게 보냈다.

토모야의 의향에 따라 더 이상 나라의 대응에 관해서는 말하지 않기로 했다. 그보다도 얼른 모험가 길드에 가고 싶다는 토모야의 발언에 따라, 토모야는 신시아와 함께 루갈의 남쪽

지구에 왔다.

루갈의 남쪽 지구는 모험가 거리가 펼쳐지고 있었다. 모험가 길드나 여관, 더욱이 무구나 매직 아이템을 파는 노점 따위가 늘어서 있는 것이다. 그야말로 모험가다운 풍모인 사람이 많았다. 그런 곳이라 평범한 셔츠와 바지를 입은 토모야와 원피스를 입은 신시아는 조금 붕 떠 있었다.

그러나 토모야는 그렇다 치고 신시아는 자신에게 모이는 사람들의 시선도 신경 쓰지 않고, 눈빛을 반짝거리며 주변을 둘러보고 있었다.

"저, 남쪽 지구의 이렇게 깊숙한 곳까지 와 보는 건 처음이에요. 굉장히 두근거려요!"

어째선지 토모야를 안내해줘야 할 신시아 쪽이 더 기뻐하는 기색이었다.

"지금까지는 왜 온 적이 없었어?"

"저기, 그다지 큰 소리로 할 수 있는 이야기는 아니지만, 모험가들 중에는 난폭한 분도 계시니까요……. 제가 그런 분과 만나는 걸 아버님이 싫어하셨나 봐요."

"그렇구나. 시비 이벤트란 말이지."

"시비 이벤…… 죄송합니다. 무슨 말씀이신가요?"

"아니, 별 거 아냐."

세계가 다르니까 뜻이 안 통하는구나~. 마음속으로 중얼거린 다음, 품은 의문을 말했다.

"하지만, 그런데 릿셀 씨가 용케 안내를 허가해줬네."

"토모야 씨와 함께 있으면 위험은 없을 거라고 생각한 모양이에요. 그렇지만, 아무리 그래도 저는 싸울 수 없으니 의뢰에 따라갈 수는 없지만요."

"아니, 오늘은 등록만 하고 어떤지 보는 게 목적이니까 괜찮아."

"그런가요? 그럼 다행이네요."

생글생글 웃으면서 기쁘게 말하는 신시아를 보고, 토모야도 기분이 좋아졌다. 두 사람은 그대로 대화를 즐기며 걸음을 옮겨 드디어 모험가 길드에 도착했다. 상상 이상으로 커다란 건물이라서 눈을 치켜뜨지만, 마음을 가다듬고 안으로 들어갔다.

접수처, 주점, 소소한 도구 판매장 등이 안에 펼쳐지고 있었다. 갑옷을 입은 사람이나 로브를 뒤집어쓴 사람들이 수도 없이 많다. 이 사람들이 모두 모험가라고 생각하자 조금 신기한 기분이 들었다.

다른 장소에도 흥미가 생겼지만, 일단 오늘은 접수처에 가기로 했다.

운 좋게 현재 서 있는 모험가의 수가 적었기 때문에, 간단히 접수처 앞까지 나아갈 수 있었다.

"안녕하세요? 저는 접수원인 에이라라고 합니다. 두 사람은 이 길드에 처음인가요? 오늘은 어떤 용건이신가요?"

황갈색 긴 머리칼에 귀여운 용모를 한 여성이 토모야와 신시아에게 생긋 웃음을 지었다. 모험가 모두의 얼굴을 기억하고 있는 걸까? 놀라면서도, 토모야는 입을 열었다.

"모험가 등록을 하러 왔어요. 그리고 등록하는 건 저 혼자만입니다."

"알겠습니다. 그러면 일단 본 길드에 대해서 몇 가지 설명을 하겠습니다."

에이라가 말한 것은 이하의 내용이었다.

모험가에게는 랭크가 있으며, F, E, D, C, B, A, S로 갈라져 있다. S에 다가갈수록 강하며, 소재 매수 가격 상승 따위의 갖가지 특권을 받게 된다. 동시에 갖가지 책무도 발생한다. 예를 들어 B랭크 이상의 모험가에게는 나라나 귀족의 지명 의뢰가 오는 경우가 있는데, 원칙적으로 거절할 수 없다.

모험가들뿐 아니라, 토벌 대상이 되는 마물에도 참고삼아 랭크가 매겨져 있다. 이것은 모험가 랭크와 달리, 보다 자세한 실력을 알 수 있도록 각 랭크 안에서도 상위, 중위, 하위의 셋으로 갈라져 있다. 예를 들어 B랭크 안에서는 B랭크 상위, B랭크 중위, B랭크 하위가 된다.

모험가는 여러 명이 파티를 짤 수도 있지만, 그 때 리더를 기준으로 위 아래로 한 랭크 이내인 사람만 가입할 수 있다. 기본적으로 리더의 랭크를 파티 랭크로 잡는다.

다수의 파티가 모여 클랜이 되어 의뢰를 받을 수도 있다.

의뢰에도 랭크가 있고, 원칙적으로 개인이든 파티든 랭크의 위아래로 하나 이내의 의뢰까지만 받을 수 있다.

"기본적으로 기억해둬야 할 사항은 이상입니다. 세세한 점에 대해서는 이 서류에 적혀 있으니 읽어 주세요. 양해하셨으면 이 서류에 서명을 부탁드립니다."

토모야는 건네받은 서류를 훑어보았지만, 딱히 물어볼 것은 적혀 있지 않았기 때문에 에이라의 지시에 따라 서명을 했다. 그것을 본 에이라가 이어서 말했다.

"그러면 다음으로 스테이터스 카드의 제작을 하겠습니다. 만약 이미 가지고 계시다면, 랭크를 정하는데 참고하기 위해 그것을 보게 됩니다만."

"아아, 그래요. 스테이터스 카드라면— 스톱."

"네? 어, 네에……."

"신시아 씨. 이리로."

"네? 저 말인가요?"

에이라에게 기다려 달라는 싸인을 보내고, 신시아만 불렀다. 긴급 사태가 발생했다. 토모야와 신시아는 바짝 붙어서 소근소근 이야기를 개시했다.

"토모야 씨, 무슨 일이신가요?"

"긴급 사태야. 나한테는 보여. 내 스테이터스 카드를 보고 놀라는 접수원의 모습이."

"그, 그렇군요……."

그렇다. 현재 토모야의 스테이터스 카드는 국왕 프레드가 잘못 베낀 결과가 적혀 있다. 다시 말해서 모든 항목이 ∞가 아니라 00이라고 적혀 있다. 이것을 본 에이라가 어떤 반응을 할지 상상하는 건 어렵지 않다. 아니 설령 ∞라고 해도 같은 결과가 되겠지만. 그렇게 되기 전에 뭔가 수단을 강구할 필요가 있었다.

"그래서 말인데 뭔가 좋은 방법 없을까?"

그 사정을 간결하게 설명하고, 신시아에게 도움을 청했다. 이 세계의 지식이 조금밖에 없는 토모야 혼자서는 발상에 한계가 있다. 신시아는 조금 고민하는 모습을 보인 다음, 고개를 들고 뭔가 결심한 눈동자로 토모야를 보았다.

"그렇네요. 한 가지 방법이 떠올랐어요."

"정말이야?"

"짧게 설명할게요. 은폐 스킬을 사용해 주세요."

"은폐?"

낯선 단어에 고개를 갸웃거리자, 신시아가 설명을 덧붙였다.

"보통 스테이터스를 확인할 때는 감정 스킬을 사용합니다만, 은폐 스킬을 사용하면 그 감정 결과를 얼버무릴 수가 있어요. 이 자리에서는 일단 은폐로 스테이터스를 다른 것으로 바꿔 적은 다음에, 스테이터스 카드가 없다고 거짓말을 해요. 은폐를 간파하려면 사용한 은폐 스킬을 웃도는 Lv의 감정이 필요합니다만, 토모야 씨가 Lv 무한의 스킬을 사용할 수 있다면, 일단 들키지 않을 거예요."

"알았어. 해볼게."

토모야는 은폐의 사용 방법을 신시아에게 듣고 실행했다.

"은폐 Lv ∞, 발동. 좋아, 이러면 되나."

토모야는 자신이 사용한 은폐의 결과를 확인했다.

토모야 유메사키, 17세, 남자, 레벨: 25
직업: 검사
공격: 3,000 방어: 3,000 민첩: 3,000
마력: 3,000 마공: 3,000 마방: 3,000
스킬: 불 마법 Lv 3, 물 마법 Lv 3, 치유 마법 Lv 3, 검술 Lv 3

"좋아. 괜찮아 보이네."

신시아 말로는, 이것이 어제 토모야가 싸운 그레이 울프를 상대할 수 있는 수치라고 한다. 그 정도 스테이터스가 있으면 충분할 거라고 해서 이 정도로 했다. 직업란이나 스킬에 대해서는 신시아의 조언과, 유우 일행이 가지고 있던 것을 참고하여 기재해 두었다.

수치에 이상이 없는 것을 확인하고, 토모야는 드디어 에이라를 보았다.

"기다리시게 해서 죄송해요. 스테이터스 카드는 없어요."

"그, 그러신가요. 그럴 경우 이 자리에서 만들어 드립니다. 그러면 이제부터 제가 감정 스킬을 사용해서 유메사키 씨의 스테이터스를 보게 될 텐데 괜찮을까요?"

"네. 부탁드립니다."

거기서부터는 막힘없이 등록이 진행됐다. 에이라는 은폐를 사용한 토모야의 스테이터스 결과를 새로운 스테이터스 카드에 베꼈다. 스테이터스를 통해 대강의 실력을 파악하는 것이 가능한 모양이라, 토모야는 C랭크가 되었다. 모험가의 스테이터스 카드에는 길드 랭크라는 새로운 항목이 추가된다. 토모야의 스테이터스 카드도 예외가 아니라 C랭크라고 기재되었다.

"의뢰를 받을 때는 저쪽 게시판에 붙어 있는 의뢰서를 참고해 주세요."

"알겠습니다. 여러모로 고맙습니다."

"아뇨, 또 모르는 것이 있으면 뭐든지 물어보세요."

이걸로 목적 중 하나였던 모험가 등록은 마쳤다. 오늘은 이제 돌아가도 될 정도지만, 기왕 왔으니 어떤 의뢰가 있는지도 보기로 했다. 신시아와 함께 게시판으로 가서 수많은 모험가들과 함께 의뢰서를 보았다.

의뢰 내용은 다양했다. 『D랭크 아론 약초의 채취』, 『C랭크 피네스 국까지 마차를 호위』, 『B랭크 블랙 울프 무리의 토벌』. 이런 식으로 소재 채취, 호위 의뢰, 마물 토벌 따위가 있었다. 비율은 D랭크와 C랭크가 많았다.

"이, 이게 뭐야."

그 안에서 토모야의 흥미를 강하게 끌어당기는 것이 있었다. B랭크의 의뢰마저도 거의 존재하지 않는 가운데, A랭크 의뢰가 딱 하나 있었다. 『A랭크 매그리노 산맥의 생태계를 파괴하는 레드 드래곤의 토벌』이라고 적혀 있었다.

'드래곤이다, 드래곤. 드래곤이다.'

무심코 마음이 들뜬다. 드래곤 슬레이어의 칭호를 얻기 위해서 이 의뢰를 받아야 하지 않을까? 그렇게 생각하여 상세한 의뢰 내용을 읽어 보았다.

『루갈에서 남쪽에 위치한 매그리노 산맥의 정상에 레드 드래곤이 나타났다. 갖가지 마물이 레드 드래곤을 피하고자 산을 내려오고, 개중에는 평원까지 나타나는 개체가 있기 때문에 행상인 등이 난처하다. 부디 레드 드래곤을 쓰러뜨려 생태계를 본래대로 돌려다오. 보수: 성금화 100닢. 의뢰주: 에르니아치령 영주, 릿셀 폰 에르니아치』

"어라? 의뢰주가 릿셀 씨잖아."

"어떤 건가요? 앗, 정말이네요."

토모야에 이어 신시아도 그 의뢰서를 보고 놀라서 말했다.

"그러고 보니, 여기 적혀 있는 내용을 아버님이 요전에 말한 것 같아요. 그렇지만 A랭크의 마물을 쓰러뜨릴 수 있는 사람이 이 도시에 없으니 어떻게 해야 할까, 고민하고 있었어요."

"……그렇구나."

사정은 알았다. 이건 이제 내가 가는 수밖에 없겠어. 토모야는 강하게 생각했다.

"어쩔 수 없네. 이렇게 되면 내가 드래곤 슬레이어가 되어주지."

"그렇지만, 어쨌든 토모야 씨는 이 의뢰를 받을 수가 없어요. C랭크인 분은 B~D 랭크의 의뢰밖에 받을 수 없으니까요."

"그랬었지……."

원칙적으로, 개인이든 파티든 위아래로 하나 이내인 랭크의 의뢰밖에 받을 수가 없다. 그런 룰이 있다는 것을 떠올리고 토모야는 풀이 죽었다.

그러나, 동시에 해결책도 생각났다.

"분명히 B랭크 파티는 A랭크 의뢰를 받을 수 있었지. 그리고 B랭크 파티에는 C랭크 모험가도 들어갈 수 있었을 거야. 그렇다면 누군가 B랭크인 녀석과 파티를 짜면 함께 이 의뢰를 받을 수 있는 거 아냐?"

그것은 좋은 방법인 것 같았지만, 신시아는 조금 눈썹을 찌푸렸다.

"토모야 씨가 말한 것처럼, 그 방법이라면 이론상 가능합니다만…… 애당초 B랭크 모험가 분이 A랭크의 마물, 그것도 레드 드래곤 같은 용종을 상대하려고 생각하지 않을 거라고 생각해요."

"……그렇네."

듣고 보니 맞는 말이다. A랭크 모험가가 대응해야 하는 상대가 있기에 이 의뢰는 A랭크로 지정되어 있다. 그것을 일부러 C랭크인 토모야와 파티를 짜서 가려는 호사가 따위, 그리 간단히 발견될 리가—.

"너희들은 흥미로운 이야기를 하고 있군. 괜찮으면 내게도 조금 들려주지 않겠어?"

—없을 것이다. 당연히 그럴 것이건만.

갑자기, 토모야와 신시아의 대화에 투명하고 아름다운 여성의 목소리가 끼어들었다. 반사적으로 말을 건 방향으로 시선을 돌리자, 그곳에 은색 갑옷을 입고 타오르는 불꽃처럼 붉은 머리칼을 허리춤까지 기른 여성이 서 있었다.

깊이 있는 비취색 눈동자와 도자기처럼 아름다운 피부에 무심코 토모야는 눈길을 빼앗겨 버렸다. 그리고 애당초, 토모야는 그녀를 본 기억이 있었다.

"음, 적기사라고 했지……."

그렇다. 그 여성은 어제 열 몇 마리의 그레이 울프를 화려하게 쓰러뜨린, 적기사라고 불리던 모험가였다. 주위에 있는 모험가들도 그녀의 존재를 깨달았는지, 서서히 술렁거리기 시작했다.

그녀는 주위의 반응을 신경 쓰지 않고 토모야의 말에 고개를 끄덕였다.

"분명히 나는 적기사라고 불리고 있지만…… 괜찮다면 이름으로 불러주면 좋겠어. 리네라고 해. 경칭도 필요 없고. 너희들 이름을 가르쳐주지 않겠어?"

"토모야 유메사키야. 나도 토모야라고 불러줘. 잘 부탁해, 리네."

토모야는 자기소개를 한 리네의 말에 따라 경칭을 안 붙이고 이름을 불렀다. 처음 말했음에도 불구하고 신기하게 입에 잘 붙는 것 같았다.

"시, 신시아 폰 에르니아치예요! 잘 부탁드립니다!"

이어서 신시아가 조금 긴장한 기색으로 자기소개를 했다. 그러고 보니 전에 리네를 봤을 때도 동경 어린 시선을 보내고 있었지. 토모야는 어제 본 모습을 떠올렸다.

"응. 잘 부탁해. 토모야랑 신시아. 내 착각이 아니라면, 너희들 어제 나와 만났었지?"

"그래. 그쪽도 기억하고 있었구나."

"응. 토모야가 그레이 울프를 쓰러뜨리는 모습은 나도 봤으니까."

어제 토모야와 리네는 시선을 마주쳤다. 토모야는 그녀가 그것을 기억해주었다는 사실이 기뻤다.

'응? 어째서 기쁜 거지? ……뭐 됐어.'

딱히 신경 쓸 일은 아니다. 토모야는 자신이 기뻐하는 이유를 찾다가 멈추었다.

"저기, 그런데 리네는 어째서 우리들한테 말을 걸었어?"

"음. 그랬었지. 이야기를 계속하자. 토모야와 신시아는 방금 전에 이 의뢰에 대해 얘기를 하고 있지 않았어?"

그렇게 말하고, 리네는 게시판을 보기 위해 몸을 돌렸다. 그때 적색의 긴 머리칼이 흔들리고, 여성다운 달콤한 향기가 토모야의 코를 스쳤다. 토모야는 강철 같은 마음가짐으로 무표정을 유지했다.

리네가 손가락으로 가리키는 곳에는, 토모야가 흥미를 보인 레드 드래곤 토벌에 관한 의뢰서가 있었다.

"맞아. 사실은 내가 그 의뢰를 받을까 생각했는데, C랭크인

나는 A랭크 의뢰를 받을 수 없으니까 누군가 B랭크인 사람과 파티를 짜려고 생각했어. 하지만 일부러 A랭크 의뢰를 받는 호사가가 없을 테니까 난처해서—"

"좋아. 정해졌군."

토모야가 모두 설명하는 걸 기다리지도 않고, 리네가 찌이익 그 의뢰서를 뜯어냈다. 뭘 할 셈인지 의문스럽게 생각하는데, 리네는 토모야에게 씨익 웃었다.

"기뻐해라, 토모야. 그런 호사가가 여기 있어."

"……설마."

"그래, 맞아. 새로운 검을 만들기 위해 전부터 레드 드래곤의 송곳니를 가지고 싶다고 생각했지. 기회가 있으면 토벌 의뢰를 받고 싶었어……. 설명이 늦었지만 나는 B랭크 모험가거든. 토모야, 나와 파티를 짜서 함께 이 의뢰를 받자."

"어, 그래!"

이런 너무나 멋진 제안을 거절할 리 없었다.

"아뇨. 리네 씨, 평범하게 생각해서 그건 무리예요."

그렇지만 그 의뢰서를 에이라에게 가져갔더니, 토모야 일행의 희망을 쳐부수는 말이 돌아왔다.

"음. 에이라. 어째서지?"

"그러니까요. B랭크와 C랭크 두 명의 파티로 A랭크 의뢰를 받도록 할 리가 없잖아요. 그리고 토모야 씨는 이제 막 모험가 등록을 한 참이에요. C랭크로 등록이 됐다지만 평균 스테이터스가 3,000이라는 최저 기준을 넘었기 때문이고, A랭크 마물은커녕 C랭크의 마물을 상대하는 것도 어려운—."

"기다려. 어떻게 된 거지? 토모야, 네 평균 스테이터스는 3,000 정도인가?"

"어? 아아, 그런데."

"……흠. 그거 묘하군."

토모야가 그 물음에 긍정하자, 리네는 손으로 입가를 가리고 뭔가 생각에 잠겼다. 어쩐지 전개가 안 좋게 흘러가는 것 같지만, 상황을 정확하게 소화하지 못하는 토모야는 철저하게 방관하기로 했다.

그리고 몇 초 뒤, 리네는 고개를 들고 말했다.

"보통 그레이 울프 한 마리의 강함은 C랭크 상위 지정이고, 무리가 되면 B랭크 하위까지 올라가게 되지. 그래서 나는 네가 B랭크에 가까운 C랭크의 실력자라고 생각하고 있었는데……. 지금 들은 토모야의 스테이터스는 대략 C랭크 하위쯤 된다. 그 스테이터스라면 어제처럼 그레이 울프 몇 마리를 상대하는 일이, 불가능하다고 생각하는데."

"……그 이야기를 진행하기 전에, 참고 삼아서 각 랭크의 대략적인 스테이터스를 가르쳐줄 수 있을까?"

"응? 아아, 물론 상관없어. C랭크 하위가 3,000에서 4,000. C랭크 중위가 4,000에서 5,000. C랭크 상위가 5,000에서 6,000. 그리고 6,000 이후부터 B랭크가 되는 거지. 이걸 들었으니 스테이터스 3,000인 사람이 그레이 울프의 무리를 쓰러뜨리는 게 불가능하다는 걸 이해했을 거라고 생각하는데."

"알았어, 고마워. 신시아 씨 이리로."

"네? 또, 또 저 말인가요?"

또 다시 신시아를 불러내서, 가까이 붙어서 소근소근 이야기를 시작했다.

"이거 어떻게 된 거야. 이 스테이터스면 그레이 울프랑 싸울 수 있는 거 아니었어?"

"저기, 그건 저기…… 전에 스테이터스가 3,000이 되면 C랭크가 될 수 있다는 이야기를 들은 적이 있어서요. 그리고 그레이 울프가 C랭크라는 정보는 애당초 가지고 있었으니까……."

"그러니까, 같은 C랭크 안에서도 실력 차이가 있다는 걸 고려하지 않은 거야?"

"앗, 네. 그런 셈이 되네요……. 죄송합니다. 착각을 해버린 모양이에요."

"그렇구나."

사정은 파악했다. 그렇다면 문제는 이제부터다, 스테이터스 수치(은폐 뒤)와 실제로 한 행동 사이에 있는 차이에 대해서 변명을 해야 한다.

그렇지만 어떤 이유라면 납득을 해주는 걸까? 그렇게 생각하면서 신시아와 떨어져 리네를 보았다. 그러자, 리네는 예상 밖의 모습을 보여주었다.

그녀는 불손하게 웃고 있었다.

"후훗, 그렇군. 그레이 울프를 쓰러뜨렸는데도 그 정도의 스테이터스였다니……. 그래, 결정했어. 새삼 부탁할게. 토모야, 나랑 파티를 짜서 함께 레드 드래곤을 쓰러뜨리러 가자."

"……괜찮아?"

"물론이지. 스테이터스만이 실력의 전부가 아냐. 나는 그것보다도 자신의 눈을 믿고 싶어. 너에게서 그 정도의 힘이 느껴지거든……. 네 대답을 들려주지 않을래? 토모야."

말하고서, 리네는 토모야에게 손을 내밀었다.

어째서 그렇게까지 자신을 인정해주는지는 알 수 없다. 그렇지만 리네의 올곧은 눈동자를 보고, 그녀가 진심으로 토모야의 실력을 믿고 있다는 것을 아플 정도로 알 수 있었다.

그래서 토모야도 하다못해 성의를 보여, 망설이지 않고 고했다.

"알았어. 함께 힘내자, 리네."

그리고, 토모야는 리제의 손을 강하게 움켜쥐었다.

"하아, 역시 이렇게 되어 버렸네요. 리네 씨가 한 번 정해버리면 저로서는 이제 막을 수가 없어요."

"……나도 싸우는 힘이 있으면 좋을 텐데."

기가 막혀서 한숨을 쉬는 에이라와 어째선지 불만스러운 신시아의 말이 들려왔다.

◇◆◇

　길드에서 대화를 나눈 뒤, 토모야, 신시아, 리제 세 사람은 의뢰주인 영주— 다시 말해서 신시아의 아버지인 릿셀을 찾아갔다. 토모야와 신시아는 그저 집으로 귀가하는 거라고 할 수 있지만.

　거기서 레드 드래곤 토벌 의뢰를 받았다고 설명하자, 릿셀은 조금 놀란 다음에 자세한 설명을 해주었다.

　매그리노 산맥.

　모험가의 도시 루갈의 남방 100킬로미터 거리에 있는 산맥의 총칭이었다. 높이는 최대 3,000미터 정도. C랭크, B랭크의 강력한 마물이 다수 존재한다.

　매그리노 산맥을 넘으면 크레이오 마법국의 국토로 들어서게 되며, 남쪽으로 가면 항구 도시 사우스포트에 도착할 수 있다. 사우스 포트에는 중앙대륙을 경유하지 않고 동대륙에서 남대륙으로 갈 수 있는 유일한 항구가 있다.

　일단은 이런 설명을 들었지만, 이번의 목적은 산맥 너머가 아니다. 갑자기 산맥의 정상에 나타난 A랭크 지정 마물인 레드 드래곤의 토벌이었다.

　토모야와 리네의 실력을 의심하는 것은 아니지만, 만약의 경우는 자신의 목숨을 제일 우선하도록 릿셀과 신시아가 강하게 주의를 주었다.

　그 뒤에는 신시아와 둘이서 스테이터스에 대해 이런저런 이야기를 했다. 개중에서도 가장 중요한 것은 마력을 끌어내는 법이었다. 방법보다는 감각 그 자체에 대해서 배웠다. 마력이 없는 세계에서 살아온 토모야에게 마력을 사용하여 싸우는 것은 주먹으로 마물을 때리는 것보다 몇 배는 어려운 일이었지만, 신시아가 알기 쉽게 설명을 해주어 충분히 이해할 수 있었다. 신시아 님 만세다.

그런 일이 있으면서도 시간이 지났다. 길드에서 해후한지 한 나절 뒤의 아침, 토모야와 리네는 남문 앞에서 만나기로 했다.

"처음으로 검을 사버렸다."

남문으로 가는 도중에 들른 무기점에서 검을 구입하여 허리춤에 차고, 토모야는 조용히 중얼거렸다. 토모야는 어제 스테이터스를 은폐하면서 직업을 검사로 해두었다(모험가 중에는 검을 사용하는 사람이 가장 많다는 이야기를 신시아에게서 들었기 때문이다). 검사인데 검이 없는 건 너무나도 부자연스럽기 때문에 구입해두기로 했다.

릿셀 씨에게 받은 준비금 중에서 검을 구입하는 데에 금화 10닢을 사용했다. 일본의 돈으로 환산하면 약 10만엔. 무기로서는 평범한 금액이리라. 연습 삼아 휘둘렀을 때는 위화감이 없었지만, 실전에서 사용하는 느낌은 매그리노 산맥으로 가는 도중에 확인할 셈이었다.

"하지만, 허리에 검이 있다는 건 조금 신기한 느낌이야. 그리고 짐도 꽤 있어서 움직이기 불편해. 어떻게 안 되려나……."

그렇게, 생각한 순간이었다.

"—헉."

갑자기 머릿속에 문자가 떠올랐다.

【이공간 창고】— 다른 차원의 공간에 물건을 보존하는 스킬.

"이게 뭐야……."

그 문자가 무엇인지 의문스럽게 생각하면서, 문득 예전에도 비슷한 일이 있었다는 것을 떠올렸다. 처음으로 감정 스킬을 사용해서 자신의 스테이터스를 봤을 때와 같은 감각이었다.

그렇다면 이 문자에도 무슨 의미가 있을 것이다. 이공간 창고, 다른 차원의 공간에 물건을 보존하는 스킬…….

"그렇지!"

토모야는 등에 지고 있던 여벌옷이나 식량이 들어간 짐을 손에 들었다. 그와 동시에 이곳과 다른 공간을 이미지했다.

그러자 토모야의 앞 공간이 갑자기 일그러지기 시작했다. 두려워하지 않고 그곳에 짐을 넣어 보자, 놀랍게도 그대로 빨려 들어가더니 일그러짐이 소멸했다.

"역시 이런 스킬이구나. 그러면 꺼낼 때는 어떡하지……. 좋아, 됐다."

다시 한 번 다른 공간을 이미지하여 만들어진 왜곡에 손을 넣어, 안에서 짐을 꺼내는데 성공했다. 이 스킬만 있으면 들고 다녀야 할 짐이 아무리 많아도 문제없다. 참으로 편리한 스킬 이군. 홀로 마음속으로 칭찬했다.

그렇지만 어째서 갑자기 이 스킬을 쓸 수 있게 된 걸까? 그 원인을 알기 위해서 지금까지 토모야가 사용한 스킬을 떠올려봤다. 감정과 이공간 창고다.

감정을 사용한 것은, 분명히 자신의 힘이 어떻게 된 것인지 알고 싶다고 생각했을 때다. 그리고 이공간 창고를 사용한 것은 알고 있는 것처럼 짐을 편하게 옮기는 방법이 없을까 생각했을 때. 이것으로 추측할 수 있는 것은, 토모야가 바라는 것에 적합한 스킬(노멀 스킬)이 의식 표면에 떠오르는 것이리라.

올 ∞라는 이름의 그 스킬은, 생각했던 것보다 몇 배는 우수해 보이는 힘이었다.

그리고 몇 분 걸어서, 토모야는 남문에 도착했다.

남문에는 성벽에 등을 기대고 있는 리네가 있고, 그 옆에 말 한 마리가 있었다. 리네는 토모야의 모습을 발견하고 기뻐하며 손을 들었다.

"안녕? 토모야. 어제는 충분히 잤어?"

"그래. 릿셀 씨랑 신시아가 분발해서 호화로운 식사를 준비해줬으니까. 힘을 충분히 비축했어."

어제 릿셀 씨에게 의뢰의 설명을 받은 다음, 리네는 자신이 머무르는 여관으로 돌아갔다. 하지만 당연히 토모야는 그대로 신시아의 집에 신세를 졌다. 그때 의뢰의 성공을 기원하며 맛있는 식사를 대접해주었다.

"응, 그렇구나. 그럼 다행이야."

토모야의 상태가 좋다는 것을 듣고, 리네는 활짝 웃으며 기쁨을 드러냈다. 그 모습에 토모야는 무심코 눈길을 빼앗겨 버렸다. 나부끼는 붉은 머리칼에 비취색 눈동자, 그리고 은색 갑옷과 허리의 검까지도 신기하게 그녀의 매력을 이끌어냈다.

"그런데 토모야, 너는 상당히 몸이 가볍군. 짐도 거의 가진 게 없는 모양이야."

"그래. 이공간 창고에 넣어뒀어."

어제 리네에게는 토모야의 스테이터스 카드를 보여주지 않았다. 이야기의 흐름으로 평균 스테이터스가 3,000이라는 것은 알고 있어도, 스킬까지 파악하지는 못했을 것이다. 따라서 스테이터스 카드에 기재되지 않은 이공간 창고를 쓸 수 있다고 말해도 문제없을 것이다.

그렇게 생각했지만, 토모야의 예상과 달리 리네는 의문스런 표정을 떠올렸다.

"……이공간 창고라고? 토모야, 너는 이공간 창고 스킬을 가지고 있어?"

"어, 어어. 그런데."

뭔가 좋지 않은 것을 말해 버렸나? 의문스럽게 생각하면서도 냉정함을 유지하며 물음에 대답했다. 리네는 잠시 생각하는 기색을 보인 다음 고개를 들었다. 시원스러운 표정이었다.

"그렇군. 아니, 이공간 창고 스킬을 가지고 있는 사람이 적으니까 놀라버린 것뿐이야. 신경 쓰지 말아줘."

"아, 알았어."

딱히 별다른 문제는 없었던 모양이라, 토모야는 안도했다.

"응, 그렇군……."

그리고 리네는 자기 옆에 내려둔 커다란 짐 가방을 잡더니 토모야에게 말했다.

"토모야. 이공간 창고에 혹시 여유가 있을까?"

"있을 거야."

"그렇군. 그러면 이것도 이공간 창고 안에 넣어줘."

더욱이 말하고, 유일한 짐을 훌쩍 토모야에게 건넸다.

"잠깐만. 갑자기 자기 짐을 나한테 넘겨도 되는 거야? 돈 같은 것도 들어 있을 거 아냐."

"스테이터스 카드랑 이 검 말고는 모두 그 안에 있어. 그렇지만 문제는 없어. 토모야가 빼앗아서 도망칠 리도 없으니까."

"……어제부터 어렴풋이 생각했는데, 혹시 꽤 낙관적인 타입이야? 뭐 괜찮긴 한데."

반론이 소용없다는 걸 깨닫고서, 토모야는 순순히 짐을 받아 이공간 창고 안에 넣었다.

"좋아, 준비 완료다."

이걸로 토모야와 리네가 들고 있는 것은 허리에 찬 검 정도였다. 짐이 없기 때문에 상당히 행동이 편해졌다. 그렇게 생각하는데, 문득 리네가 토모야의 허리춤에 있는 검을 보더니 조금 의문스런 표정을 지었다.

"토모야. 그 검은 혹시 새로 구한 거야? 흠집이나 얼룩이 전혀 없는데."

"어어, 그런데."

"……너는 손에 익지 않은 검으로 A랭크 마물과 싸울 셈이야?"

"어?"

"그리고 애당초, 그레이 울프는 맨주먹으로 쓰러뜨리지 않았던가?"

'아차, 실수했나.'

리네 말이 맞았다. 방금 산 무기를 실전에 사용하는 것 따위 바보가 하는 일이고, 토모야가 검을 쓰지 않고도 맨손으로 싸울 수 있다는 것은 리네에게 들켰다. 검을 살 필요가 없었을 지도 모른다.

이래저래 적당한 토모야의 행동에 대해 환멸을 하지 않았을까? 불안하게 생각하면서 리네를 살폈지만, 그녀는 어째선지 대단히 즐거운 기색으로 웃었다.

"하핫, 그렇군. 좋아. 재미있어. 나는 너의 그런 상식을 벗어난 점에 이끌려서 파티에 권유한 거야. 네가 어떻게 싸울 셈인지 기대하고 있을게."

"……그래."

환멸을 당하지 않은 것에 토모야는 안도의 한숨을 내쉬었다. 토모야가 싸우는 걸 한 번밖에 못 봤는데도 불구하고 상당히 신뢰한다. 토모야는 리네에게 거짓말을 하고 있다는 것을 미안하게 생각하면서도, 동시에 생각했다. 필요 이상으로 힘을 자랑할 셈은 없지만, 만약의 경우에는 진짜 스테이터스가 들키더라도 반드시 리네를 지켜야 한다고.

각오를 굳힌 토모야는 고개를 들었다.

"그러면 이제 슬슬 출발하자……라고 말하고 싶지만, 말이 한 마리밖에 없네. 마차가 없는데 어떻게 이동할 셈이야?"

"응? 그거라면 빤하지 않아?"

토모야의 물음에 리네는 고민하지 않고 대답했다. 그녀는 재빨리 말에 올라타더니 한 손으로 고삐를 쥐고, 다른 한 손으로 뒤를 툭툭 두드리면서 말했다.

"어서 타. 토모야, 둘이서 타고 간다!"

"……정말로?"

그렇게, 리네가 리더를 맡은 B랭크 파티 【적기사단】의 첫 의뢰. 그리고 토모야에게도 첫 의뢰인 A랭크의 레드 드래곤 토벌이 시작됐다.

—방심했다. 여러모로. 토모야는 그렇게 생각했다.

"우웃, 흔들린다 흔들린다 흔들린다!"

예쁘게 포장되지 않은 자갈길을 빠르게 말이 달린다. 승마에 익숙한 사람이라면 지나가는 바람을 쐬면서 기분 좋게 느껴질지도 모르지만, 말을 처음 타보는 토모야에게는 그렇지 않았다.

"흔들리는 건 네가 나를 단단히 붙잡지 않아서 그래! 자, 양손을 내 몸에 둘러서 잘 잡아!"

"잠깐, 리네……!"

저항할 여지가 없었다. 리네의 손에 잡힌 토모야의 팔이 그녀의 몸통에 감겼다. 리네는 갑옷 차림이지만, 움직임을 제한하지 않기 위해서 단단히 지키고 있는 부분은 중요 부위뿐이다. 그런 까닭에 배는 갑옷으로 지키지 않아서 옷이 드러나 있었다.

다시 말해서 토모야는 천 한 장 너머로 리네의 몸을 끌어안게 되는 것이다. 리네의 단련된, 그러나 부드러운 몸의 감촉에 토모야는 무심코 얼굴을 붉히고 말았다.

자랑은 아니지만, 토모야는 본래 세계에서 여성과 닿은 경험 따위 거의 없었다. 그렇기에 지금 이 상황은 토모야에게 대단히 유혹적인 것이었다.

의식을 다른 곳으로 돌리고자 해도 말이 땅을 찰 때마다, 리네의 배부터 가슴까지 토모야의 팔이 왕복하는 것이다. 이해불능일 정도로 부드러운 무언가가 팔에 닿자, 단숨에 머리까지 열이 솟는다. 필사적으로 무엇에 닿았는지에 대해서는 생각하지 않도록 노력했다.

게다가 몸의 감촉에 더해, 토모야 앞에서 리네의 머리칼이 나부낄 때마다 여성다운 좋은 냄새가 난다. 그것이 더욱 토모야의 냉정함을 빼앗았다.

'위험해위험해위험해. 이거 위험해. 어떤 의미로 강력한 마물을 상대하는 것보다—!'

"토모야, 마물이다!"

그러나, 그런 생각만 하고 있을 수는 없었다. 토모야와 리네가 말을 타고 달리는 방향에 몇 마리의 마물이 있었기 때문이다. 검은 색의 털로 뒤덮인 사자 정도 크기의 마물들이, 사지와 몸통을 부풀리고 송곳니를 드러내면서 토모야와 리네에게 적의를 드러내고 있었다.

어떤 마물인지 알고 싶다고 생각하자, 감정이 자동적으로 발동했다.

【블랙 울프】— B랭크 하위 지정.

그레이 울프가 C랭크 상위 지정이었으니 그것보다 강한 마물이란 것이다.

어떻게 대처해야 할까? 토모야의 불안은 다음 순간 리네의 행동으로 사라지게 됐다.

"문제없어! —공참(空斬)!"

일섬.

말에 탄 상태 그대로 리네가 한 손으로 검을 칼집에서 뽑아 휘둘렀다.

피에 젖은 것처럼 붉은 검이 허공을 미끄러지자, 그것과 이어진 것처럼 앞에 있던 짐승들의 몸이 둘로 갈라져 무너졌다. 한순간에 결판이 났다. 그 광경에 토모야는 무심코 눈길을 빼앗겼다.

아름다운 적색의 긴 머리칼에, 시선을 붙드는 붉은 검. 확실히 적기사라고 불릴 만 하다. 간단히 납득할 수 있었다.

"오늘은 상태가 좋아!"

시체가 된 다섯 마리 블랙 울프 앞에서 말을 세우더니, 리네가 말에서 내리며 말했다. 토모야에게도 손짓을 한다.

"블랙 울프의 털가죽은 가볍고 튼튼한 방어구가 되니까 비싸게 팔려. 이공간 창고에 보존해두면 좋지."

"알았어."

리네의 제안에 따라, 토모야도 말에서 내려 이공간 창고를 발동하고 안으로 홀쩍 던져 넣었다. 그 광경을 리네는 흥미롭게 바라보고 있었다.

"좋아. 다 넣었군. 그러면 다시 출발하자—응?"

리네가 뭔가 신경 쓰이는 것을 발견한 것처럼 말을 멈추었다. 덩달아서 토모야도 리네와 같은 방향을 보고, 리네가 그러는 이유를 깨달았다.

블랙 울프 한 마리가 땅을 짓밟고서, 으르렁거리며 토모야와 리네를 노려보고 있었다. 방금 전에 리네가 토벌한 다섯 마리와 같은 무리였을 지도 모른다.

"아직도 있었나. 적대한다면 내가—"

"아니, 이번에는 내가 싸우게 해줘."

검을 겨누려는 리네 앞에서 토모야가 한 걸음 나섰다. 적은 마침 한 마리, 토모야가 검으로 얼마나 싸울 수 있는지 시험하기에 좋은 기회라고 생각한 것이다.

그 의도까지 읽어낸 것은 아니겠지만, 리네는 순순히 물러났다.

"그럼 맡기지."

"그래."

허리춤의 칼집에서 검을 뽑았다. 은색의 칼날이 햇빛을 받아 반짝 빛난다. 그러나 그 아름다움에 눈길을 빼앗길 여유는 없다. 싸울 준비를 갖춰야 한다.

스테이터스의 각 항목 안에서도 방어, 마력, 마방 세 항목은 항상 발동이기 때문에 토모야가 의식하지 않아도 발동하고 있다. 문제는 공격, 민첩, 마공 같은 임의 발동이 필요한 세 항목이다. 어느 정도로 강화해야 할까 아직 제대로 파악하지 못했다. 그런 가운데 토모야는 문득, 어제 리네의 말을 떠올렸다.

'그러고 보니, 리네는 스테이터스가 6,000 이후라면 B랭크가 된다고 했었지.'

블랙 울프는 B랭크 하위 지정이기 때문에, 그 정도면 충분히 싸울 수 있을지도 모른다. 그렇게 생각하고 토모야는 공격, 민첩을 스테이터스 6,000까지 끌어올렸다.

"―크아!"

"―흡."

입을 커다랗게 벌리고 토모야를 향해 뛰어든다. 그 속도와 기세는 지난번 그레이 울프보다도 훨씬 빠르고 강하다. 방어 ∞로 보호를 받는다는 건 이해하고 있지만 공포에 몸이 떨릴 것 같았다.

그렇다고 해서 그저 당하기만 할 수는 없다. 마음을 단단히 먹고서, 양손으로 검을 중단에 겨누어 그 마물을 요격했다.

"하앗!"

기합을 넣으며 일섬. 블랙 울프를 향해 똑바로 검을 휘두른다. 그러자 검과 블랙 울프의 송곳니가 접촉했다. 저쪽은 거대한 체구를 이용하며 공격했지만, 토모야도 지지 않았다. 높아진 능력이 그대로 검신으로 전달되고— 다음 순간 토모야의 검은 블랙 울프의 송곳니를 부러뜨리며 그대로 안면을 베어냈다.

"키야아아아아아!"

그러나 아직 안 죽었다. 고통을 견디는 것처럼 포효를 지르면서 블랙 울프는 거리를 벌렸다. 토모야는 그것을 따라가지 않고, 냉정하게 상황을 분석했다.

'공격을 높인 영향으로 온몸의 근육이 강해져서, 검을 휘두르는 힘이 늘어났어. 그러면, 다음 과제는 검 자체의 위력을 어떻게 높일 것인가로군.'

그렇다. 공격 스테이터스는 어디까지나 몸을 이용한 직접 공격의 위력을 높이는 것에 지나지 않는다. 순수하게 검의 절삭력 따위가 올라가는 것이 아니었다. 이대로는 검 자체에 커다란 부하가 걸려서 금방 부서질 것이다.

그것을 막기 위한 해결책도, 토모야는 이미 생각하고 있었다.

"마공— 6,000!"

마공— 마력을 이용한 공격의 위력을 높이는 스테이터스를 상승시킨다. 이 방법의 요점은 마력으로 만들어낸 공격이 아니라, 마력을 이용한 공격이라는 것이다. 어제 신시아와 스테이터스에 대해서 이야기를 하고 알게 된 것인데, 마법이 아니라 순수하게 마력만 두른 공격이라도 마공의 효과가 발휘되는 모양이다.

그래서 토모야는 어제 배운 방법으로 마력을 몸에서 방출하여 검에 둘렀다. 이걸로 검 자체에 마공의 효과가 발휘될 것이다.

그 추측을 실행하고자, 토모야는 상처를 입고서도 맞서는 블랙 울프에게 검을 옆으로 휘둘렀다.

"먹어라!"

칼날이 블랙 울프에게 닿은 순간, 방금 전에 느낀 저항은 무엇이었던가 싶을 정도로 맥없이 칼이 안으로 가라앉아, 몸을 두 동강 냈다.

검은색의 피가 치솟고, 두 동강 난 시체가 풀썩 지면에 떨어졌다.

"후우~."

그 광경을 바라보며 안도의 한숨을 쉬었다. 검을 쓰는 건 처음이었지만, 충분하고 남을 정도로 움직일 수 있지 않았나 하여 토모야는 내심 뿌듯했다.

물 마법으로 검에 묻은 피를 씻어내고 칼집에 넣었다.

"─그렇군."

그때 토모야의 귀에 리네의 목소리가 닿았다. 그쪽으로 고개를 돌리자, 리네는 조금 쓴웃음을 지으면서 말하기 어려운 기색으로 고했다.

"역시 지금 토모야의 싸움은, 내가 어제 길드에서 들은 네 스테이터스로는 불가능한 것 같은데…… 그에 대해서 어떤 반응을 해야 좋을까?"

"앗!"

리네의 말을 듣고 토모야는 자신의 실수를 깨달았다. 검을 사용한 싸움에 익숙해지려고만 생각한 나머지, 그녀에게 진짜 스테이터스를 감추는 걸 잊고 있었다. 대답을 망설인 끝에, 토모야가 필사적으로 짜낸 대답은 이런 것이었다.

"……그건, 노코멘트로 부탁드립니다."

자기 거짓말을 눈감아 달라는 말도 안 되는 부탁에, 리네는 한 마디.

"알았어."

어째선지 망설이지 않고 순순히 받아들여주었다.

그런 반응을 해버리면 오히려 토모야가 미안해진다.

"내가 말하는 것도 이상하지만 정말로 그래도 되는 거야? 더 이것저것 캐물을 거라고 생각했는데."

"상관없어. 애당초 처음부터 말했었잖아. 내가 너에게 기대하는 건 상식을 벗어난 힘이라고. 사실대로 말하자면 이 정도는 나도 예상했어."

"……정말로? 굉장하네."

거짓말을 용납해주는 관대함과, 토모야의 실력을 처음부터 파악하고 있는 것 같은 태도. 그 둘에 대한 칭찬의 말이었지만, 리네는 훗 하고 웃으며 말했다.

"자, 이번에야말로 다시 출발하자. 해가 지기 전에 산자락까지 갈 셈이니까."

그 다음, 토모야 일행은 몇 시간에 걸쳐 초원을 달려 매그리노 산맥 자락에 있는 여관의 조금 앞까지 도착했다. 중간에 나타난 마물은 토모야가 나설 것도 없이 리네의 검으로 해치웠다. 설마 100킬로미터의 여정을 휴식해가면서 한나절 만에 마칠 줄 몰랐던 토모야는 꽤 놀랐다. 참고로 마지막에는 아무리 그래도 말 위에서 밸런스를 잡는 것에도 익숙해졌다.

해가 저물어 세상이 어둠에 물들어갈 무렵, 이공간 창고 안에 있는 리네의 짐에서 텐트를 꺼내 조립한 두 사람은 바로 옆에 피워놓은 타닥타닥 타오르는 불 주위에 앉아 있었다. 주위에 굴러다니는 나무와 리네의 불 마법으로 만든 것이다.

그들은 지금 식사를 하고 있었다.

"이거 맛있네! 설마 원정 나와서 이런 맛있는 요리를 먹을 수 있다고 생각 못했다. 몸이 안쪽까지 따스해지는걸."

식기를 기울이고 플라이 래빗의 스튜를 먹으면서 리네는 기쁜 기색으로 그렇게 말했다. 플라이 래빗은 D랭크 중위의 날개가 돋은 토끼 마물인데, 여기까지 오는 길에 마주치게 되어서 잡았다. 강함 자체는 위협적이지 않지만, 자신보다 강한 적을 만나면 날아서 도망치기에 (뛰는 게 아니라 난다) 붙잡기 성가신 마물이다.

고기를 끓이면 맛이 일품이라 비싸게 팔리기 때문에, 초급 모험가의 수렵 대상이 되는 경우가 많다. 그러나 토모야와 리네는 그것을 팔지 않고 자신들이 먹기로 했다.

신시아의 집에서 빌린 식기와 재료를 이공간 창고에 넣어둔 짐에서 꺼내고, 냄비 안에서 야채와 플라이 래빗의 고기를 한꺼번에 끓인다.

그렇게 만든 스튜를 우물우물 맛있는 기색으로 먹는 리네를 봤더니, 만든 토모야 자신도 기쁜 마음이 들었다. 토모야도 리네에 이어 스푼으로 고기를 떠서 입에 넣었다.

"그래, 맛있다."

애당초 스스로 요리를 만드는 일이 많은 생활을 하고 있던 토모야가 조리를 해서 그런지 상당히 맛있었다. 천천히 끓인 플라이 래빗의 고기가 입 안에서 사르르 녹고, 풍부한 감칠맛과 부드러운 지방이 차분하게 퍼진다. 스튜의 부드러운 맛과 대단히 잘 조화되어, 아무리 먹어도 질리지 않는다. 만족스런 요리였다.

잠시 동안 두 사람은 묵묵히 우물우물 스푼을 움직이기만 했다. 결국 5~6인분쯤 되지 않을까 생각했던 스튜를 다 먹어버렸다.

"후우, 만족했군. 고맙다, 토모야. 너는 요리를 잘 하는군. 이것만 해도 너를 데리고 온 보람이 있었어!"

"아니아니, 그걸로 내 가치를 정해버리면 곤란한데…… 뭐 딱히 나쁜 기분은 안 들지만."

후훗. 작게 웃는 두 사람. 담소를 하는 도중에, 문득 토모야는 오는 도중에 신경 쓰였던 것을 리네에게 물어봤다.

"그러고 보니, 리네가 썼던 멀리 있는 마물을 베는 기술 같은 건 뭐야? 그거, 공참이라고 멋지게 외쳤던 거."

"그건 내가 가진 스킬을 이용한 것뿐인데……. 음, 그렇군."

그때 어째선지 리네는 의미심장한 웃음을 지으며, 스테이터스 카드를 꺼냈다.

"기왕이니까, 한번 봐. 이게 내 스테이터스야."

그 말에 따라서, 토모야는 리네의 스테이터스 카드를 받았다.

리네, 18세, 여자, 레벨: 36
직업: 검사, 길드 랭크: B
공격: 8,080 방어: 7,800 민첩: 6,990
마력: 7,600 마공: 8,420 마방: 7,700
스킬: 불 마법 Lv 4, 검술 Lv 5, 공간 마법 Lv 4

"……강하구나, 리네는."

의심한 건 아니지만, 거기에 적혀 있는 상상 이상의 수치를 보고 토모야는 무심코 놀라 말했다.

지금까지 토모야가 본 스테이터스는 자기 것을 제외하면 유우 일행 네 명의 것뿐이다. 레벨 1치고는 축복받은 스테이터스였겠지만, 그래도 세 자리 수였던 것과 비교하면 리네가 훨씬 강하다는 걸 알 수 있었다.

덤으로 말하자면 토모야는 그녀의 태도를 보고 자신보다

꽤 연상일 거라고 상상했는데, 실제로는 18세라는 숫자를 보니 조금이지만 신기한 기분이 들었다.

"공참은 내 스킬인 검술과 공간 마법의 중첩 기술이야. 검격을 공간 마법으로 날리는 거지."

"그렇구나."

스킬을 그런 식으로 쓸 수도 있구나. 감탄한 토모야는 고맙다고 말하며 리네에게 스테이터스 카드를 돌려주었다.

"아, 그렇지."

그러다가 문득 깨닫고, 이공간 창고에서 자기 스테이터스 카드를 꺼냈다. 은폐 스킬을 사용한 다음에, 그것을 리네에게 건넸다.

"음. 무슨 일이야?"

"아니, 나만 리네의 스테이터스 카드를 보는 것도 좀 그렇다고 생각해서. 앞으로 참고를 위해서도 보여줄게."

"……그렇군, 그러면 사양 않겠어."

리네에게 건넨 스테이터스 카드에는 다음과 같이 적혀 있었다.

토모야 유메사키, 17세, 남자, 레벨: 25
직업: 검사, 길드 랭크: C
공격: 3,000 방어: 3,000 민첩: 3,000
마력: 3,000 마공: 3,000 마방: 3,000
스킬: 불 마법 Lv 3, 물 마법 Lv 3, 치유 마법 Lv 3, 검술

Lv 3, 이공간 창고 Lv 3

은폐를 사용한 것은, 스킬에 이공간 창고 항목을 더하기 위해서였다.

"……흠. 그렇군. 고마워."

토모야의 스테이터스 카드를 보고 뭔가 납득한 기색으로 깊게 고개를 끄덕이더니, 리네가 스테이터스 카드를 돌려주었다. 이어서 그녀는 말했다.

"그럼, 이제 그만 잘까? 내일도 일찍 일어나야 하니까."

리네가 말한 것처럼, 이미 주위는 어둠에 휩싸여 있었다. 산자락과 가깝기 때문에 주위에 나무들도 늘어나 기묘한 분위기를 풍기고 있었다. 이 환경에서 잠드는 건가? 불안하게 생각하는 토모야. 그러나 그 직후에, 그보다도 커다란 문제를 깨달았다.

텐트가 하나밖에 없다. 여자와 둘이서 한 지붕 아래, 여러모로 견딜 수 없을 것 같다.

텐트가 하나밖에 없다는 커다란 문제를 토모야는 깨달았다(혼란).

"아차, 이 텐트에서는 둘이서 못 자네."

지금까지 여자와 같은 방에서 함께 잔 적 따위 없는 토모야가 난처하게 중얼거렸다.

"응? 어째서? 분명히 딱히 커다란 텐트는 아니지만, 둘이

나란히 누울 정도는 되지 않나."

그러나 토모야와 달리 리네는 그것을 신경 쓰는 기색이 없었다. 그녀는 몸에서 방어구를 풀더니 텐트 안으로 슥 들어갔다. 돌아보자, 리네가 입구를 연 상태에서 얼른 오라는 눈으로 토모야를 보고 있었다.

문득, 뭔가 깨달은 표정을 지었다.

"응? 혹시 야습 따위를 경계하는 건가? 그거라면 문제없어. 이 근처의 마물 정도라면 대부분 우리들에게 대미지를 줄 수 없고, 애당초 적이 오면 내가 깨닫는다. 믿고 있으면 돼."

"아니, 그런 걱정은 전혀 안 하는데…… 정말로 괜찮아?"

"토모야가 뭘 생각하는지는 모르겠지만 이렇게 대답하지. 전혀 상관없어."

리네의 사나이다운 멋짐에 홀랑 반해버릴 것 같았지만, 토모야는 그것을 견디면서 각오를 굳혔다. 안 좋은 생각을 하는 건 자신의 마음이 약한 게 원인이다. 강해져라. 억지로 억누르기로 했다.

텐트 안에 들어가서, 리네 옆에 누웠다. 이불 따위는 없다. 몸에 덮는 모포뿐이다. 마음을 비우고 리네와 반대쪽으로 몸을 돌렸다.

그러나 텐트는 꽤 좁아서, 서로가 작게 움직일 때마다 모포 너머로 그 진동이 여실히 전해진다. 그것이 어떤 의미로 몸이 직접 닿은 것 이상의 흥분 재료라는 것을 토모야는 느끼고 있었다.

갖가지 생각이 떠오르고 가라앉는다. 어째서 그녀는 이렇게 까지 무방비한 것일까?

리네는 정말로, 또래의 남자가 옆에 있어도 아무 생각을 안 하는 걸까?

갖가지 의문을 품으면서, 토모야의 의식은 천천히 가라앉았다.

어느 정도 시간이 지났을까? 토모야는 문득 눈을 떴다.

몸의 피로는 전혀 빠지지 않았고, 텐트 밖도 아직 어둡다. 잠을 청하기 시작하고 그다지 시간이 지나지 않았으리라.

"후아~."

그렇게 생각하며 크게 하품을 하자, 토모야의 몸이 텐트 안 에 퍼졌다.

"……어라?"

문득 의문이 생겨서 몸을 일으키고 옆으로 고개를 돌렸다.

그곳에 개어둔 모포만 있고, 본래 거기 있어야 할 인물이 없었다.

"리네?"

그렇다. 토모야 옆에 있어야 할 리네의 모습이 없었다.

신기하게 생각한 토모야는 복장을 갖추고 텐트 밖으로 나 왔다.

주위는 암흑, 시야도 불명료.

어쨌든, 리네를 찾아야 한다고 토모야는 생각했다.

"여기는……."

몇 분 걸어가자, 나무들 사이를 지나 트인 공간이 있다는 것을 토모야는 깨달았다. 축축한 다갈색 흙 너머로 작은 호수가 있었다. 달빛을 반사하여 환상적인 분위기가 떠돈다.

그러나 토모야가 주목한 것은 그런 것이 아니었다.

"아니…… 리네?!"

그렇다. 그 호수에는, 천 조각 하나도 걸치지 않은 상태로 몸을 담그고 있는 리네의 모습이 있었다.

무방비한 상태의 몸을 토모야가 있는 방향으로 향하고 있어서, 백색의 피부와 아름다운 언덕 둘이 남김없이 토모야의 시야에 뛰어들었다. 반사적으로 나무 뒤에 숨으면서, 토모야는 흥분과 초조함을 품었다.

'위험해위험해위험해! 일부러는 아니지만, 내가 엿본 게 들키면 리네의 신뢰가 0이 될 거야. 아니 마이너스가—.'

그러나, 이미 때는 늦었다.

"—윽, 누구냐?!"

"우왓?!"

리네는 나무 그늘에 숨은 존재를 눈치챘는지, 호수 옆에 둔 검을 쥐고 힘차게 휘둘렀다.

뿜어낸 검격이 토모야가 숨어 있는 곳 주변의 나무를 모두 베어내고— 드디어, 리네의 시야에 토모야의 모습이 비쳤다.

"……토모야인가?"

"……네, 토모야입니다."

토모야는 모든 것을 포기하고, 오늘 하루 동안 쌓아 올린 신뢰를 모두 잃는 것까지 각오하며 모습을 보였다. 엿본 사람의 정체가 토모야라는 것에, 리네는 눈을 크게 뜨고 놀란 태도를 보였다.

─그러나, 그 다음의 반응은 토모야가 예상한 것과 완전히 달랐다.

"뭐야, 토모야군. 그럼 다행이야. 도적이나 마물인가 싶어서 검을 휘둘러 버렸다. 다친 데는 없어?"

"……어?"

그것은 비난하긴커녕, 토모야의 몸을 염려하는 말이었다. 오른팔로 두 가슴을 눌러 최소한의 부분만 가린 상태로 리네는 토모야에게 미소를 지었다(허리 아래는 물속이라서 숨길 필요는 없었다).

리네의 그 태도에 토모야는 잠시 멍해졌지만, 금방 이대로 여자애의 알몸을 보아선 안 된다고 생각하여 시선을 돌렸다.

그리고 심호흡을 한 번 하여 고동을 억누르고 리네의 물음에 대답했다.

"어, 그래. 다친 데는 없어, 괜찮아."

"응, 그렇군. 그건 다행이야. 그런데 너는 어째서 이런 곳에 있는 거지? ……아아, 너도 나랑 마찬가지로 몸을 좀 담그러 왔나?"

"아니, 눈을 떴는데 옆에 리네가 없기에 어디 간 건가 싶어서 찾으러 왔어."

"그런 거였군. 그래, 납득했어. 걱정을 끼쳐서 미안하군."

리네는 전혀 의심하지 않고 토모야의 말을 믿더니, 오히려 자신의 잘못을 사과했다.

그 리네의 모습이 토모야는 어쩐지 납득이 되지 않았다.

"그렇게 간단히 내 말을 믿어도 되는 거야? 아니 거짓말을 한 건 아니지만. 엿보러 온 게 아닌가 의심해도 어쩔 수 없다고 생각하는데."

"후훗, 토모야는 이상한 말을 하는군. 나 같은 여자의 몸에 흥미를 가지는 호사가가 있을 리 없잖아."

"……뭐?"

토모야가 엉뚱한 소리를 내는 것도 신경 쓰지 않고, 리네는 말을 이었다.

"이렇게 근육이 붙어 있고, 장점이라고는 검밖에 없잖아. 나처럼 귀염성 없는 여자가 인기 없는 것은 알고 있어. 남자는 더 활기차고, 덧없고, 애교가 있는 여성을 좋아하는 법이잖아?"

"…………."

"응? 토모야, 왜 그러지?"

입을 벌린 채 말을 잃은 토모야를 보고, 리네는 신기하다는 표정을 지었다.

그 표정을 본 토모야는, 리네가 자신의 매력을 전혀 깨닫지 못하고 있는 것을 이해했다. 말에 탈 때 끌어안아도 신경 쓰지 않고, 같은 텐트에서 자는 것에도 저항이 없는 것은 그녀가 만약의 사태라는 것을 전혀 생각하지 않았기 때문이었다.

토모야가 보기에 리네는 그야말로 절세의 미소녀라고 불러야 할 존재였다. 토모야가 아니라 누가 봐도 그렇게 생각할 것이다. 자각이 없는 그녀에게 그것만은 말을 해야 한다고 토모야는 생각했다.

"아니, 그건 아냐. 리네는 매력적인 여성이야. 그건 내가 보증하겠어!"

"……어?"

리네는 토모야가 외친 말을 듣고 한순간 눈을 크게 떴지만, 금방 본래대로 돌아왔다.

"아아, 뭐야. 괜한 배려구나. 신경 써주지 않아도 괜찮아, 토모야. 이건 나 자신이 가장 잘 이해하고……."

"아니, 이해하지 못했어. 나는 너를 봤을 때 가장 먼저 예쁘다고 생각부터 들었고, 몸을 단련했다거나 검이 특기라는 것도 노력할 수 있는 녀석이란 증거잖아? 그걸 매력이라고 말하지 않으면 뭐라고 하는데?"

"무슨……."

배려의 영역을 넘어선 토모야의 노호 같은 칭찬의 말에, 드디어 리네는 토모야가 진심으로 말한다는 걸 깨닫고 얼굴을 붉혔다. 그런 그녀에게 토모야는 마무리 일격을 쏘아냈다.

"그리고! 나는 지금, 네 알몸을 보고서…… 엄청, 심장이 뛰고 있어."

"―윽."

그 한 마디에, 리네는 얼굴을 붉히는 걸 넘어서 증기가 날 정도로 열기를 띠었다.

방금 전까지는 토모야 앞에서 알몸인 것을 신경 쓰지 않는 것 같았지만, 드디어 자신의 행위가 위태로운 걸 깨닫고 양손으로 필사적으로 몸을 끌어안는 것처럼 주요 부위를 가렸다.

애당초 토모야는 조금 전부터 시선을 돌리고 있으니 그 행동에 의미는 없었지만, 리네는 비대화된 의식의 영향으로 냉정한 판단을 하지 못하고 있었다.

"그, 그, 그, 그렇군! 그렇구나! 토모야는 정말로 나를 매력적이라고 생각하는 거구나! 그래! 그건 참으로 영광인걸!"

"……목소리 떨리고 있는데."

"시, 시끄러워! 전부 토모야 탓이야!"

지금까지는 의젓한 태도였는데 휘릭 바뀌어, 그야말로 여자애다운 귀여운 반응을 보이자 토모야는 무심코 풋 웃어버렸다. 그 목소리가 들렸는지 리네는 더욱 기분이 틀어졌다.

"우…… 웃었지, 토모야. 남에게 창피를 주고서 자기는 웃다니, 너는 최악이야."

"아, 미안. 리네의 반응이 귀여워서 그만."

"귀여—?!"

리네의 얼굴이 더욱 빨갛게 물들었다. 토모야는 결코 목 아래는 보지 않도록 의식하면서 리네의 표정을 힐끔 곁눈질로 보고, 아아, 정말로 매력적이라고 재인식했다.

다만 더 이상 리네를 칭찬하면, 그것은 오히려 그녀를 괴롭

히는 것 같아서 미안하다고 생각했다. 그런 토모야의 생각을 읽은 건 아니겠지만, 리네는 커다랗게 한 번 숨을 쉬더니 평탄한 목소리로 말했다.

"이 화제는 여기서 멈추자. 더 이상은 내 심장에 안 좋아."

"그래, 그렇게 하자."

그 다음 리네가 몸을 닦고 옷을 입을 때까지, 토모야는 조금 떨어진 장소에서 기다렸다.

"미안, 기다렸지."

시간이 조금 지나고, 옷을 다 입은 리네가 모습을 드러냈다. 물에 젖은 붉은 머리칼이 어쩐지 요염한 분위기를 뿜어낸다. 방금 전의 대화도 있었기 때문에 토모야는 꾸욱 숨을 삼켰다.

"응, 왜 그러지? 내 얼굴에 뭔가 묻었나?"

그에 비해 리네는 확실히 정신력이 대단해서, 토모야의 시선을 받으면서도 동요하지 않고 대답을…….

'……아니, 명백하게 얼굴이 빨갛군.'

"아니, 아무것도 아냐. 돌아가자."

토모야는 그 사실을 깨달았지만, 배려심을 발휘해서 건드리지 않았다.

당연히, 텐트로 돌아간 뒤에 두 사람에게는 파란이 기다리고 있었다.

"……."

"……."

"……리네."

"윽, 뭐, 뭐, 뭐, 뭐지 토모야?!"

"아니, 갑갑하지 않을까 해서."

"아, 아아. 그런 건가? 그거라면 문제없어. 괜찮아. 그래, 괜찮아……."

마지막은 자신에게 들려주는 것처럼 리네는 그렇게 대답했다.

"—윽, 닿았어! 지금 나한테 닿았지, 토모야! 오른쪽 어깨에 뭔가 닿은 감각이!"

"그냥 모포라고 생각해. 아니면 살아있는 유령."

그런 식으로, 걸핏하면 리네가 소란을 피웠다.

살짝 움직이기만 해도 모포의 진동이 상대에게 전달되는 좁은 장소의 긴장감. 아까 토모야가 느끼고 있던 것과 같은 것을, 리네 또한 느끼고 있는 모양이다.

이튿날, 두 사람이 수면부족으로 아침을 맞이한 것은 말할 것도 없었다.

이튿날 아침, 햇볕이 내리쬐는 가운데 토모야는 졸음과 싸우고 있었다. 옆에 있는 리네는 역시 대단하다고 해야 할까? 텐트에서 막 나왔을 무렵에는 졸려 보였는데, 지금은 정신을 바짝 차리고 있었다.

토모야와 리네 사이에서 어제 일은 일단 잊자고 합의가 되어 있었다. 가슴 안에 남아 있는 감정은 그렇다 치고, 들뜬 상태에서 레드 드래곤과 싸울 수는 없으니까.

"그러면, 이 애를 잘 부탁해."

"네, 알겠습니다~."

매그리노 산맥의 자락에 있는 여관에 도착하자, 리네는 일단 이곳까지 함께 온 말을 맡기기로 했다. 산길에서는 걷는게 말보다 빠르게 움직일 수 있기 때문이다.

수백 년 전까지는 프레아로드 왕국과 크레이오 마법국 사이를 이동하려면 매그리노 산맥을 넘어야 했지만, 힘이 없는 상인들이 이동하는 것은 어려웠다. 그래서 흙 마법이 뛰어난 사람들이 몇 년에 걸쳐 터널을 만들었고, 지금은 그곳을 지나 이동할 수 있다고 한다.

터널의 출입구에는 작은 여관이 있고, 그곳에는 이동중인 상인이나 매그리노 산맥에 도전하려는 모험가들이 모여 있었다. 리네는 맨 먼저 그곳에 있는 마구간에 들렀다. 어제 여기에 도착했다면 그런 사고는 일어나지 않았겠지만, 이제 와서 말해봐야 늦었다.

토모야는 눈을 뜨고서 지금까지의 2시간을 가볍게 떠올리고, 이번에야말로 매그리노 산맥에 올라가게 되었다. 다른 모험가들과 달리, 토모야 일행이 가는 곳은 레드 드래곤의 목격 정보가 있는 산꼭대기였다. 얼른 출발할 필요가 있었다.

보통 산길을 오르는 건 고생스런 일이지만 토모야 일행의 걸음은 순조로웠다. 두 명 모두 경장이고, 애당초 짐은 모두 토모야의 이공간 창고 안에 있다. 산을 오르는데 짐이 없다는 것만 해도 어마어마한 이점이었다.

그러나, 그런 두 사람의 모습에 불평을 하는 사람도 있었다.

"어엉? 이봐 거기 꼬맹이랑 언니야. 그런 차림으로 어디 갈 셈이야? 소풍이라도 가는 거냐!"

중장 갑옷을 입은 다섯 명의 남자들과 마주쳤을 때, 그들 가운데 가장 덩치 좋은 남자가 바보라도 보는 것처럼 말했다. 나머지 네 명도 동조하여 하하하 웃었다.

아아~ 드디어 그럴 듯하게 시비를 거는 사람이 나왔네~. 토모야가 맨 먼저 한 생각이었다. 그들은 토모야와 리네를 완전히 얕보고 있었다. 그리고 이 세계에도 소풍이 있다는 사실에도 놀랐다.

"우리는 레드 드래곤 토벌을 하러 가는 중이야. 무슨 불만 있어?"

리네가 무시하지 않고 대답하자, 남자들이 더욱 성대하게 웃었다.

"핫핫하! 제정신이냐! 너희들이 A랭크 지정 마물을 당해낼 리 없잖아!"

"흠. 그러면 너희들은 무슨 목적으로 여기에 온 거지?"

"뻔하지. 레드 드래곤에게 겁먹고 도망치는 마물을 토벌하기 위해서다! 봐라. 얘기하다 보니까 나오잖아."

그 말을 듣고 토모야는 주위를 둘러보았다. 그러자 그곳에 몸길이 2미터가 조금 안 되고, 돌의 비늘로 뒤덮인 도마뱀 마물이 열 마리 이상 있었다. 둘러 싸였다. 감정이 자동으로 발동했다.

【록 리자드】— C랭크 상위 지정.

어제 싸운 블랙 울프보다는 약하지만, 언뜻 봐도 단단해 보인다. 방어력이 뛰어난 마물일 거라고 추측했다.

주먹일까? 검일까? 어떻게 싸워야 할까 생각하는 토모야 앞에서, 그 남자가 외쳤다.

"항, 록 리자드잖아! 간단하지! 너희 같은 잔챙이들은 거기서 실력의 차이나 보고 있어라!"

그 말에 따르는 것처럼, 다섯 명이 등과 허리에서 대검 따위의 무기를 뽑아 록 리자드에게 다가갔다. 휘두른 무기는 견고한 비늘에 튕겨나가지만, 분명히 상처는 입히고 있었다.

"핫, 어때! 이런 마물은 몇 번 때려서 쓰러뜨려주마!"

"헤헷, 당연하지!"

그들은 의기양양하게 두 번째 공격을 하려고 했다.

우리들 대신 싸워준다니, 혹시 이 사람들 좋은 사람들 아닐까? 엉뚱한 생각을 하는 토모야 옆에서, 리네가 움직였다.

"나뿐만 아니라 토모야까지 우롱하다니. 좋아, 바라는 바다— 공참."

"잠깐, 리네 씨?"

토모야가 막으려고 했지만 소용이 없었다. 리네가 힘차게 검을 뽑아 휘두른 순간, 남자들이 상대하고 있던 록 리자드들의 몸이 동시에 두 동강으로 갈라져 무너졌다.

토모야는 이미 익숙해진, 검술과 공간 마법을 합친 리네의 필살기다.

"어엉?! 어떻게 된 거냐?!"

"내가 쓰러뜨린 것뿐이다."

리네의 선언에 남자들이 놀란 표정을 지었지만, 리네가 검을 휘두른 자세를 보고 납득할 수밖에 없다고 생각한 모양이다. 말도 안 돼…… 중얼거리며 어깨를 떨구고 있었다. 그럴 리 없어! 그러면서 부정할 거라 생각했던 토모야는 조금 맥이 빠지는 기분이었다.

"그럼, 이걸로 잘 알았겠지. 나와 토모야가 너희들보다도 훨씬 강하다는 것을."

"……분명히 당신이 강한 건 인정해주지. 하지만 그쪽 꼬맹이는 아냐! 방금 전에 한 걸음도 안 움직였잖아!"

"무슨 말을 하고 있나. 그건 지금 그 전투에 토모야가 나설 것도 없었기 때문— 윽, 토모야!"

"어이 꼬맹이! 뒤!"

토모야의 실력에 대해 토론하던 두 사람이 어째선지 갑자기 혈색이 바뀌어 외쳤다. 시선은 토모야의 뒤를 보고 있었다. 반사적으로 돌아본 토모야는 눈을 커다랗게 떴다.

그곳에 괴조가 있었다. 감정 발동.

【와이번】— B랭크 상위 지정.

거대한 다갈색의 체구에 날카로운 송곳니를 가진, 레드 드래곤이 나타나기 전 까지는 이 산의 포식자로 군림했던 마물이다. 그런 와이번이 커다란 입을 벌리며 토모야를 향해 맹렬한 속도로 다가왔다.

피하려고 해도 전투 경험이 적은 토모야는 냉정한 판단을 할 수 없었다. 그저 멍하니 뒤에서 들리는 외침을 들으며, 자신에게 다가오는 마물을 바라보는 수밖에 없었다.

그리고―.

다음 순간, 드디어 충돌하여 폭발했다.

토모야가 아니라, 와이번의 머리가.

""""에, 에엑~!""""

그 광경을 보고 있던 사람들이 모두, 리네까지도 경악하여 소리를 질렀다. 너무나도 예상 밖의 전개였던 것이다.

그런 가운데, 토모야는 드디어 냉정함을 되찾은 머리로 지금 일어난 일에 대해 생각했다.

'혹시, 방어 ∞ 덕분인가?'

그 분석은 옳았다. 절대 부서지지 않는 벽에 힘차게 부딪히면 어떻게 되는지 생각해보면 이해할 수 있다. 지금까지 토모야는 전투할 때 일단 민첩을 올려서 피하는 것을 전제로 했기 때문에 경험한 적이 없었지만, 방어 ∞의 상태에서는 상대의 공격력이 높으면 높을수록 그대로 상대에게 충격이 되돌아가는 것이다.

절대 방어라는 이름의 최강 공격. 그것이 와이번의 머리가 폭발한 이유였다.

"어, 어떠냐! 이게 토모야의 실력이다!"

자기도 놀랐으면서, 리네는 양팔을 팔짱 끼고 자랑하며 말했다.

그에 대해서, 남자들은 더 이상 반론할 기력도 없었다.

"""바, 바보 같은 소리를 해서 죄송합니다!"""

소리를 모아 그렇게 사과했다.

와이번을 토벌한 다음, 그 다섯 명— C랭크 파티【강철의 방패】와 토모야 일행은 자기소개를 하고, 어째선지 조금 친해진 다음 헤어졌다. 『나는 믿고 있다. 너희들이라면 레드 드래곤을 쓰러뜨릴 수 있을 거야……!』 리더인 크루트가 토모야 일행에게 멋 부리며 말했다. 그리고 그들은 이 다음에도 잔챙이 마물 토벌을 계속한다고 했다.

그리고 토모야 일행은 나타나는 마물을 차례차례 쓰러뜨리고, 드디어 정상에까지 도착했다.

정상은 탁 트인 공간이었다. 산길처럼 나무들이 우거지지 않았고, 광대한 지면이 펼쳐진다. 그곳에 토모야와 리네의 목표인 마물이 있었다.

"이건 상상 이상이군."

그 용은 리네의 머리칼과 비슷하게 불타오르는 것 같은 적색의 비늘을 몸에 두르고 있었다. 과장을 빼고서 성채 같은 체구에다, 머리, 송곳니, 팔, 발톱, 날개 따위의 무기가 될 수 있는 모든 부분이 파격적인 크기를 자랑하고 있었다. 그곳에 존재하기만 해도 중압감이 주변 일대에 퍼지며, 한 걸음 발을 디디면 대지가 크게 진동한다.

거기까지 분석을 마치고서야 드디어 감정을 발동했다.

【레드 드래곤】— A랭크 중위 지정.

듣던 것처럼 대단히 강력하다. 토모야로서는 질 생각이 전혀 안 들었지만.

"좋아. 그러면 토모야. 미리 말한 것처럼 얼굴을 공격하는 건 송곳니가 부러지지 않도록 주의해줘. 먼저 날개를 한쪽이라도 베어 버리면 우위에 설 수 있어. 그밖에 다른 질문은 있나?"

"아니, 괜찮아. 열심히 하자, 리네."

"그래, 기대하고 있겠어. 토모야."

두 사람은 시선을 마주치고 씨익 웃었다.

토모야는 리네를 지원하는 것처럼 싸울 셈이었다. 딱히 이제 와서 스테이터스에 대해 숨기려는 건 아니다. 이미 리네는 거의 눈치를 챘으리라. 그만큼 실수를 보여줬으니 당연하다.

다만, 각오를 굳히고 레드 드래곤과 마주선 리네의 의사를 존중하고 싶다고 생각한 것뿐이다. 그녀가 큰 부상을 입지 않는 것이 토모야의 목표였다.

토모야 일행이 공격을 하려고 했을 때, 레드 드래곤이 움직임을 보였다.

"크오오오오오오오오오오!"

포효. 엄청난 음량과 맹렬한 폭풍이 불어 닥치자, 토모야와 리네는 필사적으로 발을 땅바닥에 대고 버텼다. 이어서, 찌릿 힘찬 눈빛이 레드 드래곤에게서 토모야 일행에게 향한다. 확실하게 적으로 인식한 눈이었다.

그렇다고 해도 문제는 없다. 오히려 바라는 바— 먼저 움직인 것은 리네였다.

"하아아아!"

지그재그로 달려 조준을 하지 못하도록 조심하면서, 리네는 검을 휘둘러 공참을 뿌렸다. 붉은 칼날이 스윽 공간을 베어내고, 그것이 그대로 레드 드래곤의 배에 명중했다.

그러나 가벼운 상처가 생기기만 하고 치명상은 되지 못했다.

"크오오!"

그러나 그래도 레드 드래곤은 자존심에 상처를 입었는지, 분노에 가득한 외침과 함께 입에서 불꽃 덩어리를 뿜었다. 떨어져 있어도 느껴지는 열량에 토모야는 리네의 안부를 걱정했다.

"리네!"

"괜찮아! 이 정도쯤— 플레임 월!"

리네가 그렇게 외친 순간, 불꽃의 방패가 그녀 앞에 나타났다. 레드 드래곤이 뿜어낸 브레스와 접촉하자, 열과 바람이 그 장소를 중심으로 휘몰아쳤다.

그 틈에 토모야도 행동을 시작했다. 민첩 스테이터스를 10,000으로 하고 레드 드래곤 뒤로 돌아간 것이다.

공격과 마공도 각각 10,000. 검에 마력을 두르고 힘차게 뛰었다.

노리는 장소는 거대한 쌍익의 오른쪽. 리네의 지시에 따라 일단 움직임을 막으려는 목적이었다. 그러나 레드 드래곤은 마치 등에 눈이 달린 것처럼 반응을 하여 회피했다. 토모야의 검은 미약하게 끝 부분만 날개에 닿았을 뿐이다.

"미안, 리네!"

"아니 충분해! 이제는 맡겨라!"

토모야의 말에 리네가 힘차게 응답했다. 레드 드래곤이 도망치는 곳에 리네가 당당하게 서 있었다. 정면으로 요격할 셈인 걸까? 자신 있어 보이는 표정이 토모야의 시야에 비쳤다.

"토모야, 나는 너에게 거짓말을 하나 했어."

그리고 어째선지 이 상황 속에서 갑자기 그런 말을 꺼냈다. 어, 뭐야? 사망 플래그야? 그렇게 말을 해도 아마 통하지 않을 테니 토모야는 낙하하면서 조용히 듣기만 했다.

"너에게 보여준 스테이터스 카드. 그건 실제 수치가 아니야. 불편해 지니까 평소에는 숨기고 있지만, 너에게는 사실대로 가르쳐줘도 되겠지."

"아니, 무슨 말을—."

—감정 Lv ∞를 발동합니다.

"……응?"

의미심장한 말을 하는 리네에게 질문하려던 토모야의 머릿속에 그런 말이 떠올랐다. 대체 이 자리에서 뭘 감정할 필요가 있는 걸까?

그렇게 생각한 토모야의 눈에 들어온 것은, 놀랍게도 어제 보았던 리네의 스테이터스였다. 다만 거기 적힌 내용은 전혀 달랐다.

"무슨, 이건⋯⋯."

갑작스런 일에 놀라면서도, 토모야는 그 내용을 보았다.

리네 엘레강테, 18세, 여자, 레벨: 36

직업: 적기사, 길드 랭크: B

공격: 24,240 방어: 23,400 민첩: 20,970

마력: 22,800 마공: 25,260 마방: 23,100

스킬: 불 마법 Lv 4, 검술 Lv 5, 공간 마법 Lv 4, 은폐 Lv 5, 공간참화

공간참화(空間斬火) — 뮤테이션 스킬. 베어낸 공간을 직접 불태운다.

새롭게 더해진 정보는 리네의 패밀리 네임과 직업, 그리고 은폐와 공간참화라는 스킬이었다. 더욱이 그 공간참화는 세상에 하나밖에 없는 뮤테이션 스킬이었다.

"보여줄게, 토모야. 이게 나의 뮤테이션 스킬— 공간참화다!"

힘차게 외치면서, 리네는 레드 드래곤의 품으로 파고들더니 검을 수평으로 휘둘렀다. 24,240이라는 공격 스테이터스로 뽑어낸 일격은 레드 드래곤의 배를 손쉽게 베어냈다. 그러나 그녀의 공격은 그걸로 끝나지 않았다.

리네의 검이 지나간 장소, 다시 말해서 레드 드래곤의 복부에서 갑자기 폭발한 것처럼 불기둥이 솟았다. 타오르는 불꽃이 레드 드래곤을 내부에서 불사른 것이다.

잠시 동안 레드 드래곤은 고통과 뜨거움에 비명을 질렀지만, 수십 초 뒤에 완전히 힘을 잃고서 몸을 쓰러뜨렸다.

"이걸로 끝이야."

검을 칼집에 넣더니, 리네는 함박웃음을 지으며 토모야를 보았다.

"쓰러뜨린 건가?"

"응. 지금 그 일격을 제대로 맞고서 서 있을 수 있는 마물은 없으니까."

평소에는 생존 플래그라고 의심할 법한 말이지만, 보아 하니 레드 드래곤은 완전히 죽어 있었다. 만약 살아 있어도 토모야와 리네라면 대처할 수 있으니 문제는 없다.

그래서 화제는 지금 토모야가 가장 신경 쓰이는 내용으로 옮겨졌다.

"리네는 어째서 일부러 스테이터스를 숨기는 거야? 일부러 모든 수치를 3분의 1로 하는 이유도 신경 쓰이고. 그리고 나한테는 가르쳐줘도 된다는 건 대체……."

"말한 그대로야. 뮤테이션 스킬을 가지고 있는 사람은 적으니까. 이상하게 주목을 받지 않도록 평소에는 은폐 스킬로 감추고 있어……. 그런데, 내가 스테이터스의 정확한 수치까지 토모야에게 말을 했던가?"

"응? 아아, 아니 그건 내 감정 스킬로 보여서…… 아."

말하는 도중에 깨달았다. 토모야는 어제 자기 스테이터스 카드를 리네에게 보여줬지만, 거기에 감정 스킬이 기재되어 있지 않았을 것이다. 토모야의 거짓말이 완전히 들킨 순간이었다.

"역시 그랬었군. 너는 감정 스킬도 가지고 있었구나."

그러나 리네는 순순히 그 발언을 받아들였다. 오히려 토모야 쪽이 그 반응을 보고 조금 눈썹을 찌푸렸다.

"그런 표정을 짓지 말아줘, 토모야. 그래. 이제 슬슬 제대로 정보를 공유하도록 하자. 좋다, 일단 여기 앉아봐."

그렇게 말하고 남자답게 땅바닥에 앉는 리네. 그녀를 따라서 토모야도 앉았다. 그리고 리네는 자신이 알고 있는 것과 예상한 내용을 토모야에게 말했다.

리네의 진짜 스테이터스는 방금 전에 토모야가 본 것이었다.

평소에는 가문명과 직업, 뮤테이션 스킬을 감추고, 그리고 덤으로 스테이터스를 약하게 보이기 위해 은폐 스킬을 쓰고 있다. 그것은 모두 여러모로 귀찮은 일에서 도망치고 싶다는 의지 때문이었다. 직업에 관해서는 옛날에 시시한 실수 탓으로 드러난 일이 있어서 지금은 별칭이 되어 버렸지만, 그 실수담이 창피해서 이야기하기 싫은 모양이다. 토모야도 여러모로 짐작하여 묻지 않기로 했다.

토모야의 이래저래 엉뚱한 발언, 스테이터스와 실제 싸우는 모습의 차이. 그것을 보고 토모야가 리네와 마찬가지로 스테이터스를 은폐하고 있는 것이리라고 눈치챈 것도, 자신에게 그런 사정이 있기 때문이었다. 그렇기에 토모야가 공개한 스테이터스로는 있을 수 없는 행동을 저지르고 필사적으로 얼버무리고자 했을 때, 리네는 언제나 재미있어서 웃어버렸다는 것이다.

참고로 그 이야기를 마지막까지 들은 토모야의 눈빛이 가라앉아 있었다.

"하지만, 언제부터 내가 거짓말을 한다고 눈치 챘어?"

"길드에서 네 평균 스테이터스가 3,000이라고 들었을 때야. 그레이 울프와 싸우는 모습을 직접 눈으로 본 내가 눈치 못 챌 리가 없지. 응."

"그렇게 오래 됐구나. 그걸 고려하면 내 행동이 이래저래 떠올라서 엄청나게 창피한데."

"그것에 대해서는 사과하지. 그러나 토모야가 필사적으로 숨기려고 하니까 나도 그에 맞춰야 한다고 생각했어. 응, 배려심이라는 거야!"

"절대 아니라고 생각하는데."

불평을 하는 토모야와, 그것을 얼버무리는 리네. 갑자기 두 사람은 어쩐지 우스워져서 웃어 버렸다. 서로에게 거짓말을 하고 있었다지만, 그건 결코 상대를 바보 취급한 탓이 아니라는 걸 알기 때문이다.

하루 동안 쌓아 올린 신뢰의 결실이었다.

그리고 잠시 웃음을 나눈 다음, 리네는 상냥한 목소리로 말했다.

"다만, 이런 스테이터스에 대한 이야기는 덤에 지나지 않아. 나는 너와 처음 만났을 때부터, 내 눈으로 너를 보고 신뢰하기에 충분한 인물이라고 생각했어. 순수하게 흥미를 가졌지. 오랫동안 혼자서 여행을 해왔지만, 그런 식으로 느낀 상대는 토모야가 처음이었어. 그래서 함께 의뢰를 받고 싶다고 생각해서 말을 걸었지. 자랑이지만, 나는 사람을 보는 눈이 있어."

"자랑이구나……."

낯간지러운 올곧은 말이다.

그것을 듣고, 토모야도 각오를 굳히기로 했다.

"기왕 이렇게 됐으니까, 나도 리네한테 진짜 스테이터스를 보여줄게."

"음, 괜찮나? 딱히 나는 그런 건 바라지 않는데. 아니 보고 싶지 않다고 하면 거짓말이 되겠지만, 네가 숨기려고 하는 것을 억지로 볼 셈은 없어."

"리네라면 신뢰할 수 있으니까 괜찮아."

"그, 그렇군……. 그러면, 어디 한 번 볼까."

장난스런 앙갚음의 말에 리네는 얼굴을 붉게 물들였다. 작게 웃으면서 토모야는 은폐를 해제한 스테이터스를 건넸다.

그러자 리네는 눈썹을 찌푸리고, 금방 토모야에게 물었다.

"이 0이 두 개 늘어선 것 같은 문자는 어떤 의미지? 나는 뭘 적은 건지 이해할 수가 없는데……."

"아아, 역시 그렇게 보이는구나. 그건 무한이라는 의미의 기호야. 다시 말해서 제한 없이 얼마든지 상승시킬 수 있지."

"무슨, 그런 말도 안 되는 일이…… 그러면 이 올 무한이라는 스킬은 뭐지?"

"뮤테이션 스킬인데, 이 세상에 있는 모든 노멀 스킬을 다룰 수 있어, Lv ∞의 상태로."

"…………."

평소의 쿨한 모습은 어디로 갔는지 쩍, 하고 입을 벌린 표정을 짓는 리네. 그런 반응을 보이는 마음은 토모야도 이해할 수 있다. 대체 얼마나 말도 안 되는 능력인지 충분히 알기 때문이다.

"하하…… 하하핫! 그렇구나. 그래, 역시 내 눈이 옳았던 모양이야. 이런 뛰어난 스테이터스는 처음 봤다. 너는 정말로 굉장하군."

"굉장한 건 내가 아니라…… 아니, 그렇네. 고마워, 리네."

자신이 아니라 스테이터스가 굉장한 거라고 말하려던 토모야지만, 중간에 그렇게 말할 필요가 없다는 걸 깨닫고 감사의 말로 바꾸었다.

여기서 이야기해야 할 내용은 끝났다. 두 사람은 일어서서 널브러진 레드 드래곤의 시체에 시선을 옮겼다.

"그럼 토모야. 토벌 증명과 소재를 위해서 최소한이라도 저 머리는 가져가야 하는데, 네 이공간 창고는 그만큼 비어 있나?"

"아아, 그 정도라면 충분히 있어. 하지만 남은 몸은 어떡하는데? 썩거나 그러면 큰일이잖아."

"저 정도 크기면 다른 마물의 먹이가 된다고 해도 다 먹어 치울 수가 없을 테니까. 그러나 문제없어. 길드에 돌아가서 보고하면 길드의 회수반이 준비를 해서 올 거야."

"그렇구나."

대답을 하면서 레드 드래곤 곁으로 다가갔다. 그때 문득 토모야는 그 가능성을 깨달았다.

"리네, 역시 회수반이 올 필요는 없겠다."

"응? 그건 무슨 말이지…… 아아."

이공간 창고 Lv ∞— 다시 말해서 보존할 수 있는 양도 무한. 그리하여 토모야는 머리뿐 아니라, 성채만한 크기의 몸까지 이공간 창고에 넣어 버렸다. 물체의 크기에 따라 이공간 창고의 입구도 커지는 모양인지, 간편하게 넣을 수 있었다.

"그러면 돌아가자, 리네. 오늘이야말로 해가 지기 전에."

"음……."

어제 일을 떠올렸는지, 리네가 볼을 부풀리면서 불만스러운 시선을 토모야에게 보냈다.

그대로 둘이서 산을 내려갔다.

그리고, 토모야는 그녀를 만났다.

토모야 일행이 레드 드래곤을 쓰러뜨렸을 때, 이미 시간은 정오를 지나고 있었다. 해가 지는 저녁때까지 여관에 돌아가는 것을 목표로 두 사람은 걸음을 옮겼다.

여관까지 직선거리로 1킬로미터쯤 남았을 때, 그 목소리가 들렸다.

"꺄아아아아!"

그것은 여성의 비명이었다. 오감이 날카로운 두 사람은 그 소리가 여관에서 들리는 것을 분명히 알 수 있었다.

"리네, 지금 그거……."

"그래. 자세한 건 모르겠지만 긴급 사태인 모양이다. 서두르자!"

전력으로 달려가는 리네를 쫓기 위해서, 민첩 스테이터스를 30,000까지 올렸다.

그 결과, 산자락에 도착하는데 1분도 안 걸렸다.

나무들을 빠져나가 여관이 시야에 들어왔을 때, 보이는 광경에 두 사람은 눈을 커다랗게 떴다.

"레드 드래곤이, 또 한 마리……?"

"응. 그것도, 아까보다 큰 녀석이야!"

리네의 말처럼, 그곳에 있는 레드 드래곤은 아까 토모야 일행이 쓰러뜨린 녀석보다 한 체급 더 컸다. 자동 발동된 감정에 따르면 A랭크 상위 지정이었다. 강함도 한 단계 뛰어 올랐다.

모험가로 보이는 사람 몇 명이 쓰러져 있고, 상인이나 다른 사람들은 모두 자신의 몸을 지키기 위해서 도망쳐 다니고 있었다. 쓰러져 있던 모험가는 숨이 붙어 있는 모양이다. 다행히 아직 사망자는 나오지 않은 것 같지만, 날뛰는 레드 드래곤의 공격에 언제 말려들지 알 수 없었다.

그 증거로, 아무렇게나 서 있던 마차가 레드 드래곤이 휘두른 꼬리에 부딪혀 날아갔다—.

"—무슨!"

그리고 토모야는 방금 전과 비교가 안 되게 놀랐다. 토모야가 본 것, 그것은 부서진 마차 안에서 나오는 어린 아이들의 모습이었다. 아이들은 뿔뿔이 달아났다.

그러나 바로 눈앞에는 레드 드래곤이 있다. 공격을 맞으면 한순간에 목숨을 잃을 것이다.

"쿠오오오오오오오오!"

레드 드래곤의 포효. 그 모습을 보니 불꽃 덩어리를 토해내려는 것을 토모야도 알 수 있었다. 한 번은 도망치려고 했지만, 다가오는 죽음의 공포에 떠는 아이들 앞에 한 소녀가 모습을 드러냈다.

"——."

그 모습에, 토모야는 말을 잃었다.

어깨까지 기른 반짝이는 백은의 머리칼, 깊은 바다를 담은 것 같은 파란 눈. 그 어린 소녀가 다른 아이들을 지키려고 레드 드래곤과 마주선 것이다. 두려움이 없는 게 아니다. 떨고 있는 것이 그 증거다. 그래도 다른 아이들을 지키려 하고 있었다.

그것을 본 순간, 토모야 안에서 무언가가 터져버렸다.

"제 시간에 될지 모르겠지만 이판사판이다! 공차— 어?"

리네가 원거리에서 레드 드래곤에게 공격을 하려고 했지만, 그 행동은 중간에 멈췄다. 옆에 있어야 할 토모야가 눈에 보이지도 않는 속도로— 민첩 스테이터스를 100만까지 상승시켜서 달려갔기 때문이다.

토모야는 1초도 걸리지 않아 그 백은 소녀의 앞에 도착하여 레드 드래곤과 마주섰다.

"……후에?"

뒤에서 들린 어린 아이의 소리도 귀에 닿지 않았다.

그 소녀를 구해야 한다는 생각만이 토모야의 머릿속을 지배하고 있었다.

"쿠아아!"

그 순간, 레드 드래곤이 불꽃을 뿜어냈다.

냉정하게 대처 방법을 생각할 틈이 없었다.

뒤에 있는 아이들을 지킨다.

그저 그것만 생각하며, 토모야는 외쳤다.

"—공격 스테이터스 1어어억!"

그리고 뿜어낸 말도 안 되는 위력을 가진 토모야의 주먹은 불꽃 덩어리, 레드 드래곤의 안면, 그리고 너른 하늘의 구름마저도 꿰뚫는 강렬한 폭풍을 만들어냈다.

레드 드래곤의 안면에 커다란 바람구멍이 생기고, 더욱이 충격의 여파로 온몸이 산산이 터져버렸다. 모래먼지 크기의 왜소한 모습으로 변모한 그 몸은, 폭풍을 타고서 저 머나먼 곳까지 날아가 버렸다.

그 광경을 바라보면서 토모야는 자기 공격이 성공한 것을 이해했다.

"후우~."

최악의 상황에서 무사히 아이들을 지켜낸 토모야는 안도의 숨을 내쉬었다. 돌아보면서 어떤지 살폈지만 다친 아이는 없다. 가장 가까이 있는 백은의 소녀가 눈을 동그랗게 뜨고 토모야를 멍하니 바라보았다. 이렇게 정면에서 가만 보니, 그 소녀는 머리에 2개의 검은 뿔이 나 있었다. 인간족이 아닌 걸까?

그렇지만 상관없다. 생각을 고친 토모야는 무릎을 굽히고 상냥한 웃음을 지으며 소녀의 머리를 쓰다듬었다.

"다친 데 없니? 이제 괜찮아. 용감하네."

"……응, 응!"

그 말을 듣고, 소녀는 그제서야 자신이 죽음의 위험에 처했다는 것을 떠올렸으리라. 눈동자에 눈물을 담고서, 두려움을 얼버무리는 것처럼 토모야의 몸에 뛰어들었다. 그 작은 몸을 토모야는 살며시 받아주었다. 그리고 몇 번이고 반복해서 달래는 것처럼 머리를 쓰다듬었다.

결국 그 소녀가 울음을 그칠 때까지 10분 가까이 시간이 필요했다. 소녀는 양손으로 눈을 닦아내고 토모야에게서 떨어졌다.

"이제 괜찮니?"

"……(끄덕)."

소녀는 말 없이 끄덕인 다음, 천천히 고개를 들었다.

나이는 열 살 전후가 아닐까? 앳되지만 보는 사람을 모두

매료할 것 같은 귀여운 용모를 가진 소녀는, 토모야에게서 떨어지지 않고 가만히 바라보았다.

무슨 일일까? 그렇게 걱정하는 토모야 앞에서, 소녀는 방금 전까지 그저 눈물만 흘리던 얼굴에 함박웃음을 지으며 말했다.

"구해줘서, 고마워!"

"___."

그 순간 토모야의 심정을 논하기에 걸맞은 말은 찾을 수가 없었다.

그저 굳이 한 마디로 말하자면.

어마어마한 파괴력이었다.

"아이들을 구해주셔서 정말로 고맙습니다!"

그리고 약 1시간 뒤, 토모야는 여관의 주점에서 레켄스라는 젊은 남자에게 깊은 감사를 받고 있었다. 그는 전세계의 불우한 고아들을 보호하는 【디아 그룹】이라고 불리는 집단의 일원이라고 했다. 레드 드래곤이 공격한 아이들도 본래는 그런 고아들이었다.

"아슬아슬한 타이밍이었지만 구할 수 있어서 다행이에요……. 그런데, 어째서 이런 곳에 레드 드래곤이 있었죠? 목격 정보가 있었던 건 우리가 산꼭대기에서 쓰러뜨린 한 마리뿐이라고 들었는데요."

"그게 말입니다. 아까 그 레드 드래곤은 오늘 갑자기 날아온 모양입니다. A랭크 마물이 잇따라 이런 곳에 찾아오다니. 지금 생각해도 두려운 일입니다만…… 토모야 씨가 있었던 것이 정말로 다행입니다. 부끄러운 이야기지만, 제게는 레드 드래곤을 어찌할 힘이 없었으니까요."

"아뇨. 부끄럽다고 생각할 건 아니라고 생각해요."

이야기를 들어보니, 레켄스는 레드 드래곤이 나타났을 때 맨 먼저 아이들을 지키려고 맞섰다. 그러나 금방 격퇴되어 큰 부상을 입고 쓰러져 있었는데, 그때 드디어 토모야 일행이 도착했다고 한다. 그런 식으로 자신의 목숨을 걸어서라도 아이들을 지키려고 한 레켄스를 부끄럽다고 생각할 리 없었다.

"그렇게 말씀해주시니 저도 고맙습니다. 부상도 토모야 씨가 치유 마법으로 고쳐주셨으니까, 정말로 뭐라 감사를 드려야 할지……"

레켄스 말처럼, 그와 다른 사람의 상처는 토모야가 치유 마법을 사용해 고쳤다. 그 덕분에 최종적으로 남은 피해는 마차 따위의 물적 피해뿐이다. 소유자들에게는 적지 않은 손해일지도 모르지만, 사람의 목숨하고 바꿀 수는 없으리라.

여러모로 활약을 해서 그런지, 토모야는 방금 전부터 여러 사람들에게 감사를 받고 있었다. 어쩐지 조금 낯간지러워진다.

"그렇지만 나도 놀랐어. 토모야. 그 상황에서 그 대응을 하고, 모두를 구해낸 것은 토모야 덕분이야. 아마도 내 검은 늦었을 테니까."

"고마워, 리네. 그렇지만 그때는 무아지경이라, 스스로도 뭘 했는지 제대로 기억이 안 나네."

토모야는 쓴웃음을 지으면서 리네에게 말했다. 그 말은 거짓이 아니었다.

그때 힘이 없는데도 불구하고 다른 아이들을 지키려고 일어선 백은 머리칼의 소녀를 본 순간, 반드시 지켜야 한다고 생각했다.

"……(꾹꾹)."

토모야에게 인사를 하는 그녀의 함박웃음이 떠올랐다. 압도적인 귀여움과 치유력을 내포한 최강의 무언가를 본 것 같았다.

"……(꾹꾹꾹꾹)."

방금 전부터, 토모야의 오른쪽 옆구리에 무언가가 닿고 있었다.

"리네, 뭐 하는 거야? 내 옆구리를 만져봤자 즐겁지도 않을 텐데."

"너는 무슨 말을 하는 거야? 나는 너를 건드린 적이……응? 아아, 그렇게 된 거군."

토모야의 「왼쪽」에 있는 리네는 토모야가 하는 말에 의문스런 반응을 보였지만, 시선을 오른쪽으로 돌리더니 금방 상냥한 표정을 지었다.

덩달아서 토모야도 오른쪽을 보자, 방금 전까지 아무도 없었던 의자에 소녀 한 명이 오도카니 귀엽게 앉아 있었다.

방금 전부터 계속 토모야가 떠올리고 있던 백은 머리칼을 가진 소녀다.

옆구리를 꾹꾹 찌른 범인도 그 소녀였나 보다.

반짝반짝 빛나는, 순수함이 가득한 파란 눈이 토모야를 보고 있었다.

"……아, 안녕?"

"응."

조금 혼란에 빠지면서 말을 건 토모야에게 「응」 하고 한 마디로 대답한다.

형제자매도 없고, 어린 아이를 접해본 경험이 없는 토모야는 이제부터 어떡해야 하는지 알 수 없었다. 장기자랑이라도 해야 하나?

토모야도 갑작스런 일에 동요했지만, 그런 그보다 충격을 받은 사람이 있었다.

"어, 어째서 얘가 여기 있지? 아이들이 있는 방에는 자물쇠를 걸어놨을 텐데. 죄송합니다, 토모야 씨. 조금 확인하고 올게요!"

외치면서, 레켄스는 낯빛이 바뀌어 일어서더니 계단을 달려서 올라갔다.

계속해서 어색한 분위기가 지배하는 가운데, 먼저 행동한 것은 소녀였다.

몸을 슥 움직여, 미끄러지듯 토모야의 무릎 위에 올라온 것이다. 그대로 토모야의 가슴에 소녀가 등을 기댄다. 천 너머로도 알 수 있는 가녀린 몸이었다.

토모야는 혼란에 빠졌다. 굉장히 혼란에 빠졌다.

"야, 뭐 하려고……."

"에헤헤."

"──."

행동의 이유를 물어보려고 한 토모야에게, 소녀는 얼굴만 돌리고 함박웃음을 지었다. 그 절대적인 파괴력에 토모야는 말을 잃었다.

"상당히 잘 따르는걸."

리네는 그 모습을 당황하지 않고 바라보았다.

"아니아니아니, 리네. 이 광경을 보고 다른 감상은 없어?"

"응? 그렇군. 그렇게 귀여운 애를 토모야만 끌어안고 있다니 치사한걸. 나랑 바꿔주면 좋겠군."

"내가 듣고 싶었던 말은 그게 아닌데……."

엉뚱한 대답을 하는 리네. 리듬을 타고 몸을 좌우로 움직이면서 즐거워 보이는 소녀. 모두 포기한 토모야는 무념무상에 잠겼다.

그리고 몇 분 뒤, 레켄스가 돌아왔다.

"자물쇠는 열려 있습니다만, 빠져 나온 건 그 애뿐인 것 같아 다행입니다. 그렇지만 무섭네요. 대체 누가 자물쇠를 열었는지……."

"찰칵찰칵했더니 열렸어."

"응?!"

소녀의 말에 레켄스는 눈을 동그랗게 뜨고 놀라움을 드러냈다.

참고로 이 두 사람이 대화하는 사이에 토모야는 무심을 유지하며, 소녀의 두 뿔을 만지작거리며 놀고 있었다. 만지작거리자 소녀도 기쁜 기색이었다.

그런 가운데, 레켄스는 조용히 한숨을 내쉰 다음 토모야의 무릎 위에 올라간 소녀를 보고 말했다.

"토모야 씨의 활약을 가장 가까이서 본 탓인지, 상당히 잘 따르는 모양이군요. 평소에는 조용조용한 아이입니다만……폐가 된다면 죄송합니다."

"아뇨, 폐가 되는 건 아닌데요……."

토모야는 의문스럽게 생각했다. 분명히 그는 이 소녀를 구하긴 했지만, 그저 그것만으로 이렇게까지 따르게 되는 걸까? 덧붙여 말하자면 소녀를 구할 수 있었던 건 토모야 덕분이 아니라, 정확히는 「토모야에게 내려진 스테이터스」 덕분이다. 그런 것으로 다른 사람의 호의를 사게 되자 죄책감을 품어 버린다.

화제를 바꾸자. 그렇게 생각했다.

"그러고 보니, 레켄스 씨가 소속됐다는 디아 그룹에서 보호한 아이들은 이제부터 어떻게 되는 건가요?"

"아이를 가지지 못한 분이 양자로 받아주시는 일도 있습니다만, 기본적으로는 연계된 고아원 등에 맡기게 됩니다."

"그렇지만 그렇게 생각하면 자금면에서 문제가 있을 것 같네요. 누가 돈벌이를 하는 것도 아닌 것 같으니까요."

"하하. 부끄러운 이야기지만, 터놓고 말해서 자금은 기부 형태로 보충하고 있습니다. 대부분은 저처럼 고아원 출신자가 하는 겁니다만, 개중에는 귀족님들이 기부를 해주시는 일도 있습니다."

"그렇군요— 어라, 왜 그러니?"

대화하는 도중에, 무릎에 올라탄 소녀가 갑자기 뒤통수를 토모야의 가슴에 쓱쓱 비볐다. 머리에 돋은 뿔 두 개가 쿡쿡 닿아서 좀 아프다. 어떻게 대응해야 하나 몰라서 난처한데, 소녀는 그대로 고개를 젖히며 토모야를 올려다보았다. 아름다운 파란 눈동자가 토모야를 꿰뚫었다.

"갑자기 왜 그러니?"

"루나리아인데?"

"뭐가?"

"내 이름! 부를 때는 루나!"

"……그렇구나. 그래서 루나, 나한테 뭔가 용건이라도 있니?"

"있잖아. 이름, 가르쳐줘."

"……토모야라고 해."

"그렇구나. 토모야…… 토모야! 에헤헤."

이름을 가르쳐준 것뿐인데, 루나리아는 은색 머리칼을 흔들면서 좋아하며 몸을 움직였다. 토모야는 이런 상황 속에서, 자신이 뭘 해야 하는지 몰라 난처해졌다. 리네에게 시선을 돌려 도움을 청해봤지만, 그녀는 상냥한 웃음을 짓기만 했다.

"애가 이렇게 따르는 사람이 있다니. 이건 어쩌면……."

"응? 왜 그러세요? 레켄스 씨."

"아뇨. 그게. 생각이 하나 있어서요. 토모야 씨. 잠깐 둘이서 이야기를 하고 싶은데 괜찮을까요?"

"네. 그건 상관없는데요."

레켄스가 무슨 이야기를 하려는 건지 모르겠지만, 딱히 거절할 이유도 없었기 때문에 토모야는 그 요청을 받아들였다.

둘이서 이야기하자는 건 장소를 바꾸자는 것이리라. 여기에는 리네와 루나리아뿐 아니라, 여관에 숙박하고 있는 다른 모험가들도 있다. 때문에 토모야는 무릎 위에서 일단 루나리아를 내려놓고자 했지만…….

"저기, 루나. 조금만 내려가줄래?"

"후에? 어째서? 나 토모야랑 떨어지기 싫어."

"……나중에 얼마든지 부탁 들어줄게."

"정말? ……응, 알았어."

토모야의 말에 루나리아는 약간 슬픈 표정을 지은 다음, 각오를 굳힌 표정으로 천천히 내려왔다. 다소 죄책감을 느끼는 토모야에게, 옆에서 리네가 상냥한 음색으로 고했다.

"안심해, 토모야. 네가 이야기하는 사이에 내가 루나리아를 봐주지."

"……그래. 부탁해, 리네."

"그래."

리네가 힘차게 고개를 끄덕이는 것을 확인한 다음, 토모야는 레켄스와 함께 조금 떨어진 장소로 이동했다. 토모야가 차분하게 입을 열었다.

"그래서, 할 얘기가 뭐죠?"

"그녀의, 루나리아의 처지에 연관된 일입니다. 부디 토모야 씨가 들어주셨으면 해서요."

"루나요? 알았어요, 들려주세요."

토모야 자신도 이미 저 소녀에게 적지 않은 흥미를 품고 있었기에 순순히 고개를 끄덕였다.

그런 토모야에게, 레켄스는 조금씩 이야기를 시작했다.

─루나리아. 그것이 백은색 머리칼을 가진 소녀의 이름.

두 개의 검은 뿔이 알려주는 것처럼, 그녀는 마족이다.

그렇지만 디아 그룹의 일로 전세계를 이동하는 레켄스가 고아인 루나리아를 발견한 것은 마족이 사는 중앙대륙이 아니라 남대륙이었다.

이런 정보로 알 수 있는 것은, 루나리아가 사연 있는 존재라는 것이다.

마족 아이가 홀로, 중앙대륙이 아닌 곳에서 발견되는 일은 거의 없다. 있다고 해도 그 이유는 가족을 잃었거나 고향에서 추방당했거나, 둘 중 하나가 주된 이유라고 한다. 그런 과거를 가진 아이는 언제나 무언가를 두려워하는 것처럼 조용조용한 성격이 되는 일이 많다.

실제로 루나리아는 토모야와 만나기 전까지는 웃음을 보이지 않는 소녀였다. 지금 그녀의 즐거워 보이는 모습에 레켄스도 놀라고 있었다. 그리고 그것을 보고, 레켄스는 한 가지 생각을 떠올린 모양이다.

"계속 걱정이었습니다. 이대로 그녀를 고아원에 데리고 가는 것이 정말로 그녀를 위한 일일까? 그곳을 분명히 자기 보금자리로 느낄 수 있을까? 그런 식으로 불안하게 생각하고 있었는데, 저는 토모야 씨 곁에서 웃는 루나리아의 모습을 봤습니다."

레켄스는 말을 멈추더니, 새삼 진지한 표정으로 토모야를 보았다.

"그래서 저는 생각했습니다. 토모야 씨와 함께 가는 것이, 그녀에게 가장 좋은 일이 아닐까……. 그래서 토모야 씨. 이건 어디까지나 제안입니다만, 혹시 루나리아를 맡아주실 수 없을까요?"

"무……슨."

예상 밖의 말에, 토모야는 눈을 부릅뜨고 한 걸음 뒤로 물러나 버렸다. 그 정도로 지금 레켄스의 말은 충격적이었다.

그의 눈에서 거짓은 느껴지지 않는다. 정말로 루나리아를 위해 생각한 끝에 도달한 답일 것이리라. 오히려 그렇기에 토모야는 당황했다. 이 세계의 상식도 지식도 없는 내가 그런 큰 역할을 맡아 버려도 되는 걸까? 한 소녀의 인생을 좌우할 권리를 가지고 있는 건지 알 수 없었기 때문이다.

"……조금만, 생각할 시간을 주실래요?"

"물론 지금 여기서 대답을 바라는 건 아닙니다. 우리는 이제부터 북쪽에 있는 루갈로 가서, 거기에 있는 디아 하우스라는 고아원에 아이들을 맡길 셈입니다. 대답이 나오면, 그곳으로 와주시면 좋겠어요."

운이 좋았다고 해야 할까? 토모야 일행도 레드 드래곤 토벌 의뢰를 달성하기 위해 내일 루갈로 귀환할 셈이었다. 토모야가 대답을 내기만 하면, 언제든지 그 장소에 갈 수 있다.

이 자리에서는 일단 보류하는 것으로 결판이 나고, 토모야와 레켄스는 리네와 루나리아 곁에 돌아가기로 했다. 그 사이에도 토모야의 머릿속에서는 레켄스의 말이 빙글빙글 맴돌고 있었다. 자신이 루나리아를 맡는 일 따위, 그런 일이 용납되는 것일까?

그런 생각은 다음 순간에 날아가 버렸다.

"앗! 토모야, 어서 와!"

"앗, 루나."

돌아온 토모야를 본 순간, 루나리아가 의자에서 뛰어내려 토모야 곁으로 달려왔다. 그리고 힘차게 뛰어드는 그녀의 몸을, 토모야는 반사적으로 몸을 숙이고 끌어안았다. 루나리아는 그대로 꼬옥 마주 안아주었다.

"에헤헤, 따뜻해……."

"———."

귓가에 속삭이는 루나리아의 진심으로 기뻐하는 말을 듣고, 토모야는 각오를 굳혔다.

루나리아의 어깨를 상냥하게 잡고서 천천히 떼어냈다. 바로 눈앞에 그녀의 매끄러운 하얀 피부, 커다랗고 투명한 파란 눈이 있었다. 그녀는 어째서 몸을 떼어냈는지 몰라서, 신기하단 표정으로 토모야를 보았다.

그런 루나리아를 보고 더욱이 토모야의 마음은 강해졌다. 어째서 이렇게 강하게 바라는 건지 알 수 없다. 그것을 말로 표현할 수도, 이해도 할 수 없다. 본래 세계였다면 이래저래 시끄러운 사건이 아닐까? 마음속으로 홀로 투덜거렸다.

그렇지만, 그래도 말해야 한다고 생각했다.

토모야는 루나리아를 향해서 상냥한 목소리로 말했다.

"루나, 나랑 같이 갈래?"

"……후에?"

"아아, 질문이 알기 어려웠구나. 말을 바꾸자. 있지, 루나. 혹시 내가 너를 맡고 싶다고, 계속 같이 있고 싶다고 하면 어떡할래?"

"……."

루나리아는 조금 입을 벌리고 넋이 나간 표정을 지은 다음.

토모야가 한 말의 의미를 이해한 순간, 활짝 표정을 밝혔다.

"응, 기뻐! 나도, 토모야랑 같이 있는 게 좋아!"

그렇게 말하고, 다시 한 번 강하게 끌어안았다.

그리고, 토모야와 루나리아가 이제부터 함께 지내는 것이 이 순간에 정해졌다.

◇◆◇

　토모야가 루나리아를 맡기로 정한 다음, 수속에 관해서는 조금 문제가 발생했다. 토모야는 임시 보호에 가까운 형태로 루나리아를 맡게 됐는데, 디아 그룹의 규칙에 따라 만약의 경우가 있을 때를 위해 토모야의 신분을 확실하게 레켄스에게 설명해야 하는 것이다.

　그렇지만 토모야는 이 세계에 가족도 없고, 에르니아치 가문에 머무르고 있을 뿐인 식객에 지나지 않는다. 멋대로 에르니아치 가문의 이름을 빌릴 수도 없어서 난처한 참인데 리네가 도움을 주었다.

　리네는 자신의 가문명이 엘레강테라는 것을 레켄스에게 말하고, 만약의 경우는 자기가 책임을 진다고 설명했다. 레켄스는 그렇다면 문제가 없다면서 미소를 지었다. 자세히는 모르겠지만, 리네의 가문은 유명한 귀족일지도 모른다.

　"어째서 나를 위해 그렇게까지 해주는 거야?"

　토모야가 신기하게 생각하여 묻자, 리네는 미소를 지으며 대답했다.

　"내가 그러고 싶었으니까."

　대답이 안 되는 것 같기는 하지만, 신기하게도 토모야는 그걸로 납득할 수 있었다.

　그 대화를 하는 가운데 시간이 금방 지나가고, 지금은 이제 잠들어야 할 시간이 되었다.

토모야가 빌린 방에 남은 것은 토모야와 루나리아 둘뿐이다. 루나리아가 토모야랑 같은 방이 좋다고 힘차게 주장했고, 리네도 그래야 하리라고 말했기 때문에 그렇게 되었다.

"루나, 이제 그만 자자."

"응!"

목욕을 마친 토모야 일행은 얼른 잠들기로 했다. 하루 사이에 갖가지 일이 잇따라 일어난 탓에 토모야도 피로가 쌓여 있었다.

방에 하나밖에 없는 침대에 토모야가 들어가자, 이어서 루나리아가 토모야 옆으로 꼬물꼬물 파고들더니 이불에서 쏙 얼굴을 내밀었다.

뿔이 조금 걱정됐지만, 보아 하니 잠드는데 방해되는 기색은 없었다.

문득 루나리아는 자기 얼굴을 토모야의 가슴에 바짝 댔다.

"에헤헤, 토모야……."

그리고, 기쁜 목소리가 들린다.

토모야는 한 팔을 루나리아의 머리 아래 넣어 팔베개를 해주고 살며시 머리를 쓰다듬었다. 그러자 루나리아가 강아지처럼, 우~웅 하고 좋아서 소리를 냈다.

누군가와 함께 잔다. 그 행위 자체가 오랜만인 것 같은 반응이다. 계속 혼자였기 때문에, 이렇게 사람을 그리워하는 모습을 보이는 것이 아닐까 토모야는 추측했다.

"루나."

"……응?"

루나리아는 얼굴을 가슴에서 떼고, 눈동자를 올려서 토모야를 보았다.

그런 그녀에게, 토모야는 좋은 생각이 난 것처럼 말했다.

"루나는 이 세계에서 어디 가보고 싶은 곳 없어? 나는 이제부터 전세계를 여행할 생각이야. 그러는 도중에 루나가 좋아하는 장소에 들러볼까 해서."

자신에게 싸울 힘이 있다면 이 세계를 자유롭게 여행하며 즐기고 싶다는 생각을 줄곧 하고 있었다. 그리고 지금, 토모야에게는 스테이터스 올 ∞라는 힘이 있다. 그 바람이 이루어지는 것이다. 그리고 그 여행을 루나리아와 함께 즐길 수 있으면 얼마나 멋질까. 그렇게 강하게 생각했다.

루나리아는 생각에 잠겨서 우~응 소리를 내더니 웃으며 말했다.

"토모야랑 같이 가면, 어디든지 괜찮아!"

"……그렇구나. 그러면, 여기저기 같이 가보자."

"응!"

루나리아가 따라주는 것, 그것을 토모야는 기쁘게 느꼈다. 만난 지 아직 한나절밖에 안 됐는데, 토모야가 루나리아에게 품은 정의 깊이는 이미 진짜 가족을 넘어서고 있었다. 이게 무슨 일이야. 나 참 쉬운 녀석이네. 토모야는 스스로도 그렇게 생각했지만, 그것을 모두 루나리아의 귀여움 탓으로 치부해버렸다.

"정말로, 기뻐."

졸린 건지, 꾸벅꾸벅 하는 상태에서 루나리아가 작게 말했다.

"뭐가?"

"토모야가 나랑 같이 있고 싶다고 말해줬어. 그런 말 들은 적 없었으니까. 그러니까, 기뻐."

"……응. 그렇구나. 그렇게 생각해주니 다행이야."

토모야는 아주 조금, 루나리아를 끌어안는 팔의 힘이 강해지는 것을 실감했다. 놓고 싶지 않았다.

"토모야의 눈, 상냥했어. 그런 거 처음이었으니까, 기뻐서, 그래서……."

점점 작아지는 목소리로, 루나리아가 말했다.

"토모야, 좋아……."

그것을 마지막으로, 루나리아는 새근 잠들어 버렸다. 귀여운 숨소리를 낸다. 그 뒤에도, 토모야는 상냥하게 머리를 쓰다듬었다.

"어쩐지 요즘에, 과장된 평가를 받는 것 같아……."

신시아를 그레이 울프에게서 지킨 것도, 리네와 함께 의뢰를 받을 수 있었던 것도, 루나리아의 눈앞에서 레드 드래곤을 쓰러뜨린 것도, 그건 전부 이 세계의 신이 내려준 스테이터스 덕분이다.

그런데 다들 스테이터스가 아니라 토모야 자신에게 커다란 가치가 있는 것처럼 대해준다. 그런 상냥한 사람들을 만난 것, 그것은 토모야에게 스테이터스 이상의 행운이었다.

"응, 하지만 그러면 되는 거지."

분명히 스테이터스 자체는 토모야가 자기 힘으로 손에 넣은 것이 아니다. 그렇지만 그 스테이터스를 이용해 쌓아 올린 관계는 토모야의 노력으로 만들어낸 것이라고 해도 될 것이다.

자신과 연관된 모든 사람이 행복해질 수 있다면, 그러면 된다. 그걸 위해서라면 빌린 힘이라도 얼마든지 이용해주겠어. 순순히 그렇게 생각했다.

이제부터 토모야는 이 세계를 여행한다. 여러 가지 만남이 있고, 여러 가지 일을 체험할 것이다. 그때 토모야 옆에 루나리아가 있어주고, 어쩌면 리네도 있어줄지 모른다. 그 미래는 근사하다고 생각했다.

그래서 그런 미래를 만들기 위해, 오늘은 일단 쉬기로 하자. 그렇게 생각하여, 토모야는 천천히 잠에 빠졌다.

이렇게, 유메사키 토모야의 이세계 생활이 시작을 고했다.

막간 살의는 모인다. 그리고

두근, 두근.
울릴 리 없는 맥동이 들린 것 같았다.

「그것」은 단순히 마력이 모여 만들어진 현상에 지나지 않았다.
당연히 의지나 자아 같은 것 따위 존재할 리 없었다.
칠흑의 마력에 새겨진, 과거 이 세계에서 살아간 사람들의 기억만을 가지고 있었다.
빙글, 빙글. 수많은 기억이 「그것」의 내부에서 휘몰아친다.
어떤 사람은, 자기 나라를 발전시키기 위해서 다른 나라 사람들을 죽였다.
어떤 사람은, 가족을 지키기 위해 적대하는 사람을 죽였다.
또 어떤 사람은, 식량을 얻기 위해 마물을 죽였다.
그것으로 알 수 있는 것이 한 가지 있었다. 그것은, 사람들의 본질이 바로 살의란 이름의 악의란 것이다. 발전을 위해, 지키기 위해, 먹기 위해, 온갖 행동에 부속되어서 그 감정은 나타나는 것이다.
사람들은, 살의 없이는 살아갈 수 없다.

두근.

맥동 소리가, 한층 커다래졌다.

「그것」은 온갖 기억을 접하다가, 이윽고 어떤 순간을 경계로 자아를 손에 넣게 됐다. 살의가 가득한 기억으로 만들어진 자아였으니, 살의라는 감정을 주체로 한 것은 당연한 숙명이었다.

자아를 손에 넣은 지금, 형태 없는 몸의 중심에서 멈추지 않고 솟아오르는 그 살의를 억누를 수 없을 것 같았다. 아니, 억누를 필요도 없다.

이 살의를 주위에 뿌리려면 어떻게 해야 할까? 그저 그것만 생각하고.

그 마음에 응답하는 것처럼, 「그것」은 서서히 자신의 형태를 얻으려고 했다―.

―모든 것을, 죽이기 위해서.

제3장 여행

"맡아버렸어."

"맡겨져 버렸어!"

"보증인이 돼버렸어."

에르니아치 가문의 응접실에 신시아, 릿셀 두 사람이 서 있었다.

그 두 사람 앞에서 토모야, 루나리아, 리네가 차례차례 선언했다. 앞선 두 사람은 신이 나서, 마지막 한 명은 냉정하게. 억지로 같이 하자고 했기 때문이리라.

한 박자 쉬고서.

""어, 에에에에에에!""

두 사람의 절규가 저택을 크게 흔들었다.

토모야가 루나리아를 맡고서 사흘 뒤, 수리를 마친 레켄스의 마차와 함께 천천히 시간을 들여 돌아왔다. 리네가 소유한 말 한 필에는 아무래도 루나리아를 포함하여 셋이서 탈 수 없었으니까.

루갈에 무사히 돌아온 토모야 일행은 모험가 길드에 들러 의뢰 완료를 보고한 다음, 직접 의뢰주인 릿셀 곁으로 찾아왔다.

하루 정도 이르게 돌아온 다른 모험가들(강철의 방패)을 통해서, 토모야와 리네가 레드 드래곤을 두 마리나 쓰러뜨렸다는 정보는 이미 릿셀에게 전달됐지만, 그래도 그들은 놀라움을 드러내고 있었다. 그렇지만 그것은 의뢰가 완료된 것에 대해서가 아니라, 돌아왔을 때 사람 수가 한 명 늘어났기 때문이었다.

"그랬나요. 지난 며칠 사이에 그런 일이 있었네요."

수십 분에 걸쳐, 토모야와 리네가 지난 며칠 사이에 체험한 일을 이야기했다. 군데군데(리네의 스테이터스나 몸을 담그던 일 등) 각색을 했지만 다른 중요한 부분은 남김없이 전달했다.

그러자 신시아는 납득한 기색으로 수긍했다.

"그렇지만 너무 놀랐어요. 디아 그룹이라면, 이 집에서도 어느 정도 자금을 기부하고 있는 단체로군요. 자기 몸을 아끼지 않고 전세계의 불우한 아이들을 위해 활동하는 근사한 단체예요."

"그러고 보니, 레켄스 씨도 어느 정도는 귀족의 기부를 받는다고 했었지. 그건 이 집을 말하는 거였구나."

연결 고리가 있었던 것에 토모야가 놀라고 있는데, 신시아가 토모야의 무릎 위에 있는 소녀에게 미소를 지었다.

"루나리아 씨였나요?"

"맞아."

"후훗, 참 귀여운 분이네요. 저는 신시아라고 해요. 잘 부탁드릴게요."

"응, 잘 부탁해!"

상냥하게 미소 짓는 신시아에게 마음을 허락한 것인지, 루나리아는 토모야한테서 내려오더니 재빨리 달려갔다.

가까이 다가온 귀여운 소녀의 머리를 신시아가 쓰다듬으며 기뻐했다.

두 사람은 잠시 행복한 시간을 탐닉했지만, 신시아는 주위에 다른 사람이 있다는 것을 퍼뜩 깨닫고 고개를 들었다.

"죄, 죄송합니다. 루나리아 씨가 너무 귀여워서 그만……."

"아아, 괜찮아. 우리도 돌아올 때까지 계속 그런 느낌이었으니까. 그렇지? 리네."

"응. 그렇군. 루나의 귀여움에 나도 몇 번이나 당할 뻔했는지……."

그리고 세 명 사이에서 루나리아가 너무 귀여운 문제에 대한 의논이 시작되려고 했지만, 이야기가 샛길로 빠지는 걸 막고자 릿셀이 어흠 소리를 냈다.

"그래서 토모야 군과 리네 군은, 이미 보수를 길드에서 받았다고 이해하면 되겠나?"

"네. 토벌 의뢰의 보수 성금화 100닢은 분명히 받았어요. 그 밖에도 마물 소재 매수 같은 걸로 길드에서 어느 정도 받았어요."

보수는 리네와 의논해서 절반씩 나누기로 했다. 레드 드래곤의 시체도 리네가 필요한 것은 거대한 송곳니 하나뿐이었는지, 그 부분 말고는 매각했다. 비늘 같은 것은 강력한 갑옷을 만드는데 이용되는 모양이다.

그리고 오는 도중에 만난 마물들도 팔기로 했다. 수가 많다 보니 접수원인 에이라가 엄청 놀라고 있었다.

"……그러면."

의뢰 완료에 대해서. 루나리아의 소개. 이야기해야 할 사항은 대충 이야기를 마쳤다고 해도 되리라. 그러나 토모야는 오히려 지금부터가 본론이었다. 신시아와 릿셀에게 말해야 하는 것이 있었기 때문이다.

"신시아, 릿셀 씨. 들어주셨으면 하는 게 있는데 괜찮을까요?"

"네, 뭘까요?"

"그래, 말해주게."

토모야는 자신이 생각하는 이후의 방침에 대해서 설명을 시작했다. 앞으로 얼마 동안은 이 도시에 머무를 셈이지만, 그 다음에는 이곳을 떠나서 루나리아와 함께 전세계를 여행하고자 생각한다는 것이다. 리네가 옆에 있으니 이세계 관련의 사정은 얼버무리면서, 자신은 더욱 여러 장소를 보고 싶다고 생각한다는 것을 마음 그대로 정성스럽게 전달했다.

"그런, 가요. 토모야 씨는 이곳을 떠나는 거군요. ……조금 쓸쓸하지만, 그것이 토모야 씨의 의지라면 저는 막을 수 없어요."

"그래. 자네가 그것을 바란다면, 나도 가능한 지원하도록 하지."

"고맙습니다."

토모야의 방침을 흔쾌히 받아준 두 사람에게, 깊이 고개를 숙이며 감사를 고했다. 언젠가 이 집에 신세를 진만큼 은혜를 반드시 갚으리라고 마음속으로 강하게 다짐했다.

"……."

"응?"

그런 가운데 문득 신시아의 표정에 그늘이 진 것 같았지만, 이유에 대해서 생각하는 것보다 빠르게 그녀가 입을 열었다.

"그래도, 여행을 하신다면 루나 씨가 걱정이 되네요. 토모야 씨가 곁에 있다고는 하지만, 만약의 경우가 있을 걸 생각하면…… 마족 소녀니까, 심술을 부리는 사람도 있을 것 같아요."

"그런 녀석이 있으면 2초 만에 밟아주겠지만. 하지만 분명히 우리가 언제나 같이 있을 수 있는 것도 아니지. 루나가 혼자 있을 때의 대책도 생각해야겠어……."

문득 토모야는 스테이터스의 존재를 떠올렸다. 그렇다. 루나리아의 스테이터스만 알 면 그녀가 어느 정도 능력을 가졌는지 알 수 있다. 그것을 알면 앞으로에 대한 참고가 될지도 모른다.

"있잖아, 루나."

"왜? 토모야."

"루나의 스테이터스, 봐도 돼?"

"……토모야라면, 좋아."

의미심장한 말. 이라고 놀릴 수도 없다. 그렇게 대답했을 때 루나의 표정이 어쩐지 슬픈 기색이었으니까. 스테이터스 관련으로 그다지 좋지 않은 과거가 있는 것일까?

그렇지만 스테이터스를 보지 않으면 아무것도 시작할 수가 없다. 토모야는 의식을 루나리아에게 집중했다. 하얀 피부, 파란 눈동자가 여전히 귀엽다. 아니 그게 아니고 집중해라. 홀로 내심 당황했다.

그리고, 드디어 감정 Lv ∞가 발동했다.

루나리아, 12세, 여자, 레벨: 8

직업: 백무녀

공격: 30 방어: 40 민첩: 30

마력: 120 마공: 80 마방: 60

스킬: 치유 마법 Lv 1, 소환 마법 Lv 1, 계약 마법 Lv 1, 신성 마법 Lv 1, 은폐 Lv 1, 신격 소환

신격 소환— 뮤테이션 스킬. ■■■■■■■■■■■■■■■■■ ■■■.

"……무슨."

그 스테이터스를 본 토모야는 놀라서 눈을 부릅떴다.

그 반응에 그 자리에 있는 모두가 주목했다.

"토모야? 무슨 일이야?!"

"토모야 씨?!"

긴박한 목소리가 울렸다.

"……토모야."

그리고, 루나리아가 불안하게 중얼거렸다.

그러나 토모야는 그것들에 주의를 돌릴 수 없었다. 그 정도로 감정 결과가 충격적인 내용이었기 때문이다.

레벨치고 스테이터스가 전체적으로 낮은가?

루나리아도 뮤테이션 스킬 소유자?

감정 Lv ∞로도 신격 소환의 설명을 읽어낼 수 없다?

그 어느 것도 아니었다.

"여, 열 두 살?!"

나이에 대해서였다.

—루나리아의 스테이터스를 리네 일행과 공유하고 몇 분 뒤.

릿셀은 용건이 있어서 응접실을 떠났고, 남은 네 명은 더욱 이야기를 진행하고 있었다.

일단 화제는 루나리아의 나이에 대해서였다.

"루나는 열두 살이었구나. 솔직히 열 살 정도라고 생각했어."

"우, 토모야 실례야. 난 그렇게 작지 않아."

"그, 그렇네."

방금 전까지 불안한 표정을 짓고 있던 루나리아가 볼을 부풀리면서 불만스럽게 토모야를 보았다. 그 모습을 보면 열 살쯤이라고 추측한 것은 겉모습 때문이고, 말투가 어우러져서 더욱 어릴 가능성도 생각했다고는 말할 수 없었다.

어떻게 할까 고민하고 있을 때 신시아가 구해주었다.

"저기, 루나리아 씨. 아마 토모야 씨는 마족이 인간족과 비교해서 약간 성장이 늦다는 걸 잊고 있었던 거라고 생각해요. 그러니까 착각한 게 아닐까요?"

"……그렇구나. 그러면 어쩔 수 없네! 토모야, 용서해줄게!"

"고마워, 루나."

신시아의 도움으로 무사히 넘어간 다음, 어느 쪽이 연상인지 알 수 없는 대화를 나누는 토모야와 루나리아.

신뢰를 잃지 않고 넘어간 것에 안심한 토모야가 루나리아의 머리를 쓰다듬자, 그녀는 방금 전의 화난 기색으로는 상상 못 할 정도로 귀엽게 에헤헤, 표정을 풀며 기뻐했다.

아니. 화난 표정도 그건 그거대로 귀여웠지. 토모야는 생각했다.

토모야의 손이 두 배 빨라졌다.

"실제로 성장 속도의 변화가 찾아오는 건 어린 시절을 지난 다음이라서 루나리아 씨하고는 상관없긴 하지만…… 그건 말하지 않는 게 좋겠어요."

"그렇네. 그게 현명하겠어."

신시아와 리네가 뭔가 중요한 이야기를 하고 있지만, 토모야와 루나리아는 그걸 듣지도 않고 화해하여 무척 즐거워 보였다.

그러는 도중에 문득, 토모야는 생각했다.

나이에 비해 어느 정도 앳된 루나리아의 어조. 그것에는 뭔가 이유가 있는 게 아닐까?

그렇지만 아무리 생각해도 대답이 안 나오자, 이윽고 그 의문은 머리 한 구석으로 몰려났다.

화제는 루나리아의 나이에서 스킬로 옮겨졌다.

"그렇지만, 소환 마법에 계약 마법, 그리고 신성 마법인가요? 희귀한 스킬들뿐이네요."

"그런 거야?"

"네. 소환 마법은 전세계에서 마물을 불러내는 마법이고, 계약 마법은 불러낸 마물 등과 계약을 하는 마법이에요. 이 두 가지 스킬은 동시에 보유하고 있는 경우가 많아요. 그리고 신성 마법은 마력을 소멸시킨다는 보기 드문 성질을 가진 마법으로, 줄 수 있는 대미지가 적에 따라 크게 좌우되는 것이라 사용이 어렵기도 해요."

"그렇구나. 그리고, 이 신격 소환이라는 건."

"저도 모르겠어요. 들어본 적이 없어요. 리네 씨는 어떠신가요?"

신시아가 그렇게 물어봤지만, 정작 리네는 뭔가 생각에 잠긴 것 같았다.

생각해보면 아까부터 말수가 적었다. 토모야가 걱정이 되어 말을 걸었다.

"리네, 무슨 일 있어?"

"……아니, 아무것도 아냐. 신격 소환은 나도 들어본 적이 없군. 그렇지만, 애당초 세상에 하나밖에 없는 스킬이니까 뮤테이션 스킬이야. 그 스킬에 대해서 아는 사람은 없겠지."

"그것도 그렇겠네."

리네의 말에 토모야가 맞장구를 치고, 다음으로 이제부터 여행을 하면서 어떻게 하면 반드시 루나리아가 안전할 것인가에 대한 이야기를 한다.

그러나 대답이 나오지 않아서 모두가 고민하고 있는데, 응접실의 문이 열렸다.

여성 메이드가 사람 수만큼의 홍차와 쿠키를 가지고 왔다.

조금 전에, 이야기가 길어질 거라 생각한 신시아가 지시한 것이다.

"토모야, 이거 뭐야?"

눈앞에 놓인, 좋은 냄새가 나는 과자를 보고 루나리아가 눈빛을 반짝거렸다.

"그건 쿠키. 과자야. 달콤해서 맛있으니까 먹어봐."

"응, 잘 먹겠습니다!"

매그리노 산맥에서 귀환하는 길에 토모야가 가르쳐준 잘 먹겠습니다를 외친 다음, 루나리아가 앙하고 쿠키를 입 안에 넣었다.

한 입 깨문 순간, 쿠키 같은 식감이 처음이었는지 눈을 커다랗게 뜨고 놀라지만 금방 표정이 느슨해졌다.

"맛있어!"

그렇게 말하고, 토모야에게 함박웃음을 지었다.

귀환할 때 식사도 나름대로 맛있는 걸 먹었다고 생각하지만, 그때하고는 기뻐하는 방식이 다르다. 토모야는 루나리아가 단 걸 좋아한다고 판단했다.

"토모야도. 토모야도 먹어봐!"

그렇게 말하고, 루나리아는 쿠키를 하나 집어 토모야의 입가에 내밀었다.

신시아와 리네의 따스한 시선에 낯간지러움을 느끼면서도, 루나리아의 호의를 홀대할 수는 없다고 생각했다.

"그러면, 잘 먹겠습니다."

루나리아가 가져다주는 쿠키 앞부분을 이로 깨물고, 그대로 입 안에 넣어 씹었다.

사각하고 상냥한 기분 좋은 식감과, 버터 풍미가 입 안에 가득 퍼진다. 일본에서 먹었던 것보다 나으면 나았지 떨어지지 않는 맛에 토모야의 표정도 살짝 풀어졌다.

"맛있다."

"에헤헤, 그렇지!"

토모야의 감상을 듣고, 마치 자신의 공적인 것처럼 방긋 웃는 루나리아.

아아, 루나 귀여워. 루나와 귀엽다는 같은 뜻일지도 모른다. 이렇게 내심 생각하는 토모야 옆에서 리네와 신시아도 쿠키를 입에 옮겼다.

"응. 분명히 이건 맛있다."

"네. 참 맛있어요. 역시 여러분과 함께 먹으면 각별하네요."

각자가 과자에 만족하면서 우물우물 먹었다.

그런 가운데, 처음에는 맛있다 맛있다 하면서 먹고 있던 루나리아가 손을 멈추고 가만히 접시 위에 있는 쿠키를 보기 시작했다.

"왜 그러니? 루나."

토모야가 그렇게 묻자, 루나리아는 조금 용기를 짜내는 표정으로 입을 열었다.

"저기…… 토모야, 좋아해?"

그 좋아한다는 것이 무얼 가리키는 건지 토모야는 몰랐기 때문에, 추측해서 대답했다.

"그래, 나는 루나 엄청 좋아해."

"정말?! 기뻐! 나도 토모야 너무 좋아!"

루나리아는 의자에서 뛰어 오르며 기뻐했지만, 갑자기 퍼뜩 움직임을 멈추었다.

"그게 아니라! 이거, 이 쿠키라는 거, 좋아해?"

"어, 그래. 그거구나. 그것도 좋아하는데……."

부끄러운 착각을 해버렸다. 토모야는 동요하면서 대답했다.

발언의 내용 자체는 사실이니까 문제없다. 그러긴커녕 루나리아도 자신에 대한 호의를 표명해줬으니 기쁨이 ∞지만, 기분 탓이 아니라면 그 광경을 보고 있던 리네와 신시아의 눈길이 조금 미지근했다.

"그렇구나…… 우~웅."

그리고 루나리아는 또 쿠키를 바라보며 고민하는 모습을 보인 다음, 일어서더니 신시아 곁으로 다가갔다.

그리고 토모야에게 들리지 않는 작은 소리로 뭔가 신시아에게 속삭였다. 그것을 들은 신시아는 상냥하게 웃음을 지었다.

"네. 그건 참 좋은 생각인 것 같아요."

"정말?"

기뻐하며 웃는 루나리아. 그 모습을 보고서, 신시아는 리네에게 시선을 보냈다.

그러자 리네는 그 의도를 깨달은 것처럼 고개를 끄덕였다.

"리네 씨, 부탁할 수 있을까요?"

"그래. 나도 이래저래 토모야와 둘이서 얘기해둘 것이 있었으니까. 문제없어."

그 모습을 보고 소외감을 느끼고 있던 토모야에게 리네가 말을 걸었다.

"그렇게 됐다. 토모야. 잠깐 밖에 나가자. 할 얘기가 있어."

리네의 말을 듣고, 일단 오늘 이야기는 끝이 났다.

토모야와 리네는 에르니아치 가문을 나와서 동부지구까지 발을 뻗었다. 지난번에 그레이 울프의 집단이 침입한 사건이 있었는데도 불구하고, 지금은 이미 평소와 같은 양상으로 돌아와 갖가지 가게가 늘어서 있었다.

딱히 목적이 있어서 이 장소에 온 것이 아니기 때문에, 적당히 근처의 가게를 보면서 토모야 일행은 걸음을 옮겼다.

"그런데 리네, 할 얘기라는 건 뭐야?"

"그걸 말하기 전에, 조금 물어보고 싶은 게 있는데 괜찮을까?"

"물론이지."

이제 그만 본격적인 이야기가 시작되는 것 같아서, 인파 소리에 목소리가 지워지지 않도록 조금만 인파에서 벗어난 골목에 들어갔다. 양 옆에 있는 건물 탓에 해가 그다지 안 들어오는 장소에서, 리네는 차분하게 입을 열었다.

"아까 너는, 이제부터 루나와 함께 전세계를 여행할 거라고 했어. 그건 확실해?"

"응, 그럴 셈이야."

"……그러면, 실제로 어디에 갈 건지 정한 건 있어?"

"아니, 그건 아직 전혀. 루나랑 이래저래 의논을 하면서 정할 생각이야."

"그, 그렇군."

토모야의 대답에 만족한 걸까? 살짝 올라간 목소리를 흘렸다. 그런 그녀에게, 토모야도 계속 신경 쓰인 것을 물어볼까 생각했다. 그 대답에 따라서, 한 가지 제안하고 싶은 것도 있었다.

"리네는 어때? 너한테 그런 이야기는 못 들은 것 같은데."

"나 말야? 사실 나도 이제 그만 이 도시를 나설까 생각하고 있어. 나는 본래 한 도시에 장기간 머무르지 않고 여행을 하면서 생활하고 있었으니까. 동대륙뿐이 아니라 북대륙에도 가본 적이 있고, 그쪽에도 아는 사람이 있어. 조만간 레드 드래곤의 송곳니를 가지고, 아르스나에 있는 드워프족의 친구한테 검을 벼려달라고 하러 갈 생각이지. 그래서, 너한테……."

"응?"

말하는 도중에 리네가 입을 다물었다. 그리고 눈을 감고 천천히 심호흡을 했다. 할 말을 찾지 못하는 것과는 조금 다르다. 마치 용기를 짜내어 뭔가를 토모야에게 전달하려고 하는 것 같다. 그런 표정을 지었다.

각오를 정한 것일까? 리네는 눈을 감고 상냥한 웃음을 지었다. 그리고 강한 의지가 담긴 눈동자로 토모야를 보았다. 그대로 그녀는 말했다.

"내 말을 들어봐, 토모야. 지난 며칠 동안 너와 함께 지내면서 생각했어. 나는 지금까지 혼자서 여행을 해왔고, 계속 그대로일 거라고 생각했어. 그렇지만 너와 함께 의뢰를 받고 지낸 나날은 지금까지 경험한 적이 없을 정도로 즐거웠어. 그야말로, 앞으로도 계속 이런 즐거운 나날이 이어지면 좋겠다고 생각할 정도로. 그래서 만약 너만 괜찮다면, 아직 갈 곳이 정해지지 않았다면—"

"알았어."

"잠깐 기다려. 나는 아직 마지막까지 말을 안 했는데."

리네가 모든 것을 말하기 전에 토모야가 고개를 끄덕이자, 리네는 불만스런 표정으로 불평을 했다. 그 모습이 어쩐지 우습게 느껴져서, 토모야는 작게 웃어 버렸다.

"아니, 지금 그걸로 리네가 하고 싶은 말을 알았어. 그리고 그건 내가 본래 리네에게 말하려고 생각했던 거야. 먼저 말하게 두는 게 좀 마음에 안 들어서."

"……토모야, 너는 심술궂다."

우음. 볼을 부풀린다. 평소의 리네를 봐서는 상상도 못할 정도로 어린아이다운 반응이었다. 미안하게 느끼면서도, 토모야는 이렇게 제안했다.

"그러면 동시에 말하자. 그러면 돼?"

"음……. 그렇다면 뭐. 괜찮겠지."

그 제안에 리네도 납득하여 고개를 끄덕였다.

토모야와 리네는 서로를 마주 보고, 그리고 입을 열었다.

"리네, 우리랑 같이 여행을 하자."

"토모야, 나는 너희들과 함께 여행하고 싶다."

같은 의미의 선언— 그것을 서로에게 말한 두 사람은, 누가 먼저랄 것도 없이 웃었다. 역시 상대도 자신과 같은 생각을 하고 있었다는 게 기뻐서.

이렇게, 리네도 함께 여행을 하게 되었다.

"이, 이것은……!"

그리고 약 1시간 뒤, 토모야와 리네는 에르니아치 가문에 귀환했다.

응접실에 도착한 토모야는 맨 먼저 놀라서 소리쳤다. 테이블 위에 접시가, 그리고 접시 위에 군데군데 타버린 쿠키가 있었던 것이다.

테이블 앞에는 루나리아가 조금 풀이 죽은 모습으로 서 있고, 그 옆에는 신시아가 쓴웃음을 지으면서 루나리아의 머리를 쓰다듬고 있었다.

역시 루나리아의 머리에는 맹렬하게 쓰다듬고 싶어지는 무언가가— 그런 분석은 나중에 하기로 하고(나중에 꼭 한다. 중요한 거니까), 토모야는 두 사람을 마주 보았다.

사정을 들려달라고 요청하는 토모야의 시선에 신시아가 응답했다.

"사실은, 낮에 나온 쿠키를 토모야 씨가 맛있게 먹는 걸 보고, 루나 씨가 자기가 만든 걸 먹어 줬으면 좋겠다고 생각한 것 같아요."

"그치만, 실패해 버렸어……."

그렇군. 그래서 조금 풀이 죽었구나. 토모야는 납득했다.

루나리아는 슬픈 표정을 짓고 있지만, 토모야의 심정은 반대로 기쁨이 가득해서 흘러 넘쳤다. 루나리아가 자신을 위해서 쿠키를 만들어 주다니! —하고.

"하나 먹는다."

"앗, 하지만 써서—."

루나리아가 막는 것도 신경 쓰지 않고, 토모야는 검은 쿠키를 입 안에 넣었다.

만들고 조금 시간이 지났는지 뜨겁지 않고, 입 안에서 까끌까끌한 감각이 퍼진다. 설탕과 소금을 착각하는 실수는 없지만, 그래도 단순하게 탄 부분이 많아서 달기보다 쓴 맛이 강하다.

장사를 하면 틀림없이 클레임을 받을 완성도. 그렇지만 토모야에게는 그렇지 않았다.

"……맛있어."

"어?"

토모야의 감상에 고개를 갸우뚱 기울이는 루나리아.

그 토모야의 감상은 인사치레가 아니었다. 분명히 맛은 조잡했지만, 그래도 충분히 맛있다고 느낀 것이다. 굳이 비교하자면 낮에 먹은 것 이상이었다. 아니, 그걸 넘어서 지금까지 먹은 모든 것 중에서 제일이다.

역시 요리에 가장 중요한 것은 애정이라고 토모야는 실감했다.

"토모야, 정말?!"

"그럼 정말이지. 루나는 요리의 천재야."

"그렇구나~! 에헤헤."

신이 난 토모야와 루나리아를, 바깥에서 바라보는 두 사람이 있었다.

"이건 뭐라고 해야 하나……. 그냥 팔불출과, 그 딸이군."

"그렇네요~. 앗, 그렇지. 리네 씨. 괜찮으시면 오늘은 이대로 여기 묵지 않으실래요? 아직 이것저것 물어보고 싶은 이야기도 있어요."

"그건 나로서는 영광이지. 그 말에 어리광을 부리겠어."

두 사람은 탄 쿠키를 우물우물 씹어 먹으며 그런 대화를 했지만,

"또 맛있는 요리도 잔뜩 만들 테니까, 잔뜩 먹어줘, 토모야!"

"그래, 물론이지."

또 한 팀의 두 명은, 다른 사람의 목소리 따위 신경 쓰지 않는다고 말하듯 즐겁게 웃고 있었다.

◇◆◇

이튿날. 토모야, 리네, 루나리아 세 명은 두 가지 목적을 위해 루갈을 나서서 평원까지 와 있었다. 여기는 아직 도시 근처라서 마물 따위가 나올 걱정은 거의 없었다.

첫 번째 목적은 토모야가 가진 뮤테이션 스킬, 올 ∞의 힘을 이래저래 시험해보는 것이었다.

올 ∞는 이 세계에 있는 노멀 스킬을 모두 사용할 수 있다는 비범하기 짝이 없는 스킬이지만, 지금까지 토모야가 실제로 사용해온 것은 감정, 은폐, 이공간 창고 같은 노멀 스킬 중에서 불과 일부뿐이다. 딱히 모든 것을 자유자재로 다룰 수 있게 되고 싶은 건 아니지만, 최소한 이제부터 필요해지는 스킬에 대해 이해를 높여야 한다고 생각한 것이다.

그러나, 애당초 토모야에게는 노멀 스킬에 관한 지식이 없으니―

"그렇게 됐으니 리네 선생님, 이것저것 가르쳐 주세요."

"가르쳐 주세요!"

―그런 부분은 리네에게 떠넘기기로 했다.

"아, 응. 본래 그럴 셈이었지만, 토모야에게 새삼 그렇게 부탁을 받으면 조금 신기한 기분이 드는군. 그리고 애당초, 부탁을 하는데 루나를 무릎에 올리고 있는 게 과연 괜찮은 것인가 싶어. 그리고 어째서 루나도 함께 고개를 숙이는 걸까……."

리네가 말한 것처럼, 토모야는 현재 양반다리로 땅바닥에 앉아 있고 그 위에 루나리아가 올라가 있었다. 토모야가 고개를 숙이며 부탁하자, 루나리아도 신이 나서 따라 했기 때문에 옆에서 보면 신기한 형태가 되어 있었다. 리네는 태클을 걸다 지쳤는지, 하아 한숨을 쉬었다.

"혼나버렸네. 루나, 일단 내려갈래?"

"이대로가 좋아."

"그렇게 됐어. 리네. 이대로 부탁해."

"……어쩔 수 없지. 그 대신에 루나, 나중에 내 무릎 위에도 올라와줘."

"알았어!"

"그거면 되는 건가?!"

리네는 기대도 못했던 대답에 전력으로 태클을 걸어버렸다. 그렇지만 금방, 루나리아의 귀여움은 전세계 공통이니까 어쩔 수 없다고 납득하고 이야기를 다음으로 진행시켰다.

그리고 리네의 노멀 스킬 해설이 시작됐다. 이 자리에서 사용해도 문제없어 보이는 스킬은 실제로 토모야가 사용해서 효과를 시험한다. 그러는 가운데, 이것저것 편리한 노멀 스킬을 발견했다. 그것들의 일부가 아래와 같았다.

【천리안】─ 시력을 대단히 올리는 스킬. 특정 Lv을 넘으면, 지정한 인물이나 장소의 광경을 직접 볼 수 있다.

【색적】─ 발동자를 중심으로 마력을 방사하여, 마력이 닿는 범위에 존재하는 생명체나 물질의 위치를 판명하는 스킬.

【청정 마법】─ 몸이나 물질의 더러움을 씻어내는 스킬.

【창조】─ 본 적 있는 물건을 발동자의 마력으로 만들어내는 스킬.

【방벽】─ 투명한 벽을 만들어내는 스킬. 지정한 장소에 벽을 고정하는 고정 방벽과, 대상자를 감싸는 벽을 만들어내는 갑옷 방벽이 존재한다. 벽이 유지되는 시간은 최고 1시간.

이것들 중에서도, 특히 토모야에게 중요도가 높은 두 스킬이 창조와 방벽이었다. 창조는 설명 그대로, 토모야가 한 번 본 적이 있는 거라면 뭐든지 만들어낼 수 있는 파격적인 스킬이다. 실제로 발동해보고, 토모야는 그 굉장함을 실감할 수 있었다.

"창조 발동─ 오옷, 정말로 생겼다."

전에 구입한 검을 오른손에 쥐면서 스킬을 발동하자, 그것과 완전히 같은 검이 왼손에도 나타났다. 순식간에 쌍검의 완성이다.

"······굉장하다. 아무리 주시해도 진짜와 차이를 모르겠어."

선생님으로서 토모야에게 창조란 스킬을 가르쳐준 리네조차도, 토모야가 양손에 쥐고 있는 검을 비교하면서 감탄했다.

"나도 창조 스킬에 관해서는 소문으로만 들어봤는데, 이 정도로 뛰어난 스킬이었다니······. 확실히 수많은 노멀 스킬 중에서 가장 뛰어난 스킬이란 말을 들을만하군."

"그런 말이 있었구나."

"그래. 실제로 창조 스킬을 가진 사람은 세상에 몇 명 정도밖에 없다고 들었어. 참고삼아서 가르쳐주자면, 창조 다음으로 뛰어나단 말을 듣는 스킬은 이공간 창고야. 둘 다 쓸 수 있는 너는 좀 이상해."

"그렇게 말하는 건 좀 심하다고 생각하는데······ 뭐 됐어. 이제 앞으로는 여행을 할 때 텐트를 몇 개나 만들 수 있으니까 나란히 누워 자는 긴장감을 맛보지 않아도 되겠다, 리네!"

"윽, 야, 그 이야기는 다시 꺼내지 말자고 했잖아. 토모야!"

"응? 있지, 무슨 얘기야?"

"루나가 천사라는 얘기야."

"······? 마족인데?"

그런 식으로 즐겁게 대화를 거듭하면서, 더욱이 창조 스킬의 검증을 진행했다. 그런데 한 가지 문제점이 있었다. 아무래도 이 스킬로 만들 수 있는 것은 「토모야가 이 세계에 온 뒤부터 본 적이 있는 물건」뿐인 것 같다.

"지구에서 현대 병기 같은 것을 가지고 올 수는 없단 거구나. 가능해도 해볼까 생각 안 하겠지만."

"토모야, 무슨 말이야?"

"아니, 상관없는 (세계의) 이야기야."

리네의 물음을 얼버무리면서, 새삼 창조 스킬에 대해 생각했다.

지구에 있던 물건을 만들어낼 수 없다는 문제점 말고도, 토모야는 자신 안에서 한 가지 룰을 만들었다. 검이나 여행에 필요한 도구라면 모를까, 금전은 만들지 않겠다는 것이다. 윤리적인 문제는 물론이고, 그런 것에 의지하지 않아도 루나리아를 키울 수 있는 생활력은 가지고 싶다는 의지가 강하다고 해도 과언이 아니었다.

이것이 창조 스킬을 검증하면서 나타난 문제점과 해결책, 그리고 이후의 지침이었다. 다음으로 방벽의 스킬 검증으로 옮겼다. ―토모야 일행에게는 어떤 의미에서 창조 이상으로 쓸모가 있다는 것을 깨닫게 되었다.

방벽에는 고정 방벽과 갑옷 방벽의 두 종류가 있다. 그 둘 중에서 갑옷 방벽이, 전부터 의제였던 여행을 할 때 루나리아의 안전을 확보하는 방법이 된다는 걸 알 수 있었다.

"그러면 루나, 실제로 시험을 해볼 건데 괜찮아?"

"괜찮아!"

루나리아는 등을 쭉 펴고 우~응 하며 필사적으로 얼굴을 토모야에게 가까이 댔다. 그 모습을 보면서 마음을 치유한 다음, 토모야는 오른손을 그녀의 머리에 올리고 작게 말했다.

"방벽 파생— 갑옷 방벽 발동."

그 순간 토모야의 손에서 흘러나온 마력이 루나리아의 몸을 감쌌다. 이걸로 투명한 벽이 루나리아를 지켜줄 것이다. 얼른 다음 검증을 시작했다.

"리네, 다음은 부탁해도 될까?"

"그래, 맡겨둬."

말하고서, 리네가 토모야와 교대하여 루나리아 앞에 나섰다. 리네는 무릎을 굽히고 몸을 낮추더니, 검지로 공중을 가리키는 것처럼 한 손을 앞으로 내밀었다.

"지금부터 불 마법을 쓸 거야. 루나, 일단 아무것도 하지 말고 잘 봐."

"응!"

"좋아. 그러면— 파이어."

"……와아."

리네의 손 위에서 작은 불 덩어리가 나타났다. 적색의 빛이 일렁거려서 대단히 예쁘다. 루나리아도 불꽃처럼 눈동자를 반짝거렸다.

"어때? 뜨거워?"

"아니, 괜찮아!"

"그렇구나. 좋아, 그러면 천천히 손을 이 불꽃에 접근시켜 봐. 그래, 천천히. 그대로. 천천히 넣어봐."

'어쩐지 야한데.'

그런 엉뚱한 감상을 품으면서, 루나리아가 천천히 자기 손을 불꽃 속에 넣는 모습을 토모야는 바라보았다. 그러자, 손이 통째로 불꽃 속에 숨어버린 루나리아가 신나서 외쳤다.

"굉장해. 전혀 안 뜨거워! 토모야. 이거, 이거 봐! 굉장해!"

"좋아, 성공이구나."

루나리아의 함박웃음을 탐닉하면서도, 토모야는 힘차게 성공의 포즈를 취했다.

"응, 잘 된 모양이네."

"앗, 사라져버렸어……."

리네는 불꽃을 끄더니 일어서서 토모야에게 웃었다. 토모야도 그녀에게 미소를 지었다.

"그래. 갑옷 방벽을 사용하면 루나리아를 적에게서 지킬 수 있어. 발동하고서 1시간밖에 효과가 지속되지 않는 게 흠이지만, 방어력 자체는 일급품이야."

"그도 그럴 것이 너처럼 말도 안 되는 스테이터스의 마력으로 발동하는 스킬이니까. 그렇지 않으면 곤란할 정도야."

방금 전 리네가 사용한 불 마법은, 보통 사람과 비교해서 훨씬 강력한 것이었다고 한다. 그것을 손으로 직접 만져도 상처가 없는 일이 가능해지는 갑옷 방벽은, 루나리아를 지키기 위해서는 충분한 대책이라 할 수 있으리라.

이제 1시간 한정으로 루나리아를 지킬 방법이 확립됐다. 그렇지만 유감스럽게도 아직 완전하다고 하기는 어렵다. 이제부터 여행을 하면서, 토모야가 1시간 이상 루나리아와 떨어지는 일은 당연히 일어날 수 있는 일이니까.

좀 더 다른, 그야말로 루나리아가 혼자서도 위협을 헤쳐나갈 수 있다는 보증이 필요했다. 아빠는 걱정이 많다.

그리하여 스킬의 검증이 끝난 참에 두 번째 목적—「루나리아 본인의 전투력 향상」이라는 목적을 이루기 위한 이야기를 하게 됐다.

"좋아, 루나. 준비는 됐니!"

"오~!"

이제부터 할 일을 설명한 다음, 토모야가 큰 소리와 함께 주먹을 하늘로 올리자, 루나리아도 따라서 함성을 질렀다. 기운찬 모습이 무척 좋다.

"뭐 나는 루나가 싸울 수 있도록 하기 위해서 어떡하면 될지 전혀 모르겠지만 말이야. 그렇게 됐으니 리네 선생님, 뒷일을 부탁드립니다."

"부탁드립니다!"

"정말이지 너희들은…… 아니, 됐어. 나도 토모야와 루나가 의지해주는 게 기분이 나쁜 게 아니니까."

토모야와 루나리아가 다시 고개를 숙이며 부탁하자, 리네는 양팔로 팔짱을 끼고 가슴을 내밀며 자랑스럽게 대답했다. 그 모습에, 사춘기 한복판인 토모야가 어디를 보면 좋을까 고민해버린 것을 여기에 적어 둔다.

"그러면 얼른 시작하자. 루나가 가진 스킬은 치유 마법, 소환 마법, 계약 마법, 신성 마법, 은폐, 그리고 신격 소환이었지. 은폐는 전투에 사용하는 스킬이 아니고, 신격 소환은 애당초 어떤 스킬인지도 분명치 않아. 더욱이 지금은 부상자가 없으니까 치유 마법은 일단 제쳐두고, 소환 마법, 계약 마법, 신성 마법 셋을 실전에서 쓸 수 있는 레벨까지 단련을 해보자."

"'네에.'"

그것들을 시험하려면 실제로 마물을 상대하는 편이 좋다고 해서, 토모야 일행은 수십 분 정도 걸어 비교적 마물이 나오기 쉬운 장소까지 이동했다. 당연히 루나리아에게 갑옷 방벽을 사용해두는 것도 잊지 않는다.

"그런데 루나, 정말로 마물과 싸우는 것도 괜찮아?"

"괜찮아! 나, 열심히 할게!"

"그래. 그럼 좋아."

마물과 싸우면 적어도 적의 피가 나오고, 시체도 보게 되어버린다. 그렇기에 걱정이 되어서 물어본 것인데, 루나리아는 기운차게 대답했다. 그러나 생각해 보면 분명히 매그리노 산맥에서 루갈로 돌아오는 도중에 나타난 마물을 토모야와 리네가 쓰러뜨리는 것도 평범하게 보고 있었던 것 같다.

그렇지만 안심할 수 없다. 만약 루나리아의 기분이 안 좋아진다면 곧장 대응하려고 토모야는 생각했다.

"—왔다."

리네의 말을 듣고, 단숨에 사고 안에서 현실로 돌아왔다. 그녀가 가리키는 쪽에 시선을 돌리자, 그곳에 마물 하나가 있었다. 몸 전체에 불꽃을 두른 작은 새다. 토모야는 감정을 사용해 그 마물의 세부 사항을 확인했다.

【플레임 버드】— C랭크 중위 지정.

"루나, 할 수 있어?"

"응, 해볼래!"

실제로 루나리아의 실력을 재기에는 마침 좋은 상대인 것 같아서 루나리아에게 맡기기로 했다. 당연히 그 동안에 혹시나 하는 일이 없도록 토모야와 리네가 언제든지 도울 수 있도록 대비한다.

루나리아와 플레임 버드 사이의 거리가 10미터쯤 되었을 때, 먼저 공격한 것은 적이었다.

"삐이이이잇!"

불꽃의 부리를 내밀면서 다가오는 플레임 버드. 그러나 속도 자체는 대단치 않다. 루나리아는 생각한 것 이상으로 베짱이 있었는지, 차분하게 양손을 앞으로 내밀었다.

"홀리 볼!"

그 순간, 빛나는 축구공 크기의 구체가 쏘아져 나갔다. 신성 마법 중에서도 간단한 것 중 하나다. 그러나 유감스럽게도 그 마법은 플레임 버드에 닿자 순식간에 흩어졌다. 플레임 버드도 상처를 입은 기색이 없다. 당연히 멈추지 않고 돌격해온다.

"에잇. 우~응. 역시 루나의 스테이터스로는 대미지를 주긴 어렵네. 어디 그러면 다음은 어떡해야 할까."

일단 토모야가 플레임 버드를 날려버린 다음, 다시 셋이 모여서 해결책을 생각하기 시작했다. 그러자 리네가 차분하게 말했다.

"신성 마법은 스테이터스 수치가 크게 그 힘에 반영되는 거니까 어쩔 수 없지. 다음으로 시험하는 소환 마법이 본론이야."

"소환 마법은 스테이터스랑 상관없는 거야?"

"아니, 당연히 그것도 연관이 있지. 소환된 마물의 원동력이 되는 건 소환자의 마력이니까. 다만 소환 마법의 경우, 마물 그 자체의 실력이 영향을 주는 일도 많다. 실제로 사용해보지 않으면 어떤 마물이 소환될지 알 수 없지만."

"그렇구나. 그러면 그것도 시험해보자."

토모야의 말을 들은 리네가 등에 지고 있던 짐 안에서 커다란 종이 한 장을 꺼냈다.

"그건 뭐야?"

"소환용 마법진이 그려진 마법지야. 여기 오기 전에 사뒀지."

"시판품이구나……."

"개중에는 자작을 고집하는 사람도 있지만, 초급용은 기본적으로 그렇지. 루나, 이걸 써볼래?"

"알았어!"

리네가 내민 마법지를 루나리아가 받았다.

마법지에 적힌 것은 게임 등에서 흔히 보는 원형의 기하학 무늬— 마법진이었다.

불러내고 싶은 마물의 조건을 머리에 떠올리면서 마법진에 마력을 주입하면 소환 마법이 발동하는 모양이다.

"일단 물어보는데, 루나는 어떤 마물을 불러내고 싶어?"

"우~응. 같이 있으면 즐거운 거!"

전투의 파트너라기보다는 애완동물 같은 것을 상상하는 것일까? 루나리아의 마음이 순진무구하기에 나온 발상이라고 토모야는 납득했다.

"그러면, 할게!"

루나리아는 마법지를 땅바닥에 펼쳐 두더니, 그 위에 양손을 올렸다. 그리고 리네가 가르쳐준 방법으로 마력을 주입했다.

마법진 중심에 주입된 순백의 마력은 서서히 바깥 쪽으로 침투했다. 마법진 전체에 마력이 가득 찬 순간, 시야를 가릴 정도의 눈부신 빛이 뿜어져 나왔다. 몇 초 뒤, 빛이 잦아들자 토모야가 눈을 떴다.

"무슨!"

그리고, 경악하여 더욱 눈을 크게 뜨고 말았다. 루나리아 옆에는 상상도 못했던 마물이 존재하고 있었다.

몸 길이는 5미터쯤 될까? 순백의 털을 가진 거대한 늑대 마물. 토모야는 반사적으로 감정을 발동했다.

【펜릴】― S랭크 상위 지정.

"뭐야, 펜릴?!"

도저히 믿을 수 없는 이름이 적혀 있었다. 그리고 전에 쓰러뜨린 레드 드래곤을 훨씬 웃도는 랭크를 보고 토모야는 무심코 외쳐 버렸다. 소리를 지르지는 않아도, 옆에 있는 리네도 입을 쩍 벌리고 넋 나간 표정을 짓고 있었다. 그런 가운데, 루나리아의 행동만 달랐다.

"와~! 굉장해! 푹신푹신해~."

루나리아는 경악하긴커녕 전혀 당황하지 않고, 자기 몸을 펜릴의 몸에 파묻으며 푹신푹신한 느낌을 탐닉했다. 펜릴도 그것에 저항하는 모습을 보이지 않는다. 그대로 잠시 지나자, 펜릴이 차분하게 커다란 입을 열었다.

『흠. 그대가 나를 불러낸 소환자인가? 내게 몸을 맡기는 것도 좋지만, 용건이 있다면 그것을 말해보도록 해라.』

'오, 마물인데 말도 하는 건가?'

펜릴이 말을 하는 것에 놀라는 토모야에 비해서, 루나리아는 얼굴을 펜릴의 몸에서 떼더니 갸우뚱하는 표정을 지었다.

"후에? 용건?"

푹신푹신한 감각을 즐긴 나머지, 루나리아는 무엇을 위해 펜릴을 불러냈는지 잊어버린 모양이다. 토모야는 제정신을 차리고 리네와 시선을 마주치며 고개를 끄덕인 다음, 사정을 설명하고자 입을 열었다.

"저기, 펜릴이라고 부르면 될까? 사실 우리가 너를 소환한 건—."

『—음, 적이군.』

마지막까지 말을 마치는 것보다 빨리 펜릴이 작게 중얼거렸다. 그것은 결코 토모야를 향한 말이 아니었다. 날카로운 금색 눈동자는 토모야의 뒤쪽을 보고 있었다.

돌아보자, 그곳에 마물 한 마리가 있었다. 회색 털가죽을 가진 몸길이 3미터쯤 되는 거대한 마물이다. 그레이 울프랑 비슷하지만, 크기는 이쪽이 압도적으로 크다. 토모야는 평소처럼 감정을 발동했다.

【킹 그레이 울프】— B랭크 하위 지정.

'그레이 울프의 상위종 같은 건가?'

이름과 겉모습으로 토모야는 그렇게 추측했다. 몸은 크고 튼튼해 보이지만, 랭크로 알 수 있듯 토모야 일행의 적은 아니다. 얼른 쓰러뜨리고 펜릴과 대화를 재개해야지. 그렇게 생각하며 토모야가 한 걸음 내디딘 순간, 그 옆을 「거대한 바람」이 지나갔다.

"—어?"

다음 순간, 그곳에는 킹 그레이 울프의 시체가 아무렇게나 나뒹굴고 있었다. 바로 옆에는 입가를 탁한 적색의 피로 물들인 펜릴의 모습이 있었다.

『나를 불러낸 자들과 적대하다니, 부끄러운 줄 알라.』

그리고 어쩐지 조금 멋진 대사를 내뱉더니 천천히 토모야 일행 곁으로 돌아왔다. 그 모습을 바라보는 도중에, 토모야의 머릿속에 한 가지 생각이 떠올랐다.

지금까지 펜릴의 행동과 말로 생각하면, 소환자인 루나리아에게 적대할 의지가 없어 보인다. 그에 더해서 킹 그레이 울프를 순식간에 토벌할 정도의 실력. 만약 토모야가 루나리아 곁에 있을 수 없을 때, 이 정도로 강력한 마물이 루나리아 곁에 있어 준다면 안심할 수 있었다.

소환 마법, 그것이 토모야 일행에게 주는 은혜를 통감한 것
이다.

『유감이지만, 그건 무리다.』
　그러나 이야기를 다 들은 펜릴의 대답은 무자비했다.
　"어째서인데?"
　『이유는 다양하지만, 일단 첫째로 소환자가 가진 마력량이
압도적으로 적다는 것이다. 그 자가 나에게 공급하는 정도의
마력으로는 아주 잠깐의 시간밖에 활동할 수 없다. 실제로,
이제 곧 나는 본래 있던 장소로 돌아가게 될 거다.』
　펜릴의 말을 들어보니, 소환수는 소환자가 공급하는 마력에
대응하는 시간밖에 활동할 수 없으며 공급이 끊어지면 본래
의 장소로 귀환하는 원리인가 보다. 그리고 루나리아가 가진
마력으로는 하루에 몇 분 정도밖에 활동할 수 없다고 했다.
　이유는 그것뿐이 아니다.
　『이번에는 흥이 나서 소환에 응했다만, 상황에 따라서는 그
럴 수 없는 때도 있다. 그대들이 바랄 때 반드시 소환자를 지
킬 수 있다고 할 수는 없다. 그와 마찬가지 이유로, 만약 소환
자가 계약 마법을 가지고 있어도, 나는 계약을 맺을 수가 없
다. 으음…… 이제 시간이 되어가는군. 소환자의 마력이 모두
떨어지기 전에 나는 귀환하도록 하지.』
　"안녕! 또 만나!"
　『그래. 소환에 응할 수 있을 때는 응하지. 작별이다, 소환자.

그리고 그대들.』

펜릴이 작별 인사를 고한 순간, 그 몸이 다시 눈부신 빛에 휩싸였다. 그 빛이 잦아들었을 때 펜릴의 모습은 사라졌다.

"후우. 정말로 놀라기만 하네."

그것을 지켜본 리네가 커다랗게 숨을 내쉬면서 그런 감상을 흘렸다.

"토모야가 아는지 모르겠지만, 펜릴이란 것은 남대륙 프루나의 3대 신수라고 불릴 정도의 마물이야. 그 정도의 강력한 마물을 불러내는 루나의 재능에는 정말로 놀랐다."

"그렇구나. 어쩐지 그렇게 강하더라니. 하지만 그러면 괜히 더 유감이네. 펜릴이 언제나 루나의 호위가 되어준다면 최고였는데."

"어쩔 수 없는 일이야. 생각을 전환하자. 그러나 다시 한 번 소환 마법을 써서 다른 마물을 불러내려고 해도, 역시 루나의 스테이터스를 상승시키지 않으면 문제는 해결되지 않겠어."

리네 말이 맞았다. 소환수가 루나리아의 마력으로 활동한다면, 그 활동 시간을 늘리기 위해서 일단 루나리아의 마력을 늘릴 필요가 있다. 그렇지만 지금 루나리아의 실력으로는 마물을 쓰러뜨리지 못하고 스테이터스도 상승시킬 수가 없다.

사람들의 위협이 되는 마물을 토벌하면 신이 은혜를 내려주어 스테이터스가 상승한다. 토모야는 전에 리네에게서 들은 내용을 떠올리며, 그것을 어떻게 할 수 없을까 생각했다.

"……? 왜 그래? 토모야."

그 모습을 보고 토모야가 난처하다는 걸 깨달았으리라. 루나리아는 아래쪽에서 토모야의 얼굴을 들여다보며 물었다. 그 너무나도 귀여운 모습을 보고, 어쩔 수 없지 이제부터 무슨 일이 있어도 내가 계속 루나 곁에 있으면 되는 거야. 하고 방향성이 잘못된 대답을 이끌어내고자 했을 때, 리네가 말했다.

"흠. 하다못해 방금 전의 펜릴이 계약에 응해줬다면, 몇 가지 방법이 있었는데……."

"응?"

그것을 듣고 토모야는 조금 의문을 품었다. 지금까지 계약 마법에 대해서는, 발동자와 마물이 계약하는 마법이라는 것밖에 못 들었다. 그 계약의 알맹이는 대체 어떤 것일까?

그 의문을 그대로 리네에게 전달하자, 그녀는 고개를 한 번 끄덕이고 대답해 주었다.

"계약 마법은 계약주와 마물이 함께 조건을 제시하고, 서로 그것을 양해해야 비로소 발동하는 거야. 계약 내용은 사람에 따라 다양하지만, 가장 많은 예를 설명하지. 계약주가 마물에게 바라는 조건은, 적인 마물을 쓰러뜨릴 때 신이 내려주는 은혜를 계약주에게 양도하는 것과 언제든지 소환에 응할 것. 그리고 마물이 계약주에게 바라는 조건은, 잠자리나 식량의 제공 같은 것이 일반적이야. 한 번 맺은 계약은 양자의 합의가 없으면 파기할 수 없는 강제력이 발생하지."

"그렇구나…… 응?"

토모야는 한 번 납득했지만, 리네의 설명 속에서 약간 위화감을 느꼈다. 계약주가 마물에게 바라는 조건에 대해서다.

"리네. 신이 내려주는 은혜를 양도한다고 했지? 그것에 대해 조금 더 자세히 알려줘."

"아아, 물론 상관없어. 보통은 마물을 쓰러뜨려도, 신의 은혜는 인간족, 아인족, 수인족, 마족, 용족에게만 내리지. 마물은 처음부터 스테이터스를 가지지 못하니까. 그러나 그런 종족과 계약한 마물이 다른 마물을 쓰러뜨렸을 때만, 특별히 실제로 적을 쓰러뜨리지 않은 계약주에게 은혜를 내려주는 거야."

"그렇다면, 계약 마법을 사용할 수 있는 녀석은 자기가 직접 싸우지 않아도 자기 스테이터스를 상승시키는 게 가능한 거야?"

"그래. 그렇게 되지. 그렇지만, 애당초 계약 마법의 사용자 자체가 그리 많지 않아."

"……흠."

설명을 듣는 가운데, 머리 한 구석에 뭔가 걸리는 것이 있었다. 그것만 알면 현재 상황을 타파할 수 있다고 토모야는 생각했다.

일단 지금 토모야가 가진 지식을 정리해봤다.

현재, 루나리아의 스테이터스는 대단히 낮다.

때문에, 무기나 마법을 써도 제대로 마물과 싸울 수 없다.

소환 마법으로 강력한 마물을 불러낼 수 있지만, 그것도 루나리아의 마력이 적기 때문에 아주 잠깐의 시간만 지나도 귀환해버린다. 언제나 지켜준다고 말하기 어렵다.

계약 마법을 사용한 마물이 적을 쓰러뜨렸을 경우, 신이 내려주는 은혜는 루나리아가 받게 되며—.

"——!!"

—벼락이 떨어진 것 같은 충격이 토모야의 몸에 흘렀다.

이거라면 가능할지도 모른다. 흥분하여 토모야는 리네를 보았다.

"리네, 한 가지 가르쳐줘. 계약 마법은 소환한 마물한테만 쓸 수 있어?"

"응? 아니, 그렇지는 않아. 다만 싸우지 않고 의사소통이 가능한 마물과 평범하게 만나는 건 대단히 어렵지. 때문에, 소환자의 요구에 응하고 소환되는 마물과 계약을 나누는 것이 일반적인 방법일 뿐이고—."

"아니야. 그게 아니라. 설명을 잘못했네."

토모야는 듣고 싶었던 것과 리네의 대답에 차이가 있어서, 그녀의 말을 한 번 가로막고 토모야는 힘차게 고했다.

"계약 마법은, 마물이 아니라 인간에게도 쓸 수 있어?"

"—설마, 너는."

그제서야 리네도 토모야의 생각을 이해한 모양이다. 비취색 눈동자를 흔들면서도, 믿을 수가 없다는 듯 하늘을 우러러보았다.

"그런 전례는 들어본 적이 없으니 어떻게 될지 모르겠다. 다만, 해볼 가치는 있을지도 몰라."

"그것만 알면 충분해."

토모야는 씨익 웃더니, 다음으로 루나리아 앞에 쪼그려 앉았다.

"루나, 시험해보고 싶은 게 있어. 괜찮을까?"

"응, 물론! 토모야를 위해서라면 뭐든지 할래!"

양손을 들고 기뻐하며 폴짝 뛰는 루나리아를 보고, 토모야는 마음을 치유했다.

계약 마법. 그 마법은 본래 리네가 말한 것처럼 계약자와 마물 사이에서만 사용하는 것이다. 그것이 이 세계의 상식이었다.

그렇지만, 지금 여기에 있는 토모야는 이 세계의 인간이 아니라 그런 상식 따위 가지고 있지 않았다. 따라서 그 방법을 떠올렸다. 계약 마법을 마물이 아니라 인간에게 써서, 그 인간이 마물을 쓰러뜨렸을 때 받게 되는 은혜를 상대에게 양도한다는 방법을.

애당초, 토모야의 스테이터스는 이미 모두 ∞라서 더 이상의 은혜는 필요 없기도 하다. 앞으로 토모야가 얻게 될 은혜를 모두 루나리아에게 보낸다고 해도 토모야가 곤란할 일은 전혀 없다. 그걸로 그녀의 스테이터스가 상승하고, 혼자 싸울 수 있게 된다면 그러는 편이 수백 배는 좋다고 생각한 것이다.

"그렇게 된 거야. 루나, 손을 잡자."

"응!"

토모야는 얼른 그 생각을 실행해보기로 했다. 계약 마법을 사용하려면 서로 닿을 필요가 있다고 해서, 토모야는 왼손으로 루나리아의 오른손을 꼭 잡았다. 루나리아의 작고 부드러운 손의 감촉이 직접 전해진다. 더욱이 토모야를 올려다보는 귀여운 미소도 어우러져서, 루나리아가 토모야에게 꼭 지켜야 할 존재라는 것을 실감한다.

"에헤헤. 어쩐지 즐겁네, 토모야!"

"천사다……."

"……? 마족인데?"

무심코 흘러나와 버린 본심에 대해 성실하게 태클을 걸어주는 상냥함이 토모야의 마음을 후려치는 사이에, 리네가 루나리아 앞에서 시선을 맞추어 몸을 숙였다.

"루나, 계약 마법은 사용이 어렵지만…… 부담 안 가져도 돼."

"응. 맡겨둬, 리네!"

"좋아. 그래야지."

리네가 루나리아의 머리를 톡톡 상냥하게 두드리고, 살며시 일어섰다.

"그리고 토모야, 네가 루나에게 요구할 조건에 대해서는 생각했어?"

"……잊고 있었네. 그렇지. 서로에게 조건을 요구하는 거였지…… 우~응."

루나리아에게 요구할 것. 계속 함께 있어달라는 거나, 계속 웃어주면 좋겠다거나, 여러모로 토모야가 바라는 것이 있지만 그것은 결코 강제할 것이 아닌 것 같았다. 그렇지만 아무 조건도 없으면 안 되니까, 필사적으로 생각한 끝에 한 가지 답을 이끌어냈다.

"좋아, 정했다. 루나, 이런 건 어때?"

그 내용을 루나리아에게 말하자, 그녀는 살짝 당황한 표정을 지었다.

"저기…… 그거면 돼? 그게, 토모야를 위한 거야?"

"그럼, 엄청 위한 거지."

"……그렇구나! 그러면 맡겨둬, 토모야."

마음 가는 대로 마음을 전달하자, 루나리아도 함박웃음을 지어 주었다.

그리고 그 다음 루나리아가 계약 마법을 사용하여, 토모야와 계약을 맺었다.

계약주: 루나리아.

계약 대상: 토모야.

계약주의 의무: 일정한 기간(30일)에 한 번, 자신이 계약 대상과 함께 있으며 어떻게 생각하는지를 계약 대상에게 전할 것.

계약 대상의 의무: 자신이 마물을 쓰러뜨렸을 때 받게 되는 은혜를 계약주에게 양도.

"성공했군."

토모야의 왼손과, 루나리아의 오른손에 떠오른 하얀색으로 빛나는 마법진을 보면서 리네가 만족스럽게 중얼거렸다. 마법진은 한순간만 나타나는 것이라 금방 사라졌다. 앞으로는 계약 내용이 실현될 때마다 다시 떠오르는 모양이다.

간결하게 말해버리면 토모야가 내건 조건은, 루나리아에게 「토모야 좋아 좋아!」라는 말을 듣기 위한 것에 지나지 않는다. 만약 듣지 못하면 자해를 할지도 몰라.

그런 토모야의 마음속을 읽은 건 아니겠지만.

"토모야!"

"우웃, 왜 그러니? 루나."

계약을 무사히 마친 것에 안도하고 있는데, 갑자기 루나리아가 토모야의 품에 뛰어들었다. 그 이유를 물어봐도, 루나리아는 그저 얼굴을 토모야의 가슴에 비비기만 한다.

"아무것도 아냐!"

그 기쁜 목소리를 들으면, 뭐 그거면 되는 거라고 생각해 버리는 것이다.

토모야는 그대로 잠시 행복한 시간을 보냈지만, 곧 이대로는 안 된다고 생각을 고쳤다.

"그러면, 정말로 내가 마물을 쓰러뜨리면 루나의 스테이터스가 상승하는지 시험해볼까? 적당한 마물이 있으면 좋겠는데—"

그렇게 말하고 주위를 둘러보고자 한순간, 그 이변이 일어났다.

"윽, 뭐지?"

대군이 평원을 달리는 것처럼 성대한 땅울림이 토모야 일행의 몸을 흔들었다. 범상치 않은 사태라는 건 분명했다. 의문을 품은 채 리네에게 시선을 돌리지만, 그녀도 상황을 파악하지 못했는지 고개를 좌우로 흔들었다.

무슨 일이 일어난 걸까? 그것을 맨 먼저 깨달은 것은 토모야였다.

"저, 게 뭐야……."

토모야가 손가락을 가리킨 1킬로미터 너머, 루갈의 반대 방향에서 달려오는 마물의 집단이 있었다. 건장한 사지로 땅을 짓밟는 짐승 모양의 마물, 거대한 날개로 나는 새 모양의 마물, 팔다리가 없는 뱀 형태의 마물. 종류는 다양하지만, 하나하나가 대단히 강력한 마물이라는 걸 알 수 있었다. 실제로 감정 스킬을 사용해 보니.

【크림슨 베어】— B랭크 중위 지정.

【소서리 버드】— B랭크 하위 지정.

【그라운드 리자드】— B랭크 상위 지정.

이렇게 B랭크 마물이 수도 없이 섞여 있었다. 그런 강력한 마물들이 300마리 가깝게 무리를 지어서, 루갈 방향으로 가고 있었다.

아니다. 루갈로 가고 있다기보다, 저건 오히려—

"토모야, 뭔가 상태가 이상하다. 저 정도로 다양한 종류의 마물이 함께 다니는 것도 그렇지만, 무엇보다도 마물들이 어쩐지 조바심을 내는 것처럼 보여."

"그래. 나도 그렇게 생각한 참이야. 대체 무슨 일이……."

그 순간, 토모야는 드디어 그 존재를 깨달았다. 대량의 마물들보다 머나먼 후방의 하늘에, 거대한 형체가 하나 보인 것이다. 두 날개를 퍼덕이면서 붉은 거구를 공중에 띄우고, 사파이어 같은 안구가 그 안에서 빛을 내고 있었다.

그것은 틀림없이, 드래곤이라고 불러야 할 존재였다. 색과 형태는 전에 본 레드 드래곤과 대단히 비슷한 것 같지만, 크기와 위압감이 비교도 안 된다.

【크림슨 드래곤】— S랭크 상위 지정.

그것이, 감정을 사용한 결과였다. 레드 드래곤과 비교가 안 될 정도로 강적이라는 것의 증명이었다.

"저건, 혹시 크림슨 드래곤인가?!"

토모야가 감정한 결과에 놀라는 것과 동시에 리네가 눈을 부릅뜨면서 외쳤다.

"그래. 내 감정으로도 그 결과가 나왔어. 저 마물들은 크림슨 드래곤에게서 도망치는 것 같은데……. 어째서 이런 곳에 저런 강적이 나타나는 거지? 아니면 혹시 이런 일이 자주 있는 거야?"

"그럴 리 없잖아! 내가 루갈에 온지 아직 1년 조금 지났지만, 그 동안에 S랭크 마물은커녕 A랭크 마물조차도 찾아왔다는 이야기를 들은 적이 없어. 매그리노 산맥에 나타난 두 마리 레드 드래곤도 그렇고, 잇따라서 몇 마리나 되는 용종이 동대륙에 나타나다니……. 대체 어떻게 된 거지?"

아직 마물들과의 거리가 있어서 여유가 있기 때문인지, 리네는 시선을 땅으로 내린 채 생각에 잠겨 뭔가 중얼거렸다. 그 옆에서 토모야도 예전에 신시아에게 들은 이야기를 떠올렸다. 세계지도를 보았을 때 일이다.

분명히, 용족이라고 불리는 종족이나 레드 드래곤 따위의 용종은 서대륙 드라그나에 많이 존재할 것이다. 다른 대륙에도 없는 건 아니지만 절대수는 적다.

그렇다면, 토모야 일행이 싸운 레드 드래곤이나 지금 눈앞에 있는 크림슨 드래곤은 과연 어디서 나타난 걸까? 동대륙에 숨어 있던 존재가 모습을 드러낸 것뿐일까? 아니면 정반대에 위치한 서대륙에서 일부러 날아온 걸까……? 그 대답을 알 방법을, 유감이지만 토모야는 가지고 있지 않았다.

지금 알고 있는 것은 단 하나. 이유가 무엇이든 저 마물들이 이대로 루갈에 도달하면, 그레이 울프가 침입했을 때와 비교가 안 될 피해가 나오리란 것뿐이다. 그것만큼은 반드시 막아야 한다.

그러면 어떡할 것인가— 간단한 이야기다. 이 자리에서 모두 쓰러뜨려 버리면 된다.

"마침, 마물을 쓰러뜨리고 싶다고 생각한 참이야."

루나리아의 스테이터스가 정말로 상승하는지 확인하기 위해서 필요한 과정을 떠올리고, 토모야는 이 상황을 이용하기로 했다.

"토모야, 해치울 건가?!"

"그래. 나한테 맡겨줘. 리네는 일단 루나 곁에 있어줘."

"알았다."

토모야는 마물들을 돌아보았다. 문제는 어떻게 싸울 것인가였다.

하늘에 떠 있는 크림슨 드래곤을 쓰러뜨리려면 어떻게 해야할까? 필사적으로 머리를 굴리며 생각했지만, 유감스럽게도 적절한 방법을 떠올리기 전에 다른 마물들이 힘차게 다가온다. 그쪽을 정리하는 게 먼저다.

적은 대량으로 존재한다. 검이나 주먹으로 하나씩 쓰러뜨리는 것보다 마법으로 한꺼번에 쓸어버리는 편이 좋으리라. 그렇지만 토모야는 지금까지 마법에 대해 자세히 배운 적이 없고, 이 상황에서 어떤 마법을 쓰면 좋을지 알 수 없었다. 리네가 평소부터 애용하는 불 마법 같은 것은, 수풀이 우거진 이 장소에는 못 쓴다. 그렇다면—.

"—그렇지."

좋은 생각을 떠올리고, 토모야는 오른손을 앞으로 내밀었다. '마공 스테이터스는, 만약을 위해 100만 정도면 될까?'

그렇게 조정을 한 다음, 토모야는 눈앞의 마물들을 보면서 외쳤다.

"신성 마법— 홀리 볼!"

그렇다. 그것은 아까 루나리아가 시험 삼아 사용한 마법이었다. 다만, 같은 마법이라도 발생한 현상에는 커다란 차이가 존재했다.

토모야의 손앞에 나타난 것은 경치를 모두 하얗게 칠해버릴 정도로 눈부신 빛으로 만들어진, 체육관 하나가 통째로 들어갈 크기의 구체였다. 토모야가 가진 대량의 마력을 아낌없이 쏟아 부었으니까 만들어진 결과였다.

"—가랏!"

토모야의 외침에 응답한 것처럼 빛의 구체가 힘차게 쏘아져 나갔다. 말도 안 되는 속도로 들판 위로 날아가서, 집단의 일부에 충돌했다. 마물들은 일절 저항조차 하지 않았다. 빛에 닿은 부분이 마치 증발하는 것처럼 한순간에 소멸했기 때문이다.

고작 일격. 그것만으로 300마리 가깝게 있던 마물들의 9할 이상을 쓰러뜨리는 것에 성공했다. 남은 마물들은, 크림슨 드래곤 말고도 자신들을 노리는 존재가 있음을 깨닫고 도망치려 했지만 이미 늦었다. 더욱이 추가 공격이 기다리고 있었다.

다만, 토모야가 아니라 크림슨 드래곤의 공격이었다.

"크르르르라아아아아아아!"

대지를 흔드는 함성과 함께, 크림슨 드래곤의 커다랗게 열린 입에서 화염 덩어리가 몇 발이나 쏘아져 나왔다.

어떤 원리인지는 모르겠지만, 그 불꽃은 땅의 풀이나 꽃에 옮겨 붙지 않고 마물만 태워버렸다. 그 공격 앞에서 단 한 마리도 살아남을 수 없다.

그리고 몇 초 뒤, 그 자리에 남은 것은 토모야 일행 세 명과 크림슨 드래곤 뿐이었다.

"……이건 대체 어떻게 된 걸까? 토모야. 설마 크림슨 드래곤이 우리들에게 협력해서 마물을 쓰러뜨려준 건 아닐 텐데."

"글쎄. 저 녀석이 무슨 생각을 하는지는 모르겠지만, 공격을 한다면 갚아줄 거야."

토모야와 리네는 크림슨 드래곤의 공격에 대비하여 경계를 취했지만, 그 이상 싸움이 이어지진 않았다. 크림슨 드래곤은 이 자리에서 마물이 사라진 것을 확인하듯 잠시 머리 위를 선회한 다음— 기분 탓이 아니라면 파란색 눈으로 토모야 일행을 한 번 보고, 루갈의 반대 방향으로 날아갔다.

"……흠. 돌아가주는 모양인데."

"그렇군."

여기서도 마법을 쏘면 격추하는 건 가능하겠지만, 크림슨 드래곤에게 적대할 의사가 없는 이상 토모야는 그럴 생각이 없었다.

크림슨 드래곤이 어째서, 그리고 어떤 목적으로 이런 곳에 나타난 건지는 알 수 없지만…… 신기하게도 토모야는 그 마물에 대해 싫은 감정을 품지 않았다. 적어도 무차별로 사람을 해치는 마물은 아닌 것 같다. 그렇게 묘한 신뢰감까지도 품을 수 있었다. 방금 전에 말이 통하는 펜릴이라는 마물을 만난 탓일까?

뭐가 어찌됐든, 남몰래 루갈에 다가오던 위기는 물리쳤다. 일단 그 성과만으로 충분하다.

"어이쿠."

그렇게 생각하고 있는데, 갑자기 뒤에서 힘차게 누군가가 뛰어들었다. 돌아보자, 그곳에 토모야의 몸통을 꼬옥 끌어안은 루나리아의 모습이 있었다.

"수고했어, 토모야! 멋있었어!"

"……루나."

함박웃음을 지으면서 말해주는 루나의 머리를 그저 하염없이 쓰다듬는다. 이 시간이 최고로 행복하다는 것은 말할 것도 없다.

그런 식으로 루나의 머리를 쓰다듬으면서, 토모야는 문득 방금 전에 마물들을 쓰러뜨린 마법을 떠올렸다.

마력 자체를 소멸시키는 신성 마법, 이것은 대단히 뛰어난 마법이다. 이것 말고도 어떤 종류가 있는지 배워두면, 앞으로 잘 활용할 수 있을 것 같다.

그렇지만 그건 딱히 지금이 아니라도 된다. 자세한 건 나중에 생각하기로 하고, 토모야는 루나리아를 향해 작게 웃었다.

"그러면, 얼른 루나의 스테이터스를 한 번 보자. 간다, 루나."

"네~에!"

토모야를 꼭 끌어안은 채 고개를 끄덕이는 루나리아에게, 토모야는 감정을 사용했다.

루나리아, 12세, 여자, 레벨: 38

직업: 백무녀

공격: 1,050 방어: 1,260 민첩: 1,200

마력: 4,500 마공: 3,200 마방: 3,480

스킬: 치유 마법 Lv 1, 소환 마법 Lv 2, 계약 마법 Lv 2, 신
성 마법 Lv 2, 은폐 Lv 1, 신격 소환.

B랭크를 포함한 마물을 많이 쓰러뜨린 까닭이리라. 그 성
장은 어마어마했다.

"오옷, 엄청 올랐어."

"정말인가?"

토모야는 리네의 물음에 고개를 끄덕이고, 단숨에 상승한
루나리아의 스테이터스를 전달했다.

"이거 근사하군. 이대로 토모야가 마물을 계속 쓰러뜨리면, 금
방이라도 루나가 혼자서 싸울 수 있는 날이 올지도 모르겠다."

"그래, 코코노에 녀석은 상대도 안 될 거야."

"그건 누구지?"

"신경 쓰지 마."

"……? 뭐 좋아."

일단 얼버무려두자, 리네도 그렇게까지 흥미가 없었는지 순
순히 물러났다. 토모야는 그런 그녀를 바라보면서도, 실제로
는 토모야와 함께 이 세계에 소환된 유우 일행은 지금 어떤
일을 하고 있는지 조금 신경 쓰였다.

그러나 이것은 아무리 생각해도 답이 안 나오는 문제다. 토모야는 생각하는 것을 멈추고, 리네와 루나리아에게 말했다.

"그러면, 이제 돌아가자."

"그래."

"응!"

그렇게, 토모야 일행은 루갈로 귀환했다.

그 다음에 기다리는 대사건을 알 리 없었다.

그날 밤. 토모야는 에르니아치 가문의 욕탕에 있었다.

온수를 듬뿍 담은 욕조에 몸을 담그면서 오늘 일을 떠올렸다.

"여러 가지 일이 있었네……."

여행을 하면서 어떻게 하면 루나리아의 안전을 보장할 수 있을까를 생각하거나, 소환 마법으로 펜릴이 나타나거나, 대량의 마물들을 어째선지 크림슨 드래곤과 함께 토벌하거나. 특히 마지막 부분에 대해서는 일단 릿셀에게도 보고해두었다.

뭐가 어찌됐든, 대단히 밀도가 높은 하루였다고 할 수 있으리라.

그런 것을 우아하게 생각하고 있는데, 문득 그 소리가 났다.

"목욕탕, 얼른 가자!"

"루나 씨, 서두르면 위험해요."

"——?!"

드르륵 문이 열리는 소리와, 욕탕에 울리는 목소리.

그것은 틀림없이, 잘 아는 소녀들의 목소리였다.

"……어?"

"……."

그 두 사람 중에서 한 명인 신시아와, 욕조에 몸을 담근 토모야의 시선이 잔혹할 정도로 맥없이 마주쳤다. 더욱이 천 한 장도 두르지 않은 윤기가 나고 예쁜 피부를 보이고 있는 신시아의 모습이, 남김없이 토모야의 시야에 들어오고 있었다.

"어라? 토모야다. 토모야도 같이 씻어? 신난다!"

토모야와 신시아 사이에서 긴장감이 퍼지는 가운데, 신시아와 함께 욕탕에 들어왔던 루나리아는 상황에 의문을 품지 않고, 기뻐하며 그런 반응을 보였다.

그 목소리를 듣고 제정신을 차린 토모야와 신시아는 거의 동시에.

""와아아아아아아아!""

그렇게 외쳤다.

그리고 몇 분 뒤, 일이 이상해졌다.

"에헤헤. 토모야랑 목욕, 신난다!"

"그래. 그럼 다행이고……."

목욕 의자에 앉으면서, 토모야는 눈앞에 앉은 루나리아의 머리를 감겨주었다.

귀족용 샴푸를 써서 거품을 내고, 두 개의 뿔을 조심하면서 머리를 상냥하게 삭삭 감겨주자 루나리아는 좋아하며 소리를 냈다.

참고로 루나리아는 몸에, 토모야는 허리춤에 타월을 두르고 있었다.

이것만 보자면 아빠랑 딸, 혹은 오빠와 여동생이 즐겁게 목욕하고 있는 광경으로 보일 것이다.

그러나 문제는 토모야의 후방에 숨어 있었다.

"그, 그러면, 토모야 씨. 실례합니다……."

"그, 그래. 부탁해."

뒤에서, 역시나 몸에 타월을 두른 신시아가 중얼거렸다.

손에는 몸을 씻기 위한 타월을 들었다. 그것을 천천히 토모야의 등에 가까이 대고…… 조금 당황한 모습을 보이면서도 상냥하게 토모야의 등을 닦아 주었다.

토모야와 신시아는 둘 다 자신의 얼굴이 새빨갛게 물드는 것을 느끼고 있었다.

"어째서, 이렇게 된 걸까요……."

"괜찮아, 나도 모르겠어."

"전혀 괜찮지 않아요……."

그렇게 농을 주고받지만, 물론 두 사람은 지금에 이르는 과정을 이해하고 있었다.

토모야와 신시아가 처음 얼굴을 마주쳤을 때, 토모야가 사과하고 욕탕에서 나가려고 했다. 그러나 루나리아가 셋이 함께 목욕하고 싶다고 강력하게 주장했다. 그것을 차마 거절하지 못한 토모야와 신시아는 몸에 타월을 두르는 것을 조건으로, 그 제안을 받아들이기로 했다.

그걸로 넘어간다면 그나마 괜찮았을 지도 모른다. 그러나 루나리아는 심지어 토모야에게 머리를 감겨 달라고까지 했다. 지난번에 신시아랑 같이 목욕했을 때도 신시아가 해줬는데 기분이 좋았던 모양이다.

토모야는 여러모로 갈등하면서도 그것을 양해했지만, 그렇게 되면 신시아 혼자 남게 된다. 그러자 루나리아는 명안이라는 듯 신시아도 토모야의 몸을 씻겨주면 된다고 제안했고, 그것이 그대로 실행되게 되었다.

이미 알고 있는 것이었지만, 이 자리에서 루나리아를 거스를 수 있는 사람은 없었다. 어둠 속의 지배자 같은 그거다. 토모야와 신시아는 포기하기로 했다.

"루나, 어디 가려운 곳은 없니?"

"응, 괜찮아!"

그 대답을 듣고, 토모야는 바가지로 온수를 촤악 부어서 루나리아의 머리에 있는 거품을 씻어냈다. 루나리아는 고개를 좌로 흔들어 머리칼에서 흘러내리는 수분을 날려버렸다.

토모야가 할 수 있는 건 여기까지다. 몸에 관해서는 루나리아 자신이 씻어야 한다.

"루나, 다음은 직접 할 수 있지?"

"응."

토모야의 의사가 분명하게 통했는지, 루나리아는 토모야의 시야에 들어오지 않는 곳에서 간단히 몸을 씻고 그대로 욕조에 몸을 담갔다.

그러는 사이 몇 분의 시간이 지났는데…… 무슨 일일까? 아직도 신시아는 토모야의 등을 모두 닦아내지 못하고 있었다.

그러긴커녕, 조금 전부터 움직임이 완전히 멈춰 있었다.

무슨 일일까 신경 쓰인 토모야는, 신시아에게 말을 걸고자 생각했다.

"저기, 신시아. 무슨 일—."

"나, 이제 나갈래!"

"빠르네."

그러나 그 순간, 욕조에 들어간 지 수십 초도 안 지난 루나리아가 일어서더니 재빨리 욕탕 밖으로 달려갔다. 달리면 위험하다고 말할 틈도 없이 문 바깥으로 사라졌다.

남은 것은 토모야와 신시아뿐이다. 이 상황을 만들어낸 장본인만 먼저 사라져 버렸다.

그렇지만, 그러면 그것이 이 상황을 타개할 이유가 된다.

신시아가 움직이지 않는 것은, 이 상황을 싫어했기 때문일 가능성이 있다.

둘이서 목욕탕에 있을 필요가 없어진 지금, 토모야가 이제 그만 나가야겠다고 신시아에게 고하려고 했—.

"—윽."

토모야의 등에 뭔가 닿는 감촉이 들었다.

부드럽다. 한순간 천의 감촉을 느끼고 타월로 등을 닦은 거라고 생각했다.

'아니, 하지만 그런 것치고 감촉에 뭔가 탄력이 있는 것 같은데…… 타월만 닿은 게 아닌가?'

그 대답이 나오는 것보다 빠르게, 더욱 토모야의 냉정함을 빼앗는 일이 있었다. 토모야의 양 옆에서 하얗고 매끄러운 팔이 뻗고, 꼬옥 몸을 끌어안은 것이다.

그걸로 드디어 토모야는, 타월을 몸에 두른 신시아가 자신을 끌어안았다는 걸 깨달았다.

"토모야 씨."

동요하는 토모야에게 신시아는 상냥하게 말했다.

토모야의 의식은 그 목소리에 끌려갔다.

"토모야 씨는 이제 조금 있으면, 루나 씨와 리네 씨와 함께 여행을 떠나는 거죠?"

"……그래."

신시아의 말에 토모야는 천천히 고개를 끄덕였다.

"조금, 부러워요. 저는 귀족이고, 이 땅을 다스리는 영주의 딸이라서…… 왕도로 가는 정도라면 모를까, 나라를 떠나서 여행을 하는 일은 용납되지 않으니까요."

조용히, 신시아는 말을 자아냈다.

"그래서, 그 쓸쓸함을 얼버무리기 위해서라고 하면 조금 그렇지만…… 조금만, 이대로 있어도 될까요?"

이대로라는 것은, 신시아가 토모야를 끌어안은 채 있어도 되냐는 것이리라.

낯간지럽기는 하지만, 신시아의 말에 담겨 있는 강한 의지를 느껴 버리자, 토모야는 그 제안을 거절할 수가 없었다.

"돌아올 거야."

"네?"

　결국 말하고 싶은 것이 정리되지 않은 채, 토모야는 자신의 마음을 고하기 시작했다.

"분명히 신시아 말처럼, 나는 루나랑 리네와 함께 전세계를 여행할 셈이야. 하지만, 딱히 평생을 보낼 장소를 찾으러 가는 게 아냐. 여러모로 즐거운 경험을 하고, 그걸 또 신시아에게 전해주러 올게. 그리고, 그 중에서 특별히 즐거웠던 곳에 신시아를 데리고 갈게. 몇 년에 걸쳐 여행을 하는 거라면 모를까, 수십 일 정도의 휴가라면 어떻게 되잖아?"

"그 정도라면, 다녀올 수 있는 가능성이 있다고 생각하지만요……."

"그러면 문제없지. 이동 수단도 내가 어떻게 해볼게. 그러니까 뭐……. 이걸로 마지막 작별이라는 게 아냐. 그것만은 믿어줘."

　토모야는 자신이 품은 본심을 숨김없이 고했다.

　그러자, 토모야를 끌어안은 신시아의 팔에서 힘이 조금씩 약해졌다.

　그 구속이 완전히 사라지자 토모야는 천천히 돌아보았다. 그곳에는 조금 당황한 표정을 지은 신시아가 있었다.

　그렇지만 토모야가 상냥하게 웃어주자, 그녀는 함박웃음을 지었다.

"네. 그 날을 기대하고 있을게요!"

그리고 웃는 표정으로, 그렇게 말했다.

◇ ◆ ◇

며칠 뒤, 아침 식사 자리에서 차분하게 리네가 이렇게 말했다.

"토모야, 일단 피네스 국에 갈 생각이야."

"피네스 국?"

어디서 들어본 적이 있는 것 같은, 그러나 떠오르지 않는 단어에 고개를 갸웃거리자, 맞은 편에 앉은 신시아가 조용히 포크를 접시에 놓았다.

"피네스 국이라고 하면, 여기서 북동쪽으로 간 곳에 있는 작은 국가로군요. 종언수 피네스라고 불리는 대미궁이 존재하고 있어요, 토모야 씨."

"조, 종언수?"

이 또한 들어본 적이 없는, 그러면서 적절하게 토모야의 가슴 속에 있는 중2병의 마음을 자극하는 단어였다. 어떠한 것인지 대단히 신경 쓰이지만, 세부 사항에 대해서는 다음에 물어봐도 될 것이다. 그밖에 달리 물어봐야 할 것이 있다.

"그렇지만 리네. 어째서 거기로 가는 거야? 분명히 너는 북대륙에 가고 싶다고 요전에 말하지 않았어?"

"북대륙으로 가려면 동대륙의 가장 북쪽에 있는 유미리안테 공국에서 출항하는 배에 탈 필요가 있는데, 피네스 국은 거기로 가는 중간에 있어. 일단 중계지점으로 좋은 목표라고 생각하는데……."

"그렇구나. 뭐 리네가 그렇게 해야 한다고 하면 나는 따를 게. 미궁이라는 것에도 흥미가 있으니까. 루나도 괜찮지?"

"응!"

이렇게, 토모야 일행이 다음으로 갈 목적지가 결정됐다.

출발 당일. 토모야 일행은 신시아와 함께, 피네스 국으로 가는 승합 마차 정류장에 찾아왔다. 아직 출발까지 시간이 조금 있다고 하기에, 마차 밖에서 시간을 보내기로 했다.

그러나 작별 인사 자체는 이미 마쳤기 때문에, 딱히 이야기 할 내용이 없어서 난처해졌다. 토모야는 이제부터 잠시 자신 들과 떨어지게 되는 신시아를 위해서 할 수 있는 일이 뭔가 없을까 필사적으로 생각했는데, 그 대답이 나오는 것보다 빠 르게 움직이는 사람이 있었다.

"신시아!"

"와앗, 왜 그러나요? 루나 씨."

"응~ 그냥!"

루나리아다. 그녀는 힘차게 신시아를 끌어안았다. 루나리아 나름대로 생각하는 바가 있는 것이리라.

아, 그렇구나. 그 모습을 보고 토모야는 고개를 끄덕였다.

루나리아를 끌어안는 걸로 생기는 마음의 치유가 범상치 않다는 것을 알고 있기 때문이다. 자신이 뭔가 말하는 것보다, 이러는 편이 신시아에게는 좋은 선물이 되리라. 루나리아는 천사니까 어쩔 수 없다.

"토모야, 너 또 무슨 이상한 생각하고 있지?"

"생각 안 했어."

리네의 추궁을 화려하게 얼버무리는데, 신시아가 루나리아를 끌어안은 채 이쪽을 보고 있었다.

"리네 씨. 토모야 씨는 약간 칠칠치 못한 부분이 있으니까, 그런 부분을 잘 부탁드릴게요."

"그래, 맡겨둬."

어째서 자신의 부족한 점을 눈앞에서 즐겁게 이야기하고 있는 걸까 생각했지만, 불평을 하기 전에 신시아는 토모야에게 미소를 지었다.

"토모야 씨도. 부디 건강하세요. 언젠가 또 만나요."

"물론. 약속했으니까."

"─네!"

엄지를 척 세워주자, 신시아는 함박웃음을 지으며 기뻐했다. 다음에 돌아왔을 때는 즐거운 추억 이야기를 산더미처럼 가져오리라고, 토모야는 강하게 생각했다.

그리고, 토모야 일행은 마차를 타고 루갈을 출발했다.

막간 이런 경치를 몇 번이든

　루갈을 출발하고 열 며칠 뒤.

　토모야 일행은 휴식을 위해 마차에서 내려 평원에서 식사를 하고 있었다.

　'정말로, 여러 일들이 있었네.'

　러그 보어의 수프를 맛보면서, 토모야는 감개 깊은 심정으로 중얼거렸다. 이 세계에 와서 갖가지 일을 겪으며 리네와 루나리아를 만나고, 그리고 여행을 하게 됐다. 새삼 돌이켜보면 정말로 신기한 일들 투성이였다.

　"있잖아, 토모야토모야!"

　그렇게 생각하는데, 리네가 머리를 쓰다듬고 있던 루나리아가 어느샌가 곁으로 다가왔다. 신이 나서 웃으며 뿅뿅 높게 뛰는 바람에 그녀가 든 그릇에서 수프가 흘러 넘칠 것 같았다.

　"루나, 일단 진정해. 수프 넘치겠다. 일단 앉는게 어떠니?"

　"우~웅. 하지만 앉을 장소 없는데?"

　루나리아 말이 맞았다. 토모야가 앉아 있는 바위는 한 명 앉을 수 있는 공간밖에 없고, 루나리아를 땅바닥에 앉히기는 싫었다. 그래서 토모야가 오른손으로 자신의 허벅지를 가볍게 두드리자, 그 의도가 전달됐는지 루나리아는 활짝 표정을 밝히면서 고개를 끄덕였다.

"실례합니다! 에헤헤."

루나리아가 말하고서 토모야의 무릎 위에 앉았다. 등을 토모야에게 비비면서 자세를 잡고, 고개만 뒤로 젖혀서 토모야를 올려다본다. 그런 동작 하나하나가 귀엽다. 토모야는 마음속으로 혼잣말을 했다. 천사다.

루나리아는 그 자세 그대로 말했다.

"있잖아, 토모야! 밥 다 먹으면, 같이 가고 싶은 장소가 있어!"

"같이 가고 싶은 장소?"

가도 옆에 있는 이런 평범한 평원에 과연 그런 장소가 있는 것일까? 토모야는 의문을 떠올렸지만, 그러고 보니 요리를 만드는 와중에 리네와 루나리아가 둘이서 어딘가 다녀온 것을 떠올렸다.

조금 떨어진 곳에 있는 리네에게 시선을 돌리자, 그녀는 토모야와 루나리아의 대화를 들었는지 의미심장하게 웃으며 살짝 고개를 끄덕였다. 루나리아가 토모야를 데려가고 싶은 장소란 곳은 리네도 아는 모양이다.

그것을 이해한 토모야는, 눈동자에 기대를 가득 담고 바라보는 루나리아에게 고개를 끄덕였다.

"그래, 물론이지. 같이 가자."

"정말?! 해냈다!"

기쁨을 견디지 못한 듯 힘차게 머리를 비비는 루나리아. 그 모습을 보고, 그 반응을 보기 위해서라도 고개를 끄덕인 보람이 있다고 생각하는 토모야였다.

식사를 마친 뒤, 토모야 일행 셋은 얼른 휴식 지점에서 조금 떨어진 장소까지 걸었다. 출발 시간은 아직 조금 남았기 때문에 문제는 없다.

완만한 경사의 언덕길을 성큼성큼 올라간다.

"조금만 더 가면 돼!"

토모야보다 조금 앞서 가는 루나리아는 몸을 나아가는 방향과 반대로 향하고 걸으면서, 양손을 펼치고 함박웃음을 지으며 외쳤다. 그런 그녀의 즐거워 보이는 모습에, 토모야와 리네는 무심코 작게 미소를 지었다.

"루나. 즐거워 보이네."

"그래. 그 정도로 그 경치를 너와 보고 싶은 거겠지."

"그렇게 말한다는 걸 보니까, 역시 리네도 이 앞에 뭐가 있는지 알고 있구나?"

"물론이지. 자, 이제 금방이야."

리네의 말이 들린 것은 아니겠지만, 마치 그것에 호응하는 것처럼 앞에 있던 루나리아가 발길을 멈추었다. 얼른 오라고 말하는 것처럼 토모야와 리네에게 손짓을 했다.

토모야는 루나리아를 따라잡았다. 그곳에 펼쳐진 광경을 보고, 어째서 그녀가 자신을 여기에 데려 오고자 했는지 이해했다.

주위보다 조금 높은 위치에 있는 그 언덕에는, 놀랍게도 지면에 한 가득 색색의 아름다운 꽃이 피어 있었다. 햇빛을 받아서 찬란하게 반짝이는 적색의 꽃이나, 물을 두른 것처럼 촉촉함을 가진 청색의 꽃. 그 하나하나에서 강한 생명력을 느낀다.

자연이 만들어 낸 이 언덕 너머 꽃밭의 장관을, 분명히 루나리아는 토모야와 함께 보고 싶다고 생각했을 것이다.

"이거…… 굉장하네."

"에헤헤, 그렇지~! 아까 리네랑 탐험했을 때 찾았어!"

감탄을 흘리는 토모야를 보고 만족스럽게 말하더니, 루나리아는 리네와 얼굴을 마주보고 둘이서 사이좋게 웃었다. 토모야의 반응이 두 사람의 상상 그대로였던 것일까?

뭐가 어찌됐든, 이런 근사한 경치를 보여준 것에 감사를 해야 한다. 그 감사를 표하기 위해서 어떻게 하면 될까 생각한 토모야는 좋은 생각을 떠올렸다.

"루나, 여기 타. 답례로 좋은 거 보여줄게."

"어? ……아, 응!"

차분하게 쪼그려 앉는 토모야를 보고, 루나리아는 의문스럽게 고개를 갸웃거렸다. 그러나 금방 의도를 깨달았는지, 루나리아는 눈빛을 반짝거리며 다리를 펼치고 토모야의 목에 올라탔다. 이걸로 목마를 해줄 수 있다.

"영차."

"……와아."

자기 키를 훨씬 넘어서는 위치에서 보는 경치는 참으로 장대할 것이다. 루나리아는 감탄하여 소리를 흘리고, 토모야 위에서 가만히 그 광경에 눈길을 빼앗기고 있었다.

"있지, 토모야."

"응? 왜 그래?"

"굉장하네. 아까 리네랑 둘이서 봤을 때보다, 셋이서 보는 게 훨씬 예쁘게 보여! 토모야랑 리네는 굉장하네!"

"아니, 분명히 그런 식으로 보이는 루나가 굉장한 거야."

"후에? 무슨 말이야?"

"아무것도 아냐. 그건 그렇고, 이 꽃밭은 정말로 예쁘네."

"응!"

하지만 루나리아가 말한 것도 틀린 건 아닐지도 모른다. 만약 토모야가 혼자서 이 꽃밭을 발견했어도 분명히 이런 감동은 생기지 않았으리라. 루나리아와 리네, 두 사람과 함께 보기 때문에 이 기쁨을 공유하는 행복을 얻을 수 있는 것이다.

"루나, 리네."

"왜?"

"무슨 일이지?"

그래서 그 마음을, 조금이라도 말로 바꾸어 두 사람에게 전하기로 했다.

"이제부터 몇 번이든, 다 같이 이런 경치를 볼 수 있으면 좋겠다."

"......응!"

"그래."

토모야의 말에, 두 사람은 진심으로 응답해 주었다.

그 바람은, 분명히 토모야 일행이 함께 있는 한 이룰 수 있을 것이다.

"그러면, 이제 그만 돌아가자. 피네스 국까지는 조금 남았어, 힘내자."

"오~!"

"후훗, 그렇군."

그래서 이 광경을 마음속에 담아두고, 미래를 향해 토모야 일행은 걷기 시작했다.

제4장 종언수

종언수 피네스. 그것은, 세계수 유그드라실과 한 쌍을 이루는 거대한 나무였다.

북대륙 아르스나에 우뚝 솟은 세계수 유그드라실의 능력은, 새롭게 마력을 생성하여 전세계에 퍼뜨리는 것. 그 마력은 사람들의 마법 따위에 이용된다.

그러면 이용된 마력은 어떻게 되는 걸까? 사라진다? 그건 아니다.

동대륙의 중심에 우뚝 솟은 피네스 곁으로 가는 것이다.

피네스에는 이제 막 생성된 순도 높은 마력이 아니라, 사람들이 한껏 사용한 마력을 흡수하는 능력이 있다. 그런 마력을 양분 삼아서, 수백 년 단위로 성장을 이룬다.

세계의 근원인 마력이 마지막으로 도달하는 장소, 그래서 한없이 성장하는 피네스는 이윽고 세계를 집어삼킬 정도에 이를 거라는 말이 있다. 그런 이유 때문에 피네스는 종언수라고 불리는 것이다.

종언수는 프레아로드 왕국의 동쪽(루갈에서는 북동쪽)에 위치한 피네스 국에 있다. 이름은 나라긴 하지만, 국토는 종언수를 중심으로 한 원형의 도시 하나밖에 없다.

그런 피네스 국에는 끊이지 않고 수많은 모험가들이 몰려든다.

이유는 간단하다. 거대한 종언수의 내부에 그 존재가 목격된 지 수만 년 동안 누구 한 명 공략한 적이 없다고 하는 미궁이 퍼져 있기 때문이다. 강력한 마물이나 가치가 있는 마력 소재를 구할 수 있어서 모두가 희망을 품고 찾아온다. 그들과는 목적이 다르지만, 토모야 일행은 분명히 오늘 피네스 국에 발을 들였다.

"도착했다~!"

"했다~!"

"사이좋구나."

루갈을 출발한지 몇 주일 뒤, 토모야 일행은 피네스 국에 도착했다.

마차에서 내려 굳어진 몸을 뻗으며 기쁨을 드러내는 토모야와 루나리아. 그런 두 사람을 보고 리네는 상냥하게 웃으면서 태클을 걸었다.

"여기가 피네스 국이구나."

음식점이나 무기점이 늘어선 주위를 둘러보고 건조한 검은 대지를 차분하게 밟아보면서 토모야는 감명을 받아 중얼거렸다. 거리의 풍경이 정돈된 왕도나 루갈과 비교하면 조금 난잡

한 인상을 받았다.

"있지, 토모야! 저거 봐! 굉장해!"

"······굉장한걸."

루나리아가 흥분하면서 손가락으로 가리킨 곳에 있는 걸 보고, 토모야도 무심코 진심으로 감상을 흘렸다. 너무나도 예상 밖의 광경이 그곳에 보였다.

식물에 어울리지 않는, 어둠을 졸인 것 같은 칠흑의 가지와 이파리로 구성된 거대한 수관(樹冠)이 지상에 모습을 드러내고 있었다. 시선을 내리자 같은 색의 거대한 줄기가 뻗으며 땅속까지 이어졌다. 줄기와 가지까지 합쳐서 높이가 100미터쯤 되지 않을까? 색이나 사이즈도 포함하여, 그야말로 종언수라 불리기에 걸맞은 모습—이 아니었다.

"저 아래로 아직도 줄기가 이어진다고 하니까 놀랍네. 리네가 미리 말해주지 않았으면 절대 그렇게 생각 못했어."

그렇다. 이동하면서 리네에게 들은 설명에 따르면, 저건 종언수의 일부에 지나지 않는다. 줄기는 땅 속 깊은 곳까지 뻗어 있고, 그 내부에 복잡한 계층을 가진 미궁이 존재하는 것이다. 어째서 종언수 내부에 미궁이 만들어진 것인지에 대해서는 아직도 모르는 모양이다.

이 나라에 얼마나 머무를지는 정하지 않았지만, 기회가 있으면 미궁 공략에 도전해보는 것도 재미있을 것이다. 토모야는 그렇게 생각했다.

"토모야, 루나. 이 광경에 넋이 나가는 것도 좋지만 이제 그만 이동하자. 얼른 여관을 잡지 않으면 난처해질 거야."

"그것도 그렇네. 가자, 루나."

"응!"

리네의 말에 따라, 일단 여관을 찾기로 했다.

——인다.

"윽?!"

그러나, 막상 발을 내디디려는 순간, 누군가의 목소리가 들린 것 같아서 토모야는 반사적으로 돌아보았다. 그곳에 있는 것은 방금 전과 다를 바 없는 종언수의 모습이었다. 그것 말고는 딱히 신경 쓸 법한 것은 존재하지 않았다.

"토모야, 왜 그러지?"

"……아니, 아무것도 아냐."

리네의 물음에 고개를 옆으로 저으며 대답한 토모야는 기분 탓이었다고 판단하고 새삼 여관을 향해 걸었다.

'……정말로, 기분 탓이었나?'

그러나, 걸으면서도 토모야의 머릿속에서 그 목소리는 사라지지 않았다. 그것을 들었을 때 말도 못할 정도의 흉흉한 무언가를 느꼈다. 그 감각까지도 기분 탓이었을까? 도저히 그렇게 생각할 수 없었다.

그러나 잠시 생각을 해봐도, 토모야는 결론을 내리지 못했다.

피네스 국은 세 개의 고리 모양으로 구역이 갈라져 있었다.

가장 중심이 종언수가 존재하는 제1구역. 그것을 둘러싸는 것처럼 노점 따위가 늘어서 있는 것이 제2구역. 그리고 여관이나 음식점, 일반 가옥이 있는 곳이 가장 바깥쪽인 제3구역이다. 이것은 종언수가 주위에서 마력을 흡수하여 가까이 가면 갈수록 사람이 살기 어려운 환경이 되기 때문에 이러한 구조가 됐다고 한다.

처음에 발을 들였을 때 신경 쓰인 건조한 검은 대지 또한 마력이 고갈된 결과라고 한다. 종언수라는 존재가 주위에 끼치는 영향이 얼마나 큰지 실감했다.

그런 생각을 하면서 제3구역을 산책하고 있는데, 토모야 일행은 괜찮아 보이는 여관을 발견했다. 딸랑딸랑 종을 울리면서 문을 열었다.

내장은 차분한 분위기였다. 아무래도 침실은 2층에 있고, 1층은 식당인 모양인지 많은 손님이 식사를 하고 있었다. 그때 점원 한 명이 토모야 일행 곁으로 달려왔다.

"어서 오세요! 세 분이시네요. 식사를 하실 건가요? 숙박인가요?"

다가온 것은 파란 머리를 땋아서 두 갈래로 내린 열두 살 정도의 소녀였다. 이런 아이가 맞이해준 것에 놀라면서도, 토모야는 질문에 대답했다.

"숙박으로 부탁해. 남녀 따로 방은 두 개."

"알겠습니다. 조금만 기다려 주세— 앗!"

소녀는 힘차게 대답을 하려다가, 중간에 뭔가 안 좋은 걸 깨달았는지 표정이 굳어졌다. 그리고 미안한 기색으로 고개를 숙였다.

"죄송해요. 사실 지금 방이 가득 차서, 하나밖에 비어 있질 않아요……. 침대는 두 개 있지만요."

"……그래. 그러면 어쩔 수 없네. 다른 여관을 찾—."

"그거면 돼. 루나도 괜찮지?"

"응! 토모야랑 리네랑 같은 방이면 좋아!"

"—응?"

방을 하나밖에 잡을 수 없다고 해서 거절하려고 했는데, 리네와 루나리아는 그래도 상관없다고 점원에게 말하고 있었다. 이것은 토모야에게 예상 밖의 전개다.

"리네, 괜찮아?"

"그래, 물론이지. 그리고 지금부터 다른 여관을 찾을 시간도 없을 거야."

리네가 말한 것처럼, 이미 바깥은 어두워지고 있었다. 묵을 수 있는 곳을 찾았으면 얼른 휴식하러 들어가는 게 좋은 건 분명했다.

두 사람의 의사를 존중한 결과, 그대로 한 방에 묵기로 했다.

그리고 약 1시간 뒤, 투숙객에게는 아침과 저녁 식사를 제공한다고 하기에 토모야 일행은 1층 식당에 모여 있었다. 그곳에 아까 봤던 소녀 점원— 이 여관을 경영하는 부부의 딸이라는 앙리가 요리를 쟁반에 올려 가져왔다.

"오늘 쉐프의 추천 메뉴는 레드 보어의 스테이크입니다! 뜨거우니까 조심해서 드세요!"

정성스레 구운 중후한 고기에서 풍기는 향기가 코를 지나, 주린 배를 자극했다.

플레이트에는 그 밖에도 갓 구운 호밀빵과, 야채를 듬뿍 졸인 수프가 있었다.

""잘 먹겠습니다.""

셋이서 사이좋게 목소리를 맞추어 외치고 식사를 시작했다.

뜻밖이라고 해야 할지는 알 수 없지만, 루나리아는 나이프와 포크 다루는 법을 알고 있어서 토모야와 리네가 걱정하며 지켜볼 필요는 없었다. 따라서 토모야는 눈앞에 있는 식사에 집중하여 큼직하게 잘라낸 고기 덩어리를 입 안으로 집어넣었다.

한 번 한 번 씹을 때마다, 기분 좋은 식감과 함께 고상한 지방이 입 안에 퍼진다. 꿀꺽 삼키자, 배에 듬직한 만족감이 있었다.

충분히 맛을 탐닉한 다음, 호밀빵으로 손을 뻗었다.

두 개 중에서 하나를 집어 절반으로 찢어내고 입에 넣었다. 푸석푸석한 느낌은 없고, 이로 깔끔하게 잘리는 식감이다. 밀가루 본래의 풍미를 충분히 맛볼 수 있다. 맛있다. 몇 개든지 먹을 수 있다. 이 세계에 오고 나서 가장, 아니 본래 세계에서 먹은 것과 비교해도 손꼽을만한 빵이었다.

마지막으로 수프. 스테이크와 빵으로 이미 가득한 입 안이 야채의 상냥한 단 맛으로 가득 찬다. 살짝 들어 있는 잘게 자른 베이컨의 소금기가 좋은 악센트가 되어주고 있었다. 위를 진정시켜서 다시 한 번 스테이크를 먹을 준비를 해주는 것 같았다.

그 다음도 스테이크, 빵, 수프의 순서로 먹었다. 빵은 자유롭게 추가할 수 있어서, 결국 네 개나 먹어 버렸다.

"후~ 맛있었어."

10분 정도 들여 다 먹은 토모야는 만족하면서 중얼거렸다.

"응. 맛있네, 토모야!"

한 입 한 입이 작은 탓인지 아직 마지막까지 다 먹지는 못했지만, 루나리아도 행복해 보이는 표정을 지으면서 먹고 있었다.

그런 루나리아를 보면서 편히 쉬고 있는데, 이미 토모야보다도 먼저 다 먹은 리네가 말을 꺼냈다.

"그러면 토모야, 앞으로 어떻게 할지 조금 이야기를 해두자."

시선을 그쪽으로 돌리고 고개를 끄덕이자, 그녀가 말을 이었다.

"지금까지는 생각한 것 이상으로 순조롭게 왔어. 이 나라에서 금방 출발하면, 유미리안테 공국에는 30일 정도면 도착할 거야. 그렇지만, 그냥 빨리 도착하면 되는 것도 아니야."

"무슨 문제가 있어?"

"응. 전에 말했었지? 북대륙에 가려면 유미리안테 공국에서 출항하는 배를 탈 필요가 있는데, 지금은 시기가 안 좋아. 바다가 거칠어서 배가 출항하질 않아."

"언제가 되면 배가 출항할 수 있는데?"

"60일 뒤 정도일까? 따라서 너무 서둘러도 의미가 없어. 그 래서, 잠시 이 나라에 머무르는 건 어떨까 생각하는데."

"나는 그래도 상관없어."

토모야도 이 나라에 대한 흥미를 품고 있었다. 이 제안은 바라면 바랐지 거절할 이유 따위 전혀 없었다. 그러나 그렇게 되면 해보고 싶은 일이 있다.

"좋아. 기왕 왔으니 미궁 공략을 해보자."

낮에 본 거대한 칠흑의 거대한 나무를 뇌리에 떠올리면서 말하자, 리네가 고개를 끄덕였다.

"그래. 나도 그게 좋을 거라고 생각했어. 앞으로도 여행을 하면서 필요한 자금을 모아두는 편이 좋을 테니까. 그리고 루 나의 스테이터스를 올리기 위해서도, 토모야가 많은 마물과 싸울 기회를 만들어두고 싶어."

"그렇구나."

순수하게 흥미와 동경만으로 미궁에 도전하고 싶다고 생각 한 토모야하고는 비교가 안 될 정도로 건설적인 의견이었다. 리네의 존재가 이 여행에서 얼마나 큰지 새삼 실감했다. 구체 적으로 말하자면 지식이나 냉정함이란 면에서.

그렇게 생각하는데, 옆에서 과일을 담은 접시가 나와 테이 블에 놓였다.

"식후의 과일입니다. 맛있게 드세요."

앙리가 말했다. 아무래도 토모야와 리네가 다 먹은 타이밍 을 재서 가져온 모양이다.

"그런데, 방금 미궁 공략이란 말이 들렸는데요. 토모야 씨 일행은 종언수에 도전하는 모험가라고 이해하면 될까요?"

과일을 가져온 것 말고도 무슨 용건이 있었는지, 앙리가 그 자리에 머무르면서 물어보았다. 과일에 다가가던 손을 멈추고 질문에 대답하기로 했다.

"그래, 맞아."

"역시 그랬었군요! 하지만, 그러면 말씀 드려야 할 게 있어요. 여기서 이야기해도 괜찮을까요?"

"응? 아아, 괜찮아."

표정으로 짐작하건대 중요한 이야기 같았다. 어느샌가 눈앞에 놓인 스테이크(루나리아가 먹고 남긴 거다)를 포크로 찌르면서 귀를 기울였다. 범인인 루나리아는 과일을 맛있게 먹고 있지만 신경 쓰지 않기로 했다.

"저는 일 때문에 다양한 모험가들의 이야기를 듣게 되는데요. 요즘 들려오는 이야기에 따르면 종언수의 상태가 조금 이상하다고 해요."

"어떻게 이상하다는 거지?"

"저기, 그게. 보통은 D랭크 정도의 마물밖에 없어야 할 계층에 C랭크나 B랭크의 마물이 나타난다거나, 미궁 안을 산책하기만 해도 평소보다 지치기 쉽다고 하거나. 그런 느낌이네요. 그것도 한두 명이 아니라 많은 사람들의 감상이에요. 그러니까, 토모야 씨 일행도 부디 조심해주셨으면 해서요."

"……흠."

몇 가지 사례를 포함해서 설명해준 내용을 정리하면 종언수에 무슨 이변이 있다는 것이다. 애당초 토모야는 평소에는 어떤지를 모르지만.

그렇지만 나오는 마물이 조금 강해진 것뿐이라면 토모야 일행에게는 아무 문제도 없으리라. 산책하기만 해도 지치기 쉽다는 것은 어떨지 조금 신경 쓰이지만, 그것도 역시 그렇게까지 마음에 담아둘 필요는 없는 것 같았다.

'……적어도 루나는 안 데리고 가는 편이 좋을까?'

만약의 경우를 예상해서 그런 생각이 떠올랐지만, 그건 안 된다. 금방 고개를 옆으로 저었다. 설령 종언수에 무슨 이변이 있더라도 토모야 곁에 두고 지키면 되는 것이다. 그러는 편이 루나리아만 혼자서 이곳에서 기다리게 하는 것 보다 훨씬 위험이 적을 것이다.

토모야와 리네 중 한 명이 루나리아 곁에 남고 다른 한 명이 혼자서 종언수에 도전하는 것도 생각했지만, 그래서는 본말 전도라는 걸 깨달았다. 셋이 여행을 하는데 어째서 혼자 미궁에 도전해야 한단 말인가?

"―그렇군. 정보 고마워, 앙리. 그렇지만 나랑 토모야가 있으면 별로 문제가 안 될 거야. 안심해줘."

리네도 토모야와 같은 답에 이르렀는지, 자신만만하게 선언했다. 루나리아는 과일이 마음에 들었는지 냠냠 맛있게 먹고 있었다. 전혀 이야기를 안 듣고 있다. 그런 모습도 귀엽다.

"리네 말이 맞아. 정 신경이 쓰이면 미궁 공략을 하는 김에 그 이변의 정체가 뭔지에 대해서도 조사해볼게."

"그런가요? 두 사람의 말을 들었더니 정말로 걱정이 없겠단 생각이 들어요. 다른 모험가들을 위해서도, 조사를 부탁드릴 수 있을까요?"

"알았어. 우리가 가능한 범위에서 하게 되겠지만."

"그래도 상관없어요! 아뇨. 굉장히 도움이 돼요! 고맙습니다!"

앙리는 표정을 활짝 밝히면서 고개를 숙였다. 그 표정을 보고 알 수 있었다. 그녀는 진심으로 모험가들을 걱정하여, 그들이 무사하기를 바라는 것이리라.

그런 순수한 소원 앞에서 약속을 어기려는 생각 따윈 결코 들지 않는다. 토모야는 가능한 노력하자고 마음속으로 다짐했다.

"잘 먹었습니다!"

"어, 어느샌가 전부 사라졌네……."

"맛있었어!"

루나리아의 말에 이끌려 테이블을 보자, 이미 과일이 사라진 접시가 놓여 있었다. 세 사람이 이야기를 하는 사이에 열심히 먹어버린 것이리라. 그만큼 맛있었다면 하나라도 먹어보았으면 좋았을 텐데. 그러나 유감스럽게도, 토모야 앞에는 아직 스테이크가 남아 있었다. 이야기에 집중하느라 포크가 움직이지 않은 탓이다.

됐다. 과일을 못 먹은 대신에 루나리아의 미소를 보았다고 생각하면 싸게 먹힌 거지. 루나리아의 미소는 값을 매길 수 없다.

"앗, 더 가져올게요!"

토모야의 마음을 읽었는지는 불명이지만, 앙리가 서둘러 말하고 또 한 접시 가져다주었다. 결국 그 후, 토모야도 지금까지 먹어본 적이 없는 신기한 과일을 맛볼 수 있었다.

◇◆◇

"……아침이군."

이튿날, 토모야는 눈을 뜨자마자 중얼거렸다. 생각보다 푹 잤다는 것에 조금 놀랐다. 어젯밤에는 리네와 같은 방이라서 어떻게 될까 걱정했지만, 잠드는 침대는 따로 떨어져 있었다. 덕분에 몇 주 전처럼 같은 텐트 안에서 잠들 때와 비교하면 전혀 문제가 없었다.

"……, ……."

토모야의 품 안에는 루나리아가 기분 좋게 새근새근 잠들어 있었다. 침대가 두 개밖에 없으니까 일단 어제는 토모야랑 루나리아가 함께 자기로 한 것이다. 오늘은 리네와 루나리아가 함께 잠들기로 했다. 내일은 토모야와 리네가— 라는 것은 아니고, 토모야와 루나리아로 돌아온다. 이건 유감이라고 생각해야 할까?

"아니, 뭐, 그건 제쳐두자."

사고가 조금 이상한 방향으로 가려고 하기에, 일단 눈앞에 있는 루나리아에게 의식을 집중하기로 했다. 긴 눈썹에 매끈 매끈하면서 통통하고 부드러워 보이는 피부. 이것을 만지면 얼마나 기분 좋을까 신경 쓰인다.

말랑.

"큭…… 엄청난 인력이다!"

깨닫고 보니, 토모야는 참지 못하고 루나리아의 볼을 만지고 있었다. 이 세상 것이 아닌 것 같은 부드러운 감촉이 마음을 후려친다.

"……토모야, 넌 뭘 하고 있는 거야?"

등 뒤에서, 리네의 기가 막힌 목소리가 들렸다.

조심조심 돌아보자, 아침부터 목욕을 하고 온 건지 붉은 머리칼에 물기를 머금은 리네의 모습이 보였다. 그녀는 토모야와 루나리아를 내려다보고 있었다. 그런 그녀에게 뭐라고 말해야 할지 고민한 끝에, 토모야는 천천히 입을 열었다.

"……루나의 볼, 엄청 부드러워. 이거 위험해."

"알고 있어. 같이 목욕할 때 언제나 만지게 해주니까."

"뭐……라고?"

예상도 못했던 발언에 부러운 나머지 질투를 해버릴 것 같지만, 필사적으로 평정심을 발휘해 억눌렀다. 그렇다. 루나리아의 귀여움은 토모야가 독점할 수 없을 정도의 가치가 있다. 토모야가 모르는 장소에서 리네가 루나리아를 얼마나 귀여워하든, 루나리아가 기뻐하는 이상 토모야가 그것을 탓할 권한은 없는 것이다.

"우웅…… 토모야? 이 손, 뭐야?"

그런 식으로 혼자 괜히 풀이 죽어 있는데, 품 안에 있는 루나리아가 눈을 떴다. 그녀는 눈을 비비면서, 자기 볼을 잡고 있는 토모야의 손에 의문스런 시선을 보냈다.

그렇지만 그런 표정을 지은 것은 아주 잠깐이고, 금방 함박웃음을 짓더니 꼬옥 힘차게 토모야를 끌어안았다. 그리고 그대로 웃으며 루나리아는 말했다.

"안녕, 토모야!"

그 지나치게 귀여운 미소를 보고, 일단 토모야는 승리를 뽐내는 표정으로 리네를 보기로 했다. 리네가 기가 막혀 한숨을 쉰 것은 말할 것도 없었다.

"가까이서 보니까, 이거 터무니없는 박력이네."

"응!"

토모야가 중얼거리자, 루나리아가 웃으면서 찬동했다.

아침 식사 뒤, 토모야 일행은 준비를 마치고 종언수 바로 옆까지 와 있었다. 어제는 멀리서만 봤기 때문에 알 수 없었던 압도적인 박력을 직접 느낀다. 긴장을 풀면 칠흑의 어둠에 뒤덮일 것 같은 감각이었다.

주위를 둘러보니, 토모야 일행 말고도 종언수를 공략해왔을 중장 갑옷의 모험가들이 많이 있었다. 대부분의 파티가 열

명이 넘는다. 그것이 이 미궁의 난이도가 높다고 이야기하고 있었다.

종언수 안으로 들어가는 입구는 줄기에 몇 군데 뚫려 있는 구멍이었다. 구멍마다 구멍이 만들어진 다음에 인공적으로 만들어졌을 장엄하고 거대한 문이 달려 있었다. 각 문의 근처에는 안에 들어가는 사람들과 밖으로 나온 사람 수를 세는 역할을 맡은 사람이 대기하고 있었다. 이렇게 해서, 얼마나 많은 사람이 아직 미궁 안에 있는지 파악할 수 있는 것이리라.

"기다렸지. 지도를 사왔다."

토모야와 루나리아가 둘이서 종언수를 바라보며 기다리고 있는데, 용건을 마친 리네가 돌아왔다. 방금 말한 것처럼 손에 몇 장의 지도를 들고 있었다. 과거의 최고 도달지점은 72계층이라고 하는데, 지도는 50계층까지밖에 없다. 그보다 더 앞은, 지도를 만들 여유를 가지고 나아갈 수가 없다는 것이리라. 다만 그래도 충분히 의미가 있으니 토모야 일행은 지도를 구입하기로 했다.

"고마워, 리네. 이걸로 준비 오케이네."

"그래. 들어가기 전에 오늘의 방침을 재확인하고 싶은데, 아무리 순조롭게 나아가도 이 지도에 그려져 있는 계층까지만 가는 거면 되는 거지?"

"딱히 오늘 하루 만에 마지막까지 공략하고 싶은 건 아니니까. 오늘은 미궁이 어떤 곳인지 보고 싶으니 그거면 될 거야."

"그래. 토모야가 그렇게 말한다면 그렇게 하자. 결정됐군."

그렇게 방침이 정해지고, 드디어 토모야 일행은 종언수에 도전하게 되었다.

"좋아. 그러면 힘내자."

"힘내자~!"

"사이가 참 좋아."

그 기합을 마지막으로 남기고.

종언수 내부는 겉으로 봐서는 상상도 못할 정도로 빛이 가득했다. 칠흑의 가지와 넝쿨이 엉켜서 생긴 바닥이나 벽이 토모야 일행을 맞이해 주었다. 방금 전까지 횃불로 길을 비추면서 걸어야 하나 생각했던 토모야에게는 조금 맥 빠지는 모습이었지만, 바람직하다는 것은 변함이 없기 때문에 문제없다.

참고로 리네에게 이유를 물어보니, 아무래도 안에 가득한 마력과 관계가 있는 모양이다. 하지만 토모야는 자세한 내용까지 이해할 수 없었다.

종언수에 대해 여러모로 설명을 들으면서 나아가길 수십 분, 놀랍게도 처음 10계층은 마물을 한 마리도 만나지 않고 간단히 내려갈 수 있었다. 위쪽 계층에는 다른 모험가들도 많이 있기 때문에 이런 경우도 흔하다고 한다. 그렇지만 이제부터는 방심할 수 없다. 루나리아에게 갑옷 방벽을 사용하고 안전을 보장하면서 더욱 나아갔다.

"—드디어 왔네."

15계층에 도달했을 때, 토모야 일행 앞에 마물이 나타났다.

종언수에 들어와서 처음으로 보게 된 적은 신기한 모습이었다. 사지로 땅을 디디고 있는 짐승 모양의 마물인데, 보통은 털로 뒤덮여 있어야 할 몸이 놀랍게도 칠흑의 이파리로 뒤덮여 있었다. 서로 노려보고 있는 틈에 감정을 사용했다.

【블랙 리프 타이거】― C랭크 하위 지정.

그 결과를 리네에게 말하자, 그녀는 작게 고개를 끄덕였다.

"그렇군. 본 적이 없는 마물이라고 생각했는데, 아마도 리프 타이거의 아종이겠지. 보통은 녹색 잎으로 뒤덮여 있는 마물이고 D랭크 상위 지정의 마물이지만, 이곳의 특별한 마력을 흡수하여 변화했을 거야."

"마력을 흡수했단 말이지……. 그렇다면. 루나, 할 수 있니?"

"응! 맡겨둬!"

루나리아는 기운차게 고개를 끄덕이더니 토모야와 블랙 리프 타이거 사이에 섰다. 토모야와 리네는 손을 대지 않고 루나리아의 싸움을 지켜보기로 했다.

둘 다 걱정은 전혀 안 한다. 지금의 루나리아는 C랭크 하위 지정 정도의 적이라면 문제없이 쓰러뜨릴 수 있다고 생각했기 때문이다. 피네스 국에 도착할 때까지 나타난 마물과 싸우고 쓰러뜨리다 보니 루나리아의 스테이터스와 전투 기술은 전보다 훨씬 상승해 있었다.

루나리아, 12세, 여자, 레벨: 46

직업: 백무녀
공격: 1,350 방어: 1,560 민첩: 1,440
마력: 5,220 마공: 4,100 마방: 4,260
스킬: 치유 마법 Lv 2, 소환 마법 Lv 2, 계약 마법 Lv 2,
신성 마법 Lv 3, 은폐 Lv 2, 신격 소환

이것이 현재 루나리아의 스테이터스다. 공격, 방어, 민첩은 그리 높지 않다. 하지만 마력, 마공, 마방에 관해서는 이미 C 랭크 중위와 정면으로 싸울 수 있을 정도가 되어 있었다.

더욱이, 이번 전투를 루나리아에게 맡긴 이유는 그것뿐이 아니다.

"홀리 라인!"

"크르릉!"

루나리아의 손에서 쏘아져 나간 한 줄기 빛이, 블랙 리프 타이거의 다리에 직격했다. 그러자 통증을 견디지 못했는지 적의 몸이 땅에 쓰러졌다. 고작 일격을 받았을 뿐인데도 커다란 대미지를 입은 모양이다.

그것도 그럴 만 했다. 왜냐하면 블랙 리프 타이거는, 리네가 말한 것처럼 이 종언수에 만연한 마력을 듬뿍 흡수한 마물이다. 그리고 루나리아가 사용하는 신성 마법은 마력을 소멸시키는 효과를 가졌다. 그러니까 쉽게 말해서 효과가 뛰어나다.

다만 일격으로 쓰러뜨릴 수는 없었던지, 블랙 리프 타이거가 사지에 힘을 넣어 일어서더니 입을 크게 벌렸다.

"크아아아아!"

그 외침에 맞추어 블랙 리프 타이거의 몸을 뒤덮은 검은색 이파리가 포탄처럼 쏘아져 나갔다. 저 이파리는 자신을 지키기 위해서가 아니라 공격에도 이용하는 모양이다.

"루나, 방어!"

"응! 그러니까, 그러니까…… 배리어!"

루나리아가 양손을 앞으로 내밀자, 그 앞에 빛의 벽이 나타났다. 그러지 않아도 그녀는 갑옷 방벽으로 보호를 받기 때문에 다치는 일은 없지만, 여차할 때 자기 몸을 지킬 방법을 익혀두는 편이 좋으니까 방어 마법도 쓰도록 하는 것이다.

블랙 리프 타이거가 뿜어낸 이파리는 모두 빛의 벽에 튕겨 나갔다. 공격이 멈춘 타이밍을 재서, 루나리아는 빛의 벽을 해제하고 외쳤다.

"홀리 볼!"

그 공격으로 루나리아는 블랙 리프 타이거의 토벌에 성공했다.

"이겼어, 토모야!"

"좋아, 잘했어. 루나!"

자기 혼자 마물을 쓰러뜨린 것을 자랑스럽게 말하는 루나리아의 머리를 쓰다듬으면서, 토모야 또한 웃으며 기뻐했다.

"그냥 팔불출이잖아."

리네의 중얼거림은 들리지 않은 걸로 했다.

◇◆◇

그 뒤로도 토모야 일행은 순조롭게 나아갔다. 20계층을 넘은 뒤부터는 아무래도 루나리아 혼자서는 상대할 수 없는 마물이 나왔기 때문에 토모야와 리네가 싸우게 되었고, 30계층을 넘은 뒤부터는 다른 모험가들을 거의 보지 못했다.

"영차…… 이걸로 전부구나."

"그래, 그런 모양이네."

덤벼드는 수많은 마물을, 토모야와 리네가 각자의 검을 휘둘러 토벌했다. 이 계층이 되면 B랭크 클래스 마물이 평범하게 나오지만 문제없이 쓰러뜨릴 수 있었다. 토모야는 물론이고, 리네 또한 본래 스테이터스를 숨기고서도 B랭크의 실력을 인정받고 있으니 그것도 당연한 일이다.

피가 묻은 검을 청정 마법으로 깨끗하게 만든 뒤, 문득 토모야는 의문을 품었다.

"그건 그렇고, 앙리가 말한 종언수의 이변이라는 건 뭘까? 일단 신경 쓰면서 왔는데, 그럴 듯한 건 안 보였어……."

앙리의 부탁은 이 미궁에 도전하는 목적 중 하나이기도 했다. 그녀는 이변의 예로, 보통은 그 계층에 있을 리 없을 정도의 고랭크 마물이 나타나는 것이나, 평소보다 지치기 쉬워지는 일이 있다고 말했다. 그러나 토모야는 둘 다 확인할 수 없었다.

"리네랑 루나는 어때?"

그러면 리네와 루나리아는 어떨까? 그렇게 생각하여 물어 보았다. 그러자, 각자 다른 대답이 돌아왔다.

"나는 전혀 멀쩡해!"

"그렇군⋯⋯. 듣고 보니, 분명히 조금 피로해지기 쉬운 것 같아."

"⋯⋯루나가 무사하고, 리네만 영향이 나오는 건가?"

그것은 예상하고 있던 것과 조금 다른 대답이었다. 만약 영향이 나오게 된다면 루나리아에게 나올 거라고 토모야는 생각하고 있었다. 스테이터스나 전투에 얼마나 익숙한지 생각해 보면 그것이 자연스러웠다. 그런데 어째서—.

"—설마."

문득 토모야는 자신이 루나리아에게 방벽 스킬 중 하나인 갑옷 방벽을 사용하고 있다는 것을 떠올렸다. 그것은 적의 공격으로부터 그녀의 몸을 지키는 효과를 가졌다. 만약 그 효과로 루나리아가 지치지 않는 거라면, 그것은⋯⋯.

"몸을 움직이는 거나 긴장을 하는 내적 요인이 아니라, 무슨 외적 요인 탓으로 지치기 쉬워진 건가?"

그렇다면 누가, 무슨 목적으로— 아니, 잠깐.

그때 토모야는 하나의 가설을 떠올렸다.

"리네, 사람은 마력을 잃으면 지치기 쉬워져?"

"물론이지. 그렇지만, 그게 어쨌다는 거지?"

"아니, 이 종언수라는 건 주위에서 마력을 흡수하는 성질이 있잖아? 그 성질 탓에 마력을 잃은 모험가들이 지치기 쉬워진 게 아닐까 생각했는데."

"그렇군. 그러나 유감이지만 종언수는 사람이나 마물에게서 마력을 흡수하지는 않아. 그러니까 나는 그건 틀렸다고 생각한다."

"……그렇구나. 꽤 자신 있었는데."

리네가 부정을 했지만, 토모야는 확신에 가까운 신기한 감각을 품었다. 만약 그 생각이 옳다면, 마력량이 ∞인 토모야가 지치지 않는 이유도 설명이 된다.

그렇지만, 리네의 말이 틀렸다는 생각도 안 든다. 토모야는 일단 종언수의 이변에 대해 생각하는 걸 멈추고 새삼 걷기 시작했다.

그 마물과 마주친 것은 고작 몇 분 뒤였다.

"……여긴 뭐야. 넓은 공간? 방인가?"

지도에 그려져 있는 통로를 걷고 있었는데, 그러는 도중에 갑자기 50미터 사방의 공간이 토모야 일행 앞에 나타났다. 지금까지 지나온 길과 마찬가지로 바닥, 벽, 천장은 칠흑의 뿌리나 넝쿨로 가득했다.

단 하나의 차이를 꼽아보자면, 방의 중심에 피어 있는 한 송이 붉은 꽃이었다. 꽃의 사이즈는 해바라기 정도. 그다지 이 자리에 적합한 존재 같지 않아서 토모야는 고개를 갸웃거렸다.

그 정체를 확인하고자 발을 들이려는데, 옆에 있던 리네가 팔을 들어 그것을 막았다. 그녀는 진지한 눈빛으로 붉은 꽃을 보고 있었다.

"기다려, 토모야. 내 기억이 맞다면 저건—."

리네가 마지막까지 말하는 것보다 빠르게, 그 이변이 찾아왔다.

"우와, 이거 뭐야? 갑자기 발치의 넝쿨이 뻗어서— 칫!"

"꺅!"

말 그대로, 땅이었던 넝쿨이 갑자기 뻗어 오르더니 토모야 일행을 향해 다가왔다. 토모야는 검으로 그것을 베어내면서, 루나리아를 안고 펄쩍 뛰었다. 그러는 도중에 대체 무슨 일이 일어났는지 분석해봤지만, 금방 대답을 찾을 수가 없었다.

"무슨 일이 일어났는지는 잘 모르겠지만, 이 방이 뭔가 이상하다는 거지? 일단 밖으로 도망쳐야 하나…… 어?"

일단 이 자리를 벗어나고자 생각해서 돌아봤지만, 토모야는 눈이 의심스런 광경을 보았다. 토모야 일행이 이 방에 들어올 때 지나온 길이 바닥에서 뻗은 대량의 넝쿨로 가려져 있었다. 출구가, 막혀 버렸다.

다음으로 어떤 수단을 써야 할지 고민하고 있는데, 토모야의 반대 방향으로 움직여 넝쿨의 공격을 피한 리네가 소리를 질렀다.

"토모야, 저 붉은 꽃에 감정을 사용해줘! 내 예상이 틀리지 않다면 저건 마물이야!"

"그래, 알았어!"

리네의 지시에 따라, 토모야는 감정을 써서 방의 중심에 있는 붉은 꽃을 보았다. 그리고 나타난 결과를 전달했다.

"앗심 블룸— 리네가 말한 대로, B랭크 상위 지정 마물이야!"

"역시 그랬군! 이 녀석은 주위의 식물에 동화되어, 그걸 조작하여 싸우는 마물이다! 아마 이 방 전체를 지배하고 있을 거야! 저 꽃 본체를 파괴하지 않으면 공격이 멈추지 않을 것 같아!"

"그렇다면 얼른 처치해버리면 되지. 루나, 나를 꼭 붙잡아."

"응, 알았어!"

루나리아가 꼬옥 몸통을 끌어안은 걸 확인하고, 토모야는 추가 공격을 하면서 힘차게 땅을 차고 달렸다. 탄환 같은 속도로 순식간에 앗심 블룸에 육박한 토모야는 루나리아를 끌어안지 않은 오른손으로 검을 휘둘렀다.

그러나 칼날로 베는 것보다 빠르게, 앗심 블룸이 땅 속으로 가라앉았다. 이런 식으로 몸을 감추는 방법이 있는 건가? 놀랐지만 당황하고 있을 여유는 없다.

"먹어라!"

앗심 블룸이 파묻힌 지점을 목표로 토모야는 힘차게 발을 휘둘렀다. 발바닥이 땅에 접촉한 순간, 귀를 찢을 것 같은 파쇄음이 울려 퍼졌다. 그러자 반경 5미터쯤 되는 구멍이 생기고, 아래 계층이 엿보인다. 발치가 완전히 사라지기 전에 토모야는 그 자리에서 뛰었다.

"젠장, 빗나갔어."

구멍에서 조금 떨어진 곳에 착지하자, 마치 그 타이밍을 잰 것처럼 또 다시 수십의 넝쿨이 공격해온다. 지금 그 일격으로 는 아직 쓰러뜨리지 못했다는 것이리라. 조금 충격을 받으면 서도, 일단 몸을 지키기 위해 검을 휘둘렀다.

"토모야, 위험해! 뒤야!"

"—윽!"

리네의 말을 들은 순간, 반사적으로 후방으로 몸을 돌렸다. 그러자 다수의 넝쿨이 휘감겨서, 거대한 하나의 창이 되어 토 모야를 공격해왔다. 자세가 불안정하긴 하지만, 대각선으로 검을 휘둘러 올린다—.

넝쿨의 창과 접촉한 순간, 쨍강 소리를 내며 검이 부러졌다.

"윽. 하필 이 타이밍에……."

평소부터 힘에만 의존해서 휘두르기 때문에 언젠가는 부서 질 거라고 생각하고 있었다. 그렇지만 설마 이 정도로 긴박한 전투 상황에 두려워하던 사태가 일어날 것은 예상 못했다. 무 심코 마음속으로 작게 혀를 찼다.

그 사이에도 검을 파괴한 넝쿨의 창은 멈추지 않고 토모야 에게 다가와— 토모야의 가슴과 충돌한 순간, 격렬하게 터져 버렸다.

"토모야, 괜찮아?!"

"멀쩡해. 아프지도 가렵지도 않아."

"그렇구나! 다행이야!"

루나리아에게 한 대답에 거짓말은 전혀 없었다. 그도 그럴 것이, 애당초 토모야의 방어 스테이터스는 ∞이기 때문에 대미지를 입을 리 없었다. 그러긴커녕, 매그리노 산맥에서 와이번을 토벌했을 때와 마찬가지로 공격을 가한 쪽이 자멸하는 결과가 됐다.

다만 토모야는 무척 유감이었다. 검이라는 것은 남자라면 누구나 한 번은 동경하는 무기다. 그런데 그걸로 싸우는 것보다, 맨손으로 싸우는 편이 훨씬 강하다는 사실 때문이었다.

기껏 이세계에 왔으니까 언젠가 전설의 검을 휘둘러보고 싶다고 생각했지만, 아무래도 그건 이루어지지 못할 모양이다.

"……어쩔 수 없지."

일단 검에 대해서는 포기하도록 하고, 토모야는 색적을 사용했다. 색적은 마물의 위치 따위를 꿰뚫어볼 수 있는 스킬이다. 앗심 블룸도 예외가 아니라 숨어 있는 장소를 발견할 수 있었다.

"리네, 오른쪽 대각선 뒤의 발치야! 거기에 앗심 블룸의 본체가 숨어 있어!"

"알았다!"

토모야에게서 앗심 블룸의 위치를 듣더니, 리네는 순식간에 팔을 채찍처럼 휘둘러 몸의 방향을 바꾸지 않고 토모야가 지시한 장소를 베어냈다.

찢어진 바닥의 틈으로, 두 동강이 난 붉은 꽃이 보였다. 그러자 순식간에 토모야 일행을 공격하는 넝쿨의 기세가 줄어들고, 천천히 바닥이나 벽으로 돌아갔다.

토벌 완료다.

"수고했어, 리네. 지금까지 싸워온 마물들 중에서도 꽤 강적 아니었을까?"

"수고했어~!"

검을 칼집에 되돌린 리네 곁으로 걸어가서, 토모야와 루나리아가 위무의 말을 걸었다. 리네는 작게 웃으며 입을 열었다.

"그래. 나만 그런 게 아니라 두 사람도 그렇지. 특히 토모야의 지시가 없었다면 조금 더 고생했을 거야."

"무슨 말이야. 처음에 그 꽃이 마물이라는 걸 깨달은 건 리네잖아."

"앗심 블룸의 존재는 소문으로 들은 적만 있고 확증은 없었어. 네가 감정을 사용해주지 않으면 자신을 가지고 움직일 수 없었겠지."

서로를 칭찬하면서 토모야와 리네가 함께 웃었다. 뭐가 어찌됐든 무사히 마물을 쓰러뜨릴 수 있었으니 기쁜 일이다.

"그런데 토모야, 그 검은……."

"그래, 방금 공방을 하면서 부러졌어. 진심으로 유감이야."

"그렇군. 그렇지만 너라면 맨손으로도 문제없이 싸울 수 있겠지. 그보다는 오히려, 어째서 너는 지금까지 검으로 싸우고 있었지?"

"멋있으니까."

"그, 그렇군."

그 설명으로 납득한 건지는 모르겠지만, 리네는 그 이상 검에 대해서 묻지 않았다.

"……있지, 토모야."

"응? 왜 그러니? 루나."

그때 루나리아가 토모야의 옷 소매를 꾹꾹 당겼다. 이야기에서 밀려난 것이 쓸쓸했나 생각하면서 표정을 살폈는데, 아무래도 그건 아닌 모양이다.

루나리아는 뭔가 의문스럽게 생각한 것처럼 표정을 찌푸렸다.

"있잖아. 뭔가, 목소리 들려."

"목소리?"

목소리라는 건 대체 무엇일까? 당연히 토모야와 리네의 목소리를 말하는 건 아닐 거라고 생각하는데. 루나리아가 말하는 의미를 확인하고자, 토모야는 조용히 귀를 기울였다.

그리고 대단히 작은 음량이지만, 토모야의 귀는 분명히 그것을 포착했다.

"ㅡ사, 살려줘어!"

그것은 남성의 목소리, 그리고 도움을 바라는 말이었다. 여기서 그렇게 멀지 않은 곳에서 들리는 것 같았다.

"리네!"

"그래, 분명히 들렸어. 저쪽이다, 서두르자!"

상황을 추측하건대, 이 계층에 토모야 일행이 아닌 모험가가 있고 뭔가 위험한 상태에 빠진 모양이다. 주위에 도움을 청하고 있으니 사태는 한시를 다툰다.

목소리가 들리는 방향을 향해서, 토모야 일행은 달렸다.

◇◆◇

"—이건."

30초쯤 달려가자, 눈앞에는 방금 전에 앗심 블룸과 싸운 방과 비슷한 크기의 공간이 나타났다. 다만, 그 안에 보이는 광경은 전혀 달랐다.

일단 방의 중심에는 중장 갑옷을 입은 검사나 로브를 입은 마법사 등이 열 명 조금 안 되게 있었다. 토모야 일행과 마찬가지로 종언수에 도전한 파티일 것이다. 그리고, 그 파티를 둘러싼 수십 마리 마물들의 모습이 보였다. 거대한 발톱을 가진 곰, 두 개의 날카로운 뿔을 가진 늑대, 마치 작열하는 불꽃처럼 붉은 비늘을 두르면서 땅을 기는 도마뱀 등, 지금까지 본적이 없는 마물이 수도 없이 존재했다. 토모야는 반사적으로 감정을 사용했다.

【클로우 베어】— A랭크 중위 지정.

【혼즈 울프】— A랭크 하위 지정.

【레드 리자드】— B랭크 상위 지정.

"—A랭크 중위?"

이 계층에는 B랭크까지의 마물밖에 안 나와야 하는데, 감정의 결과는 A랭크에 이르는 적이 존재한다고 말하고 있었다. 그래서 그들도 고전하는 것이리라. 예상하고 있던 것보다 훨씬 강한 마물이 덤벼들었으니까.

앙리가 말한 이변의 예 하나를 떠올리면서, 지금은 우선 그들을 구해야 한다고 토모야는 판단했다.

그렇게 판단해 버리니, 거기서부터는 빨랐다. 리네와 눈빛을 교차하며 고개를 끄덕이고, 토모야는 루나리아를 안은 상태로(여기 두고 가는 편이 위험하다고 판단했기 때문에) 마물들을 주먹으로 때려눕히며 안으로 돌격했다.

"윽, 당신들은……!"

자신들 곁으로 다가오는 토모야 일행의 존재를 깨달은 한 명이 눈을 부릅뜨면서 외쳤다. 그런 그들에게 토모야는 큰 소리로 대답했다.

"이야기는 나중에. 먼저 마물을 쓰러뜨린다!"

"앗, 네! 알겠습니다!"

한 마디로 의사를 전달한 다음, 토모야와 리네는 그들과 마물 사이를 막아섰다. 일부러 마물에게 둘러싸이는 형태가 되었지만, 이러는 편이 그 파티를 지키면서 싸울 수 있다고 생각했다. 토모야와 리네 두 사람이라면, 전력은 충분하다.

토모야는 시선을 조금 뒤로 돌려 그들이 부상을 입고 피로한 기색이라는 것을 확인하더니, 전투를 재빨리 끝내는 것을 전제로 방침을 정했다.

"당신들 중에 아직 싸울 수 있는 사람은 뒤에서 덤비는 마물을 막아줘! 그리고 나는 오른쪽으로, 리네는 왼쪽으로 돌면서 마물을 쓰러뜨린다! 루나리아는 모두를 응원해줘!"

"아, 알겠습니다! 이쪽 마물을 우리가 막을게요!"

"음. 알았어."

"알았어! 힘내, 토모야!"

각자에게 중대한 역할을 준 다음, 토모야는 일단 루나리아를 땅에 내려놓고 재빨리 움직이기 시작했다. 그러자 그 타이밍을 잰 것처럼 클로우 베어가 거대한 발톱을 휘두르며 다가왔다.

"그르라라라!"

"방해된다."

"쿠악?!"

토모야가 휘두른 왼팔이 그 발톱을 분쇄하더니, 그대로 빈 몸통을 향해 힘차게 장저를 내질렀다. 파앙. 뭔가(아마도 내장) 터지는 소리와 함께, 클로우 베어가 꼴사납게 뒤로 날아가 버렸다. 이걸로 한 마리.

"크르!"

"슈르르르!"

이어서 덤벼든 것은 혼즈 울프와 레드 리자드였다. 혼즈 울프는 두 개의 뿔을 토모야에게 겨눈 채 힘차게 달리고, 레드 리자드는 커다랗게 입을 벌려 뭔가를 뿜어내려고 했다. 마력이 그곳에 집중되고 있으니, 마법 같은 것이겠지.

그렇다면 대처는 간단하다. 토모야는 혼즈 울프의 두 뿔을 양손으로 꽉 잡고서 그 거대한 몸을 들어 올렸다. 혼즈 울프가 머리 위에서 몸부림쳤지만 상관하지 않고, 그대로 힘껏 레드 리자드를 향해 휘둘렀다.

머리의 중심에까지 울릴 것 같은 둔탁한 낙하 소리와 함께, 혼즈 울프가 레드 리자드에게 때려 박힌다. 그 바람에 레드 리자드의 입이 닫히고, 안에 집중되어 있던 마력이 폭발을 일으켰다. 그 폭발에 두 마리가 말려들었다.

"……굉장해."

"토모야, 파이팅!"

토모야의 싸움을 본 누군가가 찬사를 흘리는 소리와, 루나리아의 기운찬 응원을 등으로 받아내며 토모야는 계속 싸웠다. 결국 토모야와 리네가 모든 마물을 토벌할 때까지 1분도 안 걸렸다.

"이게 전부구나."

"그래. 수고했어, 리네."

이제 마물이 남지 않은 것을 확인한 다음, 토모야는 부상을 입은 사람에게 시선을 주었다. 그대로 걸어가서 한쪽 무릎을 짚었다.

"죄송해요. 조금 다친 부분을 보여주실래요?"

"어, 앗, 네."

마법사인 모양이다. 로브를 입은 그 여성은 조심조심 오른팔을 내밀었다. 그곳에는 마물의 발톱이나 송곳니 같은 걸로 크게 베인 상처가 있고, 피도 흐르고 있어서 대단히 안타까운 모습이었다. 토모야는 양팔을 올리고 작게 중얼거렸다.

"치유 마법, 발동."

"……와앗!"

점점 상처가 낫는 것을 보고 여성은 놀라움과 기쁨의 소리를 흘렸다. 그녀만 그런 것이 아니라, 주위에 있는 사람들도 같은 반응이었다.

"그렇게 싸울 수 있는 데다가, 치유 마법까지 쓸 수 있는 건가? 터무니없는걸."

"그래. 그리고 본인은 생채기 하나도 안 났어. 도중에 몇 번인가 제대로 공격을 맞은 것처럼 보였는데."

"저도 봤어요. 하지만 어째선지 그때마다 적이 터져 나갔단 말이죠. 혁, 설마 닿으면 적이 죽는 마법 같은 걸 걸고 있는 게 아닐까요?!"

어쩐지 이래저래 엉뚱한 말을 하는 것 같지만, 토모야는 쓴웃음만 지었다. 진짜 스테이터스에 대해서 가르쳐줄 수도 없으니까.

그리고 토모야는 부상을 입은 사람이 더 없는지 물어보고, 그들 모두에게 치유 마법을 걸었다. 그것이 끝나자, 드디어 사람들이 차분함을 되찾았다.

"구해주셔서 정말로 고맙습니다! 토모야 씨 일행이 오지 않았다면 어떻게 됐을지……."

"아뇨, 무사해서 다행이에요."

파티 리더인 베르소란 이름의 남성이 고개를 숙이면서 토모야에게 감사 인사를 했다. 그는 토모야가 고개를 들라고 할 때까지 몇 번이나 감사의 말을 반복했다.

고개를 든 베르소는 차분하게 입을 열었다.

"그건 그렇고, 이 계층에 A랭크 마물이, 그것도 집단으로 나타나다니 전혀 예상 못했어요. B랭크 파티인 우리들이, 토모야 씨 일행이 구해주러 올 때까지 버틴 게 기적이라고 말할 수밖에 없습니다."

"⋯⋯흠."

"응? 왜 그래? 리네."

베르소의 말을 들은 리네가 어쩐지 고민스런 모습을 보였다. 그것이 조금 신경 쓰여서 무슨 일인지 묻자, 그녀는 진지한 표정으로 말했다.

"그 이야기를 듣고 생각했는데, 지금 우리가 싸운 마물은 A랭크 치고는 조금 약한 느낌이 들었다. 당신도 그렇게 느끼지 않았어?"

"⋯⋯그러고 보니, 분명히. 우리들의 공격도 어느 정도는 효과가 있었고, 실제로 A랭크의 실력이 있는 것 같지는 않았습니다."

"⋯⋯A랭크의 마물인데, A랭크의 실력이 없어?"

뭔가 마음에 걸린다. 토모야는 그렇게 생각했다. 그러나 신경 쓰이는 부분을 구체적인 말로 표현할 수가 없어서, 우~응 신음하는 수밖에 없었다.

그런 토모야의 불안, 위화감에 응답하는 것처럼.

갑자기, 「그 현상」이 일어났다.

"윽, 갑자기 뭐야?!"

"이건⋯⋯."

땅이, 벽이, 천장이 동시에 진동하기 시작했다. 그것도 이 자리에 있는 모든 사람의 균형감각을 빼앗는 것처럼 격렬한 흔들림이다. 흔들림의 규모로 짐작하건대 이 방뿐이 아니라, 종언수 전체에 영향을 끼치는 것 같았다.

이변은 그걸로 멈추지 않았다. 흔들림에 이어 벽과 바닥, 천장에서 넝쿨이 꿈틀거리며 튀어나오더니 아직 상황을 소화하지 못한 토모야 일행을 공격했다. 그것을 본 토모야는 반사적으로 수십 분 전의 광경을 떠올렸다.

그렇다. 그 현상은 앗심 블룸을 상대했을 때와 상당히 비슷했다. 이번에는 동시에 진동이 발생하는 등의 차이가 있지만, 냉정하게 분석할 여유는 없었다. 토모야는 재빨리 팔을 휘둘러 자신들에게 다가오는 넝쿨을 모두 떨쳐냈다.

그러나 아무리 방어에 힘을 써도 넝쿨의 기세가 줄어들지 않는다. 근본을 치지 않으면 해결되지 않을 것 같았다.

"리네, 나는 색적을 쓸게! 그 동안 수비를 부탁해!"

"그래, 맡겨둬!"

넝쿨의 상대는 일단 리네에게 맡기고, 토모야는 색적 스킬을 사용했다. 만약 이 현상을 일으킨 것이 앗심 블룸 같은 마물이라면, 얼른 그 녀석을 발견해서 쓰러뜨려버리는 편이 좋다.

그러나 이 방에는 마물의 반응이 없었다. 그대로 색적의 범위를 넓혔지만, 역시 마물의 반응은 없다— 그때 문득, 위화감을 깨달았다.

색적 스킬은 감각적으로 지도를 보는 것에 가깝다. 색적 범위가 머릿속에 지도처럼 떠오르고, 그 안에서 마물이 있는 장소에는 검은색 점이 나타나는 느낌이다.

그러나, 이번에는 그것과 조금 달랐다. 토모야가 색적을 사용하자, 놀랍게도 색적 범위 전체— 다시 말해서 지도 전체가 검은색으로 물들어 있는 느낌이었다.

그것이 가리키는 사실은 하나. 종언수 안에 마물이 있는 게 아니다. 「종언수 그 자체」가 마물로 변한 것이다. 방금 전에 앗심 블룸과 싸웠을 때는 그런 느낌이 아니었다. 그 일이 일어나고 고작 수십 분밖에 안 지났는데, 그런 변화가 일어난 것이다.

"꺄악!"

"윽, 루나!"

토모야에게 최악의 상황이 이어진다. 아무리 그래도 리네 혼자서는 방 전체에서 덤벼드는 넝쿨의 맹공을 막는 것이 불가능했는지, 일부가 루나리아의 다리와 몸통에 엉킨 것이다. 갑옷 방벽을 사용하고 있어서 대미지 자체는 없을 테지만, 그래도 큰일이 난 것은 변함이 없다.

토모야가 생각을 일단 멈추고 루나리아를 구하려고 한순간, 더욱 상황이 악화됐다. 루나리아에게 엉킨 넝쿨이 놀랍게도 그대로 땅에 빨려 들어가기 시작한 것이다. —당연히 루나리아를 끌어들이는 형태로.

"토모야!"

"루나!"

루나리아의 외침에 응답하고자, 토모야는 땅바닥에 빨려들어가는 그녀의 몸을 왼팔로 끌어안았다. 그래도 넝쿨은 멈추지 않고 당긴다.

'이렇게 되면, 루나를 끌어들이려는 땅 자체를—.'

"공격 스테이터스 1억!"

봐줄 여유가 없다고 생각하는 것과 동시에 뽑어낸 주먹은, 훌륭하게 땅바닥에 거대한 구멍을 뚫고 넝쿨을 모두 날려버리는데 성공했다.

그러나 그 폐해가 몇 가지 존재했다. 하나는 만들어진 구멍이 너무 컸다는 것. 두 번째는 토모야의 주먹이 너무 큰 위력을 가진 나머지, 이 계층뿐 아니라 아래 계층의 땅까지 계속해서 구멍이 뚫렸다는 것이다.

그리고 마지막 세 번째는, 그 구멍에 토모야와 루나리아가 떨어져버린 것이다.

"토모야! 루나!"

리네가 구멍에서 고개를 내밀고 손을 뻗어보았지만, 이미 닿을 거리가 아니다. 토모야는 각오를 굳히고 외쳤다.

"우리는 괜찮아! 그러니까 리네, 그 사람들을 데리고 지상으로 돌아가!"

"큭…… 알았어! 모두 지상으로 데리고 간 다음, 구하러 올게!"

원인불명의 흔들림과 넝쿨의 공격을 받는 상황이다. 이 자리에서 발을 구르고 있을 때가 아니란 것은 리네도 충분히 이해했으리라. 그녀는 각오를 굳힌 표정으로 대답하더니, 금방 구멍에서 벗어났다.

"……토모야, 구해줘서 고마워."

그 때가 되어서야, 토모야 품 안에 있는 루나리아가 감사의 말을 했다. 처음에 루나리아를 위험에 빠뜨린 건 토모야의 방심 탓인 데다가 애당초 지금도 아직 낙하하고 있는 상황인데, 루나리아는 이미 살았다고 생각하는 모양이다.

"……루나, 의외로 여유 있네. 무섭지 않아?"

"후에? 어째서? 토모야가 같이 있으면 하나도 안 무서워!"

진심으로 토모야를 신뢰하는 그 웃음을 보고, 무의식중에 그녀를 끌어안은 팔의 힘을 강하게 해 버린다. 반드시 그녀를 지켜야 한다고, 마음속으로 다짐했다.

'……그건 그렇고 얼마나 떨어지는 거지? 아무래도 스테이터스 1억은 지나쳤나.'

어느 정도 아래 계층까지 구멍이 생겼는지, 아무리 낙하해도 바닥이 보일 낌새가 없다. 낙하한 곳에서 지상으로 돌아올 때까지 시간이 얼마나 걸릴까? 방어력에 정평이 나 있는 토모야는 그것을 불안하게 생각했다.

―토모야와 달리, 리네는 여유가 없었다.

리네는 분명히 뛰어난 스테이터스와 뮤테이션 스킬이란 힘을 가지고 있지만, 토모야처럼 인지를 초월한 실력을 가진 건 아니다. 더욱이 현재로 한정하면 동행자를 지켜야 한다. 긴장감이 가득한 가운데, 필사적으로 검을 휘두르며 나아갔다.

종언수 전체의 흔들림 자체는 비교적 빠른 단계에서 잦아들었다. 그러나 넝쿨이나 마물이 습격해오는 것은 변함이 없고, 지상으로 가는 도중에 더욱 수십 명의 사람들을 구하게 됐다.

무사히 지상에 도착했을 때, 결국 리네는 30명 정도의 모험가를 이끌고 있었다.

"후우. 어떻게든 됐군."

일단 위기에서 벗어난 것에 안도의 한숨을 쉬었다. 주위에는 리네와 마찬가지로 서둘러 종언수에서 도망쳐온 걸로 보이는 모험가가 다수 있으며, 땅바닥에 주저앉아 있었다.

대체 이 종언수에 무슨 일이 발생한 것일까? 모두 그런 의문을 논하고 있지만, 대답에 도달한 사람은 한 명도 없는 모양이다. 그것에 관해서는 리네도 신경 쓰이니까 이야기에 끼어들고 싶지만, 그 전에 해야 할 일이 있다. 그렇다. 토모야 일행을 구하러 가야 한다.

토모야의 실력이 있으면 무슨 일이 일어나도 문제는 없을 거라 생각하지만, 두 사람은 조금 칠칠치 못한 부분이 있다. 만약의 경우를 생각하면 역시 합류하는 것이 제일이라는 것이 리네의 생각이었다.

"저기, 리네 씨."

막상 그 생각을 실행하려고 했을 때, 문득 뒤에서 그녀의 이름을 부르는 목소리가 들려 리네는 돌아보았다. 그러자 그곳에는 파란 머리칼을 땋아서 두 갈래로 내린 소녀, 앙리가 있었다.

"앙리구나. 이런 곳에 어쩐 일이야?"

"그게, 종언수에 이상한 일이 일어났다는 얘기를 듣고서, 리네 씨 일행이 걱정돼서 어떤지 보러 왔어요. 하지만 무사한 것 같아서 정말 다행이에요."

그렇게 말하고 안도하여 가슴을 쓸어내리는 앙리. 그렇지만 몇 초 뒤, 뭔가 깨달은 것처럼 퍼뜩 고개를 들었다.

"저기, 리네 씨! 토모야 씨랑 루나리아 씨는 어디 있는 건가요? 같이 있었죠?"

"—두 사람은, 아직 종언수 안에 있어. 이래저래 일이 있어서 남겨져 버렸지."

"네?"

숨겨야 할 일이 아니라고 판단하여 솔직히 대답하자, 앙리의 표정에 충격이 떠올랐다. 그런 그녀를 필요 이상으로 동요시키지 않으려고, 리네는 그대로 말을 이었다.

"하지만 안심해도 돼. 그 둘이라면 무사할 거야. 그리고 나도 이제부터 다시 한 번 종언수 안에 가서 찾아올 거야. 그러니까 앙리가 불안해할 필요는 없어."

"……알겠어요."

리네의 거짓 없는 올곧은 시선을 보고, 앙리는 천천히 고개를 끄덕였다. 토모야 일행은 지금도 무사하다. 리네라면 구할 수 있다. 그렇게 믿어준 것이리라.

앙리와 대화를 마친 이상, 더 이상 시간을 쓸 수는 없었다. 리네는 눈앞에 서 있는 종언수를 올려다보더니, 천천히 걷기 시작—.

오싹, 등골에 오한이 흘렀다.

"앙리, 떨어진다!"
"어, 꺄악!"

리네는 거의 반사적으로 앙리의 팔을 잡고서, 힘차게 후방으로 뛰었다. 주위에 있는 모험가들이 무슨 일인가 싶어 의문의 시선을 보낸다. 그러나 그걸 신경 쓸 여유는 없었다.

눈앞에 있는 거대한 종언수의 수관과 줄기, 그리고 주위의 대지에서 으스스한 칠흑의 안개가 피어올랐다. 그 안개는 천천히 하나의 장소로 모였다. 범상치 않은 기운에 다들 말을 잃고서, 그저 조용히 주목하고 있었다.

주르륵. 리네의 이마에서 땀이 흘렀다. 불길한 예감이 든다. 저것은 결코 건드려선 안 되는 것이라는 경종이 머릿속에 울려 퍼진다.

그런 두려움을 체현하는 것처럼, 이윽고 그 칠흑의 안개는 하나의 몸을 이루어—.

◇◆◇

"—여기는 어디지?"

몇 분 동안 낙하한 끝에 드디어 나타난 땅에 무사히 착지할 수 있었다(그 바람에 상당히 커다란 크레이터가 생겼지만). 토모야는 천천히 주위를 둘러보았다.

지금까지 종언수 안에서 봤던 어떤 방보다도 커다란 공간이었다. 땅은 지금까지의 계층에 있었던 것처럼 넝쿨과 뿌리가 아니라, 건조된 검은색 흙이었다. 신발의 바닥으로 꾹 밀어낸 감촉에서 단단한 두께를 느끼고, 여기보다 아래에 공간이 없다고 판단했다. 틀림없이, 여기가 종언수의 최하층이리라.

방의 넓이와 땅의 감각을 빼고 가장 주목해야 할 점은, 어째선지 방의 중심에 있는 수령 100년쯤 되는 크기를 가진 칠흑의 수목일까? 나무 안에 나무가 있다는 것은 이상하지 않나? 토모야는 마음속으로 작게 태클을 걸었다.

"어쩐지, 신기한 느낌이 나."

손을 잡은 루나리아 또한, 토모야와 마찬가지로 방 전체를 둘러보면서 품은 감상을 말했다. 이런 상황인데 평소랑 똑같은 루나리아의 모습을 보고 무심코 작게 웃어버린 다음, 토모야는 새삼 이 방에 대해서 생각했다.

토모야의 예상이 옳다면, 여기는 종언수의 최하층이다. 그러나 그런 것치고는 너무나도 살풍경한 광경이라고 말하지 않을 수 없었다. 왜냐하면 이 방은 중심에 나무가 한 그루 서 있을 뿐이다. 보통 미궁의 중심부라고 하면 맨 먼저 상상하는 것하고는 달랐다.

"숨겨진 재보나 유산 같은 거나, 그런 게 있을 거라고 생각했는데."

"유감이지만, 여기는 그런 목적으로 만들어진 장소가 아니에요."

"아아, 그랬었구나— 어?"

루나리아의 목소리가 아닌, 낯선 여성의 목소리라는 것을 깨달은 토모야는 반사적으로 돌아보았다. 그리고, 그곳에 있는 존재를 본 순간 말을 잃었다.

그곳에 있는 것은 녹색의 머리칼을 가진 소녀였다. —다만 몸길이는 40센티미터쯤 되고, 등에는 날개가 돋아서 날고 있었다.

"처음 뵙겠습니다. 나무의 정령 드리아드인 거예요."

"……토모야다."

"루나리아야."

"토모야 씨와 루나리아 씨군요. 이런 곳에 인간족이나 마족 분이 오다니 희한한 거예요. 혹시, 노움 님의 심부름으로 오신 분인 건가요?"

"아니, 달라. 그 노움이란 게 누군지는 모르겠지만, 우리는 여러 가지 일이 있어서 여기까지 낙하했을 뿐이야."

"그런가요……."

당황하면서 질문에 대답하자, 드리아드라고 이름을 밝힌 정령은 풀이 죽어 어깨를 늘어뜨렸다.

"그러면, 토모야 씨는 종언수의 폭주를 멈추기 위해서 와준 게 아니네요."

"응?"

드리아드가 이어서 신경 쓰이는 말을 했다.

"잠깐 기다려봐. 너는 혹시 지금 종언수에 무슨 일이 일어나고 있는지 아는 거야? 그리고 애당초 어째서 드리아드는 이런 곳에 혼자 있는 거야?"

"······그렇네요. 이제 조바심을 내도 어쩔 수 없어요. 기왕 오셨으니, 두 사람에게는 이번 일에 대해서 여러모로 설명을 하는 거예요."

그 말을 시작으로, 드리아드는 천천히 이야기를 시작했다.

이야기를 들어보니, 드리아드는 노움이라는 땅의 정령에게 지시를 받아서 종언수를 관리하는 일을 맡은 존재라고 한다. 노움이라는 건, 이 세계의 신인 엘트라를 섬기는 4대 정령 중 하나다. 노움은 이 세계에 존재하는 대지와 연관된 갖가지 자연물에게 적절한 정령을 보내는 것으로 질서를 지키고 있다고 한다.

그리고 이제부터가 본론이다. 종언수는 사람들이 사용한 마력을 흡수한다는 성질을 가지고 있다. 그러면 흡수된 마력은 대체 어떻게 되는 걸까? 일반적으로는 종언수의 양분이 된다고 하지만, 그것에 이용되는 마력은 흡수한 것 중에서 1

할도 안 된다.

왜냐하면, 여기에 도달하는 마력의 대부분은 「악의가 담긴 마력」이기 때문이다. 사람이나 마물을 해치기 위해 사용된 마력에는 사용자의 사념이나 기억이 새겨져서, 그것이 때로는 주위에 좋지 않은 영향을 끼치는 경우가 있다.

그런 마력이 종언수의 양분이 되는 경우는 없다. 그 남은 9할 이상의 마력은 모두 「종언수의 핵」 안에 담기게 된다.

"종언수의 핵이라는 건 어떤 거지?"

"이걸 말하는 거예요."

낯선 말에 대해 질문하자, 드리아드는 방의 한가운데에 서 있는 나무를 가리켰다. 그녀는 그대로 설명을 계속했다.

"이 안에 종언수의 핵이 묻혀 있어요. 실물을 보는 편이 빨라요."

말하고, 드리아드는 수목을 만졌다. 그러자 어떤 원리인지, 마치 벽을 통과하는 것처럼 수목 안에서 칠흑의 구체가 나타났다. 그 안에 정말로 마력이 담겨 있는 것일까?

의문을 그대로 말해서 물어보자, 드리아드가 고개를 끄덕였다.

"네, 인 거예요. 그것도 한계까지 인 거예요."

"한계까지?"

"네, 인 거예요. 그리고 그것이, 이번에 종언수의 폭주로 이어지고 있는 거예요. 종언수의 핵은 본래 흡수할 수 있는 마력의 양에 한계가 있는 거예요. 그리고 바로 며칠 전에, 드디어 그 한계를 맞이한 거예요. 그 결과, 이것에 흡수되지 않은 분량의 마력이 종언수의 성장에 이용되어 버려서, 두려워하던 악영향이 나온 거예요. 본래 종언수는 대기 중에 떠도는 사물 따위에서만 마력을 흡수하는데, 마물이나 사람들의 몸에서도 마력을 흡수하게 되어버린 거예요. 그에 따라서 힘을 잃은 마물이 자기보다 약한 마물을 찾기 위해서 위쪽 계층으로 이동하게 되어버린 거예요."

"—그렇게 된 거였구나."

드리아드의 설명을 듣고, 토모야는 드디어 납득했다. 종언수에 들어온 사람들이 지치기 쉬워진 이유, 보통보다도 강한 마물이 위쪽 계층에 나타난 이유— A랭크 마물과 싸우고 있었는데, 그에 걸맞은 실력이 있는 것처럼 느껴지지 않은 이유. 모든 것이 설명된다.

토모야가 했던 추측은 기구하게도 맞아 들었다. 그렇지만 리네가 그 가능성을 부정한 것도 무리가 아니다. 그런 사태가 된 것은 종언수의 폭주가 원인이었으니까. 그것까지 고려해서 판단하라는 것이 억지다.

그러나, 그 설명을 듣고서도 아직 해결되지 않은 문제가 있다.

"여러모로 신기하게 생각했던 일의 이유는 알았어. 하지만 어째서 종언수는 사람을 습격하는 거지? 넝쿨이 공격해온 것도 종언수가 폭주해서 그런 거잖아?"

"그건 분명, 악의가 담긴 마력을 흡수해서, 거기에 새겨진 남을 해친다는 기억에 따라 움직이는 거예요."

"……그랬었구나."

상상도 못할 일이 차례차례 일어날 수 있는 세계다. 이제 와서 이 정도 설명으로 놀랄 생각이 안 들었다. 그것보다도 일단, 사태를 해결하는 게 먼저다.

"그래서, 어떡하면 폭주를 막을 수 있지? 여기를 관리하는 입장이라면 그런 것도 알고 있을 거잖아?"

"알고는 있는 거예요. 하지만 실행하는 게 불가능한 거예요. 문제의 근본을 해결하려면, 새로운 핵을 가져와서 넣어두는 수밖에 없는 거예요."

"예비 같은 건 없어?"

"없는 거예요. 애당초 이 사태가 일어날 거라고 예상했던 시기는 조금 나중이라서, 그때가 되면 노움 님이 새로운 핵을 가져오기로 되어 있었던 거예요."

"······그럼 어쩔 도리가 없네."

노움이란 녀석에게 만약의 경우를 예상해서 대비해두라고 말해주고 싶지만, 여기 없는 사람에 대한 불평을 생각해도 어쩔 수 없다.

뭔가, 뭔가 방법이 없을까—.

"있지, 토모야. 저거랑 똑 같은 거, 또 하나 있으면 돼?"

—필사적으로 해결 수단을 생각하고 있는데, 지금까지 조용했던 루나리아가 문득 그렇게 물었다. 그 파란 눈동자에서 신기하게 확고한 의지가 언뜻 보인 것 같았다.

"그래, 맞아."

고개를 끄덕이자, 루나리아는 함박웃음을 지으며 말했다.

"그렇구나! 그러면 간단하네! 왜냐면 토모야, 요전에 검을 두 개 만들고 그랬잖아!"

검을 두 개 만들었다. 한순간 무슨 말을 하는 건지 몰라 당황했지만, 금방 그 대답에 이르렀다. 루갈에 있을 때 리네와 루나리아 셋이서 여러 가지 스킬을 시험했을 때였다.

다시 말해서, 루나리아가 한 말의 의미는—.

"—창조 말이구나!"

그것을 떠올리고, 토모야는 무심코 큰 소리로 외쳤다. 창조 — 한 번 본 적이 있는 사물을 마력으로 만들어내는 스킬. 그리고 현재, 마침 눈앞에는 종언수의 핵이 있었다. 조건은 모두 모여 있었다.

"잘했어, 루나! 루나 덕분에 어떻게 될지도 몰라!"

"정말? 나, 토모야한테 도움 됐어?"

"엄청 됐어!"

"해냈다!"

만세하며 기뻐하는 루나리아의 머리를, 토모야는 몇 번이고 쓰다듬었다. 루나리아는 살짝 간지러운 기색을 보이면서도, 그 이상으로 기분 좋아서 웃음을 짓고 있었다. 무심코 몇 시간씩 그러고 있고 싶었지만, 유감스럽게도 지금은 그럴 여유가 없었다. 나중에 하자.

"그럼 어서 시도해 보자. 드리아드, 그거 빌려줘."

"알겠어요. 이렇게 되면, 토모야 씨에게 전부 맡기는 거예요."

말하고서, 드리아드는 종언수의 핵을 토모야에게 건넸다.

"토모야 씨가 만들어야 하는 건, 바깥쪽 부분인 거예요. 안쪽의 마력까지 복원시키면 의미가 없으니까요."

"그래, 알았어."

그 지시에 수긍하고, 토모야는 오른손으로 살며시 핵을 만졌다. 눈을 감고, 조용히 완성형을 이미지한다. 그리고 천천히 말했다.

"창조, 발동."

왼손 끝에 마력이 모이고, 뭔가 만들어내는 것을 감각적으로 알 수 있었다. 그 완성형을 확인하기 위해 토모야는 조심조심 눈을 떴다— 그러자 그곳에는 오른손으로 만진 종언수의 핵과 모양은 같지만 색은 투명한 구체가 있었다.

이거면 되겠다고 생각하여 드리아드에게 시선을 보냈다.

"성공인 거예요! 이것이 바로, 마력을 흡수하기 전의 핵인 거예요! 얼른 원래 장소에 돌려두는 거예요!"

말하고서, 그녀는 방의 중심에 있는 수목으로 투명한 핵을 가져갔다. 핵은 그대로 안에 천천히 빨려 들어가서, 이윽고 완전히 모습이 사라졌다.

"됐어요인 거예요! 이걸로, 이제 곧 종언수 안의 마력을 흡수하게 될 거예……요……?"

드리아드가 처음에는 자신만만하게 말을 했는데, 어째선지 중간부터 목소리가 작아졌다. 그것뿐이 아니다. 그녀의 표정이 뭔가 좋지 않은 것을 발견한 것처럼 새파래졌다. 그녀는 천천히 입을 열었다.

"이상한 거예요. 마력이 흡수되지 않는 거예요."

"핵을 만들 때 무슨 실수가 있었나?"

"그게 아닌 거예요! 그게 아니라, 애당초 방금 전까지 종언수 안에 가득했던 악의가 담긴 마력 자체가 사라진 거예요!"

"뭐야?"

종언수 안에서 마력이 사라졌다. 그런 일이 있을 수 있는 건가? 토모야는 고개를 갸웃거렸다.

그리고 대체, 그 사라진 마력은, 어디로 간 것일까—.

그런 토모야의 의문에 답하는 것처럼, 폭발음이 울려 퍼졌다.

"꺅!"

"뭐야?!"

폭발의 진동으로, 토모야 일행이 선 대지가 격렬하게 흔들렸다. 아까 종언수가 크게 흔들리고 루나리아를 끌어들이려고 했을 때의 현상과 대단히 비슷하지만, 그때는 폭발음이 없었다. 따라서 종언수의 폭주하고는 다른 요인일 것이다.

폭발음은 가까운 곳이 아니라, 머나먼 머리 위에서 들렸다. 여기보다도 위쪽 계층이거나, 혹은 종언수 바깥의 지상에서.

뭐가 어찌 됐든 원인을 찾아야 한다. 혹시 폭발과 흔들림을 일으킨 것이 마물이라면 색적 스킬로 발견할 수 있을 것이다. 그렇게 생각한 토모야는 색적을 사용했다— 그리고, 충격을 받은 나머지 눈을 부릅떴다.

방금 전에 색적을 사용했을 때 감지한 종언수 전체에 떠돌던 검은색의 기운, 다시 말해서 악의가 담긴 마력은 이미 전혀 존재하지 않았다. 이것은 드리아드가 했던 말하고도 일치한다. 문제는 그보다도 위, 지상에서 느껴지는 칠흑의 마력이었다. 악의가 담긴 마력이 종언수에서 빠져나가, 그 한 곳에 모인 것이다.

"윽, 리네!"

지상에서 대체 무슨 일이 벌어지고 있는지는 모른다. 다만, 좋지 않은 무언가가 있다는 것은 직감으로 이해했다.

지금 당장 지상으로 돌아가야 한다. 토모야는 그렇게 판단했다. 그리고—.

—리네는 아무 말 없이, 조용히 눈앞에 모이는 칠흑의 안개를 보고 있었다. 어째서 그렇게 판단했는지는 스스로도 모르겠지만, 머릿속에서 한순간이라도 눈을 떼면 안 된다고 경종이 울리고 있었다.

리네 말고도 같은 생각을 한 모험가가 몇 명 있는 모양이다. 그들 또한 칠흑의 안개를 조용히 노려보고 있었다.

리네 일행이 조용히 지켜보는 앞에서, 더욱 변화가 일어났다.

땅에서 갑자기 뻗어 나온 넝쿨이나 뿌리가 칠흑의 안개를 뒤덮어 감쌌나 싶더니, 조금씩 형태가 변했다. 일단 다리가,

그 다음에는 팔이 생겼다. 그에 따라서 단단한 몸통도 갖추고, 마지막으로는 머리까지 출현했다.

모든 변화가 끝났을 때, 그곳에는 그을린 것처럼 검은 피부와 칠흑의 장발을 가지고 몸에는 나무뿌리를 두른 남자 한 명이 있었다. 너무나도 이 자리에 어울리지 않는 존재다.

찌릿. 남자는 날카로운 눈빛으로 리네를 보았다.

"—큭."

그 순간 마치 검으로 심장을 찔린 것 같은 감각에 빠졌다. 그 눈에 담겨 있는 것은 명확한 살의였다. 아니, 오히려 그것 말고 다른 감정이 일절 느껴지지 않았다. 그 남자가 사람이 아니고 「사람의 형태를 한 무언가」라는 것을 리네는 드디어 이해했다.

"네놈은 정체가 뭐지?"

이마에서 식은땀이 흘러 떨어지는 것을 자각하면서, 리네는 남자를 향해 물었다. 사람의 형태를 하고 있다면, 이야기도 가능할 거라고 생각한 것이다.

"……내 정체가 무엇인가, 라고 물었나."

그 예상은 아무래도 옳았는지, 남자가 시선을 내려 스스로의 몸을 둘려보면서 중얼거렸다. 마치 그 자신 또한 대답을 찾고 있는 것처럼.

남자의 대답에 따라 아마도 이 자리는 전장이 된다. 지금 당장 앙리나 다른 일반인을 피난시키고 싶지만, 이 다음에 무슨 일이 일어날지 모르는 이 상황에서는 그럴 수도 없었다.

긴장감 가득한 정적이 주위 일대를 지배한다.

이 자리에 있는 모든 사람의 시선을 한 몸에 받으면서, 남자는 차분한 목소리로 말했다.

"나는, 네놈들이다."

"……뭐라고?"

수수께끼 같은 것일까? 그렇다면 너무나 취향이 안 좋다. 적어도 리네는, 현재 남자가 드러내고 있는 살의와 같은 것을 자신이 가지고 있다고 생각하기 싫었다. 얼굴이나 몸부터 마음에 이르기까지, 일치하는 점은 하나도 없을 것이다.

"아니, 정확하게는 좀 다르군."

그런 리네의 생각을 일축하는 것처럼, 남자는 얼어붙을 것 같은 목소리로 말했다.

"나는, 네놈들의 악의 그 자체다."

그 순간, 마치 남자의 말에 응답하는 것처럼 대지가 맥동하기 시작했다. 대체 무슨 일이 일어나는 걸까? 남자에게 시선을 고정하면서 대비하지만, 다음으로 일어난 현상은 리네의 예상을 웃돌고 있었다.

종언수를 중심으로 반경 수백 미터 범위에, 갑자기 땅에서 나무뿌리와 넝쿨이 나타난 것이다. 그것은 범상치 않은 기세로 하늘을 향해 뻗어나가고, 이윽고 커브를 그리더니 종언수의 수관 위에 모였다.

그것은 피네스 국의 제2구역 전체를 뒤덮을 정도로 거대한 돔을 만들어 냈다. 하늘 높은 곳에서 쏟아져 내려야 할 햇빛이 가로막히고, 순식간에 주위가 어둠에 휩싸였다. 시력이 뛰어난 리네는 그래도 어느 정도는 선명한 시야를 확보할 수 있었지만, 이 자리에 있는 사람들 가운데 그렇지 못한 사람도 많을 것이다.

돔을 만들어내서 사람들의 시야를 빼앗고, 도망칠 곳을 없앴다— 그렇다면 다음으로 남자가 하려는 행동은 쉽게 상상할 수 있다.

"앙리, 물러나 있어! 곧장 전투가 일어난다!"

"앗, 네! 알겠어요!"

리네의 지시에 따라서, 앙리는 얼굴이 파래지면서도 금방 물러났다.

돔이 있는 곳까지 도착하면 어느 정도 안전이 보장될 것이다. 전투의 여파가 닿는 일도 아마 없으리라. 그렇지만 돔 바깥으로 도망치는 게 제일이라는 것은 분명하다. 역시 돔이 생기기 전에 도망치라고 했어야 하지 않을까 반성했다. 그러나, 어쨌든지 앙리가 도망치는 것보다 먼저 돔이 전개 되었을 것이다.

결국 이 상태를 만들어낸 존재를 어떻게 하지 않으면 아무것도 해결되지 않는다. 리네는 그렇게 판단하고, 검의 끝을 남자에게 겨누었다.

"뭘 할 셈으로 이런 걸 만들었지?"

"……뻔하다."

남자는 마치 마음속에서 솟아오르는 충동을 억누르는 것처

럼, 차분하면서도 부자연스럽게 떨리는 목소리로 리네의 물음
에 대답했다.

그리고 이어서 말했다.

"네놈들을 죽이고, 내 살의를 채우기 위해서다."

"——."

그 찰나, 남자의 몸이 시야에서 사라졌다.

반사적으로 몸 앞에 검을 들 수 있었던 것은 기적이라고 할
수밖에 없었다.

그 직후에 리네가 들어 올린 검을 둔기 같은 무언가가 때렸
다. 리네는 자신의 양팔이 저려서 그것을 깨달았다. 마치 인
과가 역전된 것처럼, 그 다음이 되어서야 비로소 눈앞에 나타
난 남자의 모습과 휘두른 주먹을 눈으로 볼 수 있었다.

다시 말해서 이 남자는 리네에게 보이지 않을 정도의 속도
로 접근하여, 그저 주먹으로 리네의 검을 때린 것이다. 거기
서 전달되는 충격만으로도 리네의 양팔이 못 쓰게 될 정도의
위력이다.

"지금 그걸 막았나."

추가 공격을 두려워한 리네 앞에서, 남자는 그 자세 그대로
억양이 없는 목소리로 중얼거렸다.

리네는 곧장 땅을 차고 뒤로 뛰었지만, 따라오는 기색이 없
다. 그 동안에도 리네는 자신의 양팔에 마력을 순환시켜서 억
지로 움직일 수 있게 자극을 해두었다.

'⋯⋯움직임이, 거의 안 보였어.'

동시에 리네는 순수한 두려움을 품었다. 그녀는 지금까지 갖가지 마물과 싸울 기회가 있었지만, 말 그대로 눈에 보이지도 않는 속도로 움직이는 적은 만난 적이 없었다. 그에 더해서, 일격으로 리네의 양팔이 못 쓰게 될 정도의 위력을 가진 공격. 그야말로 눈앞에 있는 남자가 괴물이라는 것을 증명하는 것이나 마찬가지였다.

대체 어떡하면 이 남자를 이길 수 있을까? 그런 의문이 떠오른다.

"그리 두려워 마라. 이미 네놈의 죽음은 확정되어 있다."

리네의 사고를 일축하는 것처럼, 말 같지도 않은 말이 남자에게서 들렸다.

"……날 바보라고 생각하나? 자신의 죽음을 선고했다고 안심하는 사람이 있을 거라고 생각해?"

"두려워하든 저항하든 의미가 없다는 것을 알려준 것뿐이다. 자신에게 쏟아지는 죽음을 인정하지 않으려 하다니. 역시 나는 네놈들을 이해할 수 없군."

리네와 자신 사이에 선을 긋는 말투. 그것을 듣고, 리네는 한 번 더 물어볼 거라면 지금이라고 생각했다.

"그러면, 하다못해 물어보지. 네놈이 우리들을 이해할 수 없다면, 어째서 일부러 그런 모습을 하고 있지? 네놈이 인간이 아니란 것은 이미 알고 있다."

어디까지나 사람의 모습을 하고 있는, 다른 무언가라는 것은 이미 이해하고 있었다. 그 사실을 새삼 남자에게 들이밀자, 그는 눈을 가늘게 뜨고 입을 열었다.

"방금 전에 말했을 거다. 나는 네놈들의 악의 그 자체다."

"그 말의 의미를 알 수가 없다는 거다."

"그렇군. 네놈들이 이해를 하든 말든, 나와는 상관없지만……."

그는 그렇게 말하며 주위를 둘러보았다. 무기를 겨누고 있지만 너무나 레벨이 높은 싸움에 끼어들지 못하는 모험가들이나, 앙리처럼 그저 종언수의 상태를 보러 온 일반인이 있다. 그들을 쭉 바라본 다음 리네에게 시선을 되돌린 남자는, 무슨 생각을 했는지 순순히 말했다.

"본래 나는 종언수에 흘러 들어온 마력으로 만들어진 현상에 지나지 않는다. 본래는 의사조차 가질 리 없는 존재다. 따라서 이름도 없지만……. 그렇군. 굳이 이름을 댄다면 피네스라고 해야겠지."

"……피네스라고?"

피네스, 그것은 이 종언수의 이름이다. 남자는— 피네스는 자신이 그 이름에 걸맞은 존재라고 인식하고 있는 것이다.

그가 이야기하는 말 속에, 그 밖에도 신경 쓰이는 부분이 있었다.

"그리고, 신기한 말을 했었지. 종언수에 흘러드는 마력으로 만들어졌다고?"

"그렇다. 나를 형성하는 수많은 기억 중 하나에 따르면, 보통 세계수가 만들어내는 마력은 한 번이나 두 번 인간이 사용하기만 해서는 힘을 잃지 않는다. 수십 수백 번 반복해서 이용되는 가운데 그제야 마력으로서 역할을 마치고, 이 장소까지 이동한다. 그 마력에는, 과거에 그것을 이용한 사람들의 사념이나 기억이 새겨진다."

"…………."

"지금까지 나눈 문답으로 알 수 있다. 네놈은 이해할 수 없겠지. 마력을 사용할 때마다 담긴 마음의 대부분은, 선의나 정의의 마음 따위가 아니다— 사람, 마물, 환경, 온갖 물건을 파괴하려는 악의라는 것을."

"……그렇군. 그렇게 된 거구나."

거기까지 설명을 듣고, 리네는 드디어 이해했다. 마력은 사람들의 부상을 고치기 위해서나 무언가를 지키기 위해서 사용되는 일도 있지만, 비율을 따져보면 전투에 쓰이는 일이 가장 많다.

필연적으로 사용된 마력에는 악의— 아니, 살의라고 해도 되는 사념이 새겨진다. 리네가 사용한 마력이 종언수로 흘러들었고, 그것을 기반으로 만들어졌으니 피네스는 자신을 리네의 악의 그 자체라고 말했으리라.

그리고 당연히, 그런 피네스의 마음에는 잔인한 살의가 숨어 있었다. 그 살의에 따라서 피네스는 리네를— 아니, 이 자리에 있는 모두를 죽이려 하고 있는 것이다.

무심코, 검의 자루를 쥐고 있는 힘이 강해지는 것을 리네는 자각했다.

피네스가 태어난 과정이나, 그 속에 품고 있는 마음은 이해했다. 그러나, 그렇다고 해서 순순히 살해당해줄 의리는 당연히 없다.

오히려 살의로 가득한 피네스를 아무리 설득해도 물러나주지 않을 거라고 이해했으니, 어떻게 이 위협을 떨쳐낼 것인가를 보다 진지하게 생각할 필요가 있었다.

그렇게 판단하고 필사적으로 머리를 굴리던 리네는 문득 그 위화감을 깨달았다.

"……이건, 뭐지?"

갑자기 공기가 탁해진 것 같았다. 눈을 가늘게 뜨고 주시하자, 아무래도 대기 중에 거의 투명함에 가까운, 희미한 흑색의 연기가 떠돌고 있는 것 같았다. 게다가 그것은 리네 주위뿐 아니라 돔 안 전역에 퍼져 있었다.

대체 어째서 이 타이밍에? 그리고 언제부터?

퍼뜩, 리네는 그 의문의 답을 깨달았다. 그것은 정확히는 연기가 아니라 안개다. 그것도 아주 잠시 전에, 피네스가 만들어지기 직전에 봤던—.

"이미 이 자리에 있는 모든 존재의 좌표는 파악했다."

피네스가 작게 중얼거렸다. 그리고 그 말을 듣고 리네는 드디어 이해했다. 그가 일부러 리네의 문답에 어울려준 것은, 아마도 그 동안 이 칠흑의 안개— 피네스가 자기 몸의 일부인 마력을 돔 안에 퍼뜨리기 위해서였다.

다시 말해서, 이 순간에 피네스의 공격 준비가 끝났다.

"다들, 도망쳐!"

도망칠 곳 따위 이미 어디에도 없다는 걸 알면서도 외치지 않을 수는 없었다. 그런 리네를 비웃는 것처럼, 이어서 피네스의 입에서 목소리가 흘렀다.

"피어라, 춤춰라— 종언소란."

피네스의 발치에서 출현한 수백의 넝쿨과 뿌리가, 방사형으로 뿜어져 나갔다. 그저 아무렇게나 퍼지는 것이 아니다. 맹렬한 기세로 퍼지면서 하나하나가 정확하게 사람들을 공격한다. 어느샌가 확산시킨 마력에 의해 그들의 위치를 정확하게 파악하고 있기에 가능한 공격이다.

리네와 소수의 몇몇 모험가는, 자신의 무기로 덤벼드는 뿌리와 넝쿨을 베어내 간신히 막을 수 있었다.

"이게 뭐야. 안 떨어져……!"

"젠장. 조이는 힘이 점점 강해진다……!"

그러나 이 자리에 있는 대부분의 사람들은 저항할 힘이 없었다. 뿌리나 넝쿨이 그들의 몸에 휘감겨버렸다. 그냥 움직임을 멈추는 게 아니라, 서서히 조이는 힘도 늘어나는 모양이다. 다들 괴로운 나머지 소리를 지르고 있었다.

눈을 돌리고 싶어지는 잔인한 광경 앞에서, 피네스는 「호오」 탄성을 흘렸다.

"그 몸이 완전히 부서지기 직전인데도, 그저 고통을 견디지 못하고 외치기만 하는가? 추악하고 더럽군. 이러한 놈들을 죽여도 내 살의를 채울 수는 없겠지만, 뭐 좋다. 한꺼번에 죽—."

"공참!"

"—음."

내버려두면 돌이킬 수 없는 사태가 일어날 거라고 판단하여, 리네는 공참을 뿌려 원거리에서 피네스를 공격했다. 허공을 달려간 참격은 갑자기 피네스 앞의 땅에서 솟아 오른 넝쿨의 벽에 간단히 막혔다. 무시무시한 방어력이지만, 느긋하게 기다릴 여유는 없다. 그 동안에도 리네는 재빨리 달려 피네스에게 다가갔다.

벽 앞에서 한 번 강하게 땅을 차더니, 그녀 자신의 키보다도 훨씬 높이 뛰어올랐다. 벽 너머에는 멍하니 서 있는 피네스의 모습이 있고, 그 주위에서 사람들을 향해 쏘아내는 뿌리나 넝쿨이 뻗어 있었다.

피네스를 쓰러뜨리는 것보다도 일단 사람들을 구해야 한다고 판단하여, 리네는 힘차게 외쳤다.

"—공간참화!"

"뭣이?"

뮤테이션 스킬 공간참화.

베어낸 공간을 직접 태워버리는 최강의 스킬을 이용해 검을 휘둘렀다.

칼날이 뿌리에 닿은 순간, 그 부분이 힘차게 타오르며 일절 저항도 없이 수십 개의 뿌리를 베어냈다. 그 광경을 본 피네스의 눈에 처음으로 경악이 떠오르고, 그 불꽃에는 닿아선 안 된다고 판단했는지 후방으로 뛰었다.

리네는 피네스를 따라가지 않고 이어서 검을 휘둘렀다. 순식간에 수십 번 검을 휘둘러 수백의 뿌리와 넝쿨을 모두 베자, 그에 따라서 사람들이 뿌리의 사슬에서 해방됐다. 뼈가 부러지거나 호흡 곤란에 빠진 사람도 있는 것 같지만, 그것까지 신경 쓸 수는 없었다.

"먹어라!"

불과 몇 미터 떨어진 위치에 유유히 서 있는 피네스를 향해서, 리네가 뛰어들더니 그대로 불꽃을 두른 검을 휘둘렀다. 아무래도 그 일격으로 일도양단하지는 못하고, 후방으로 뛴 피네스의 팔 끄트머리에 스치기만 했다.

그래도 칼끝이 닿은 부분을 베는 것에는 성공하여, 공간참화라면 적에게 대미지를 줄 수 있다는 건 알았다. 아마도 방금 전에 공참을 막은 벽이 막아서더라도, 이 공격이라면 통할 것이다.

그런 기대와 함께 이번에야말로 피네스에게 육박하여, 검을 휘두르는 도중에.

피네스의 칠흑 같은 두 눈이 가만히 리네의 눈동자를 꿰뚫어보았다.

"―큭!"

그리고.

"이거 놀랍군. 언제부터 네놈은, 날 이길 수 있다는 환상을 품었지?"

그 목소리는, 어째선지 뒤에서 들렸다.

"무슨―."

"느리군."

돌아보는 것보다 빨리, 리네의 옆구리에 뭔가 파고들었다. 그것이 피네스의 주먹이라는 걸 이해했을 때 갈비뼈가 몇 개 부서지고, 리네의 가벼운 몸은 세차게 날아가 버렸다.

"아직이다."

"큭?!"

공격은 그걸로 끝나지 않았다. 어느 정도 속도로 이동했는지, 리네가 날아간 방향에 먼저 간 피네스는 공기를 가르는 소리와 함께 오른발을 차올렸다.

"카악⋯⋯."

정면에서 발등이 배에 파고들어, 그대로 리네의 몸을 상공으로 날려버린다. 내장이 몇 갠가 파열되어도 이상하지 않은 충격 탓에, 리네는 제대로 상황을 파악할 수 없었다. 그래서 다음으로 피네스가 뿜어낸 일격을 깨달은 것은 리네의 몸이 땅에 부딪힌 다음이었다. 뒤통수가 쾅쾅 울리며 아프다. 분명 그곳을 맞아 땅에 처박혔으리라.

호흡을 할 수가 없다. 피네스에게 맞았을 때인지 땅에 부딪혔을 때인지 생긴 상처 탓에 옆구리에서 피가 흐른다. 체온이 내려간다. 리네는 간신히 자신의 상태를 파악하는 것이 고작이었다.

"벌써 움직일 수 없나. 생각보다 빨랐군. 그리고, 꼴사납다."

땅을 기고 있는 리네는 머리 위에서 목소리를 듣고, 어떻게든 힘을 쥐어짜 고개를 들었다. 그곳에 깔보는 것처럼 서 있는 피네스의 모습이 있었다.

그것뿐이 아니다. 그와 리네의 주위 지면에서 조금 전에 본 것처럼 뿌리나 넝쿨이 뻗어나갔다. 그것들은 방금 전처럼 돔 안에 있는 사람들을 붙잡았다. 단지 한 가지 다른 점은, 이번 에는 그 구속에서 벗어난 존재가 한 명도 없다는 것이다. 이 렇게 된 지금, 이 상황에서 리네를 구하러 올 수 있는 존재도 없다. 그러긴커녕 그들의 목숨부터가 위태롭다.

"염려하지 마라. 놈들을 죽이는 건 네놈 다음이라고 정했 다. 자신의 죽음에만 직면해라."

그런 리네의 마음을 읽은 것처럼, 피네스가 말했다.

"방금 전까지의 위세가 거짓말 같군."

이어서 차가운 말이 내려왔다.

"네놈이 쓴 불꽃의 검격. 그래, 그것은 분명 내 몸을 베어내 기 충분한 위력이었다는 것을 인정하지. 수많은 내 기억 속에 서도, 그 정도의 위력을 가진 공격은 그다지 존재하지 않았 다. 그러나 그뿐이다. 사용자인 네놈 자신에게, 그것을 다룰 만한 힘도 속도도 의사도 없다. 따라서 짐작이 된다. 지금 그 건 네놈이 스스로 연마한 힘이 아니라, 어차피 신에게서 얻은 스킬에 지나지 않는 거겠지. 그 힘을 과신한 시점에서 네놈의 패배는 정해져 있었다."

"—큭!"

맞는 말이었다. 아주 조금이라지만 공간참화가 피네스에게 상처를 내자, 그 힘에 의지하면 어떻게든 될 거라고 생각했다.

그 탓에 시야가 좁아져서 무아지경으로 추가 공격을 했다. 이제서야 깨달았다. 피네스가 처음 일격을 받은 것은, 그것이 어느 정도 위력을 가졌는지 파악하기 위해서였다.

돌이켜보면 첫 공방에서, 피네스는 리네의 눈에 보이지도 않을 정도의 속도로 접근하여 공격을 했다. 그 시점에서 피네스가 리네보다 훨씬 빨리 움직일 수 있으며, 말도 안 되는 파괴력을 가진 것을 이해하고 있었을 거다.

그것을 고려하고서 책략을 강구하여 싸우는 것. 그것이 최선의 길이었을 것이다. 이렇게 간단히 당해 버린 것은, 그런 생각을 하지 못한 리네의 사려가 얕았기 때문이다.

그렇지만.

그렇지만―.

"장난, 하나."

"……뭐라고?"

피를 토하면서, 그래도 사지에 힘을 넣고 리네는 천천히 일어섰다.

이미 일어설 수 있을 리 없을 정도로 너덜너덜한 몸이 움직이는 것을 보고, 피네스는 눈썹을 찌푸렸다. 리네는 당장이라도 무너질 것 같은 몸을 지탱하면서 검의 자루를 쥐었다.

"분명히 나는, 잘못 선택했다……. 더 좋은 수단도 있었겠지. 그것은 네놈의 말을 인정할 수밖에 없어…… 그러나."

떨리는 손으로 검을 정자세로 겨누고, 고했다.

"「이 힘」은 그저 받은 것이 아냐. 내가 이 손으로 붙잡은 거다. 그것만큼은, 네놈이 부정할 수는 없어!"

폐에서 공기를 모두 뱉어내는 것처럼 외치고, 그리고 불꽃을 두른 검을 휘두르기 시작했다.

방금 전까지의 리네와 비교해서, 아니 오히려 초보자 검사와 비교해도 느린 참격을, 피네스는 눈을 가늘게 뜨면서 지루한 듯 피했다.

"소용없다. 그걸 이해해라. 나를 속이기 위해 일부러 느리게 검을 휘두르는 것은 아니겠지. 네놈의 몸에는 이미 끝이 다가오고 있다. 깔끔하게 포기해라."

리네 자신이 인정하는 것을 기다리지 않고 얼른 마무리를 지으면 될 것을, 피네스는 귀찮은 것처럼 그렇게 말했다. 살의 그 자체인 존재라고 자칭했지만, 그의 안에도 누군가를 해치는데 신념 같은 것이 있는 걸지도 모른다. 물론 그것은, 지금의 리네에게 피네스를 쓰러뜨릴 힘이 없다고 판단했기에 관철할 수 있는 것이지만.

그 정도로 리네의 움직임은 둔하고, 약했다.

바람이 불면 간단히 쓰러질 것처럼.

가볍게 누르면 몸이 뚝 부러질 것처럼.

한 마디 악의 있는 말을 던지면, 그 자리에서 무릎을 꿇을 것처럼.

—그런 식으로, 보이면 좋을 텐데.

'아직, 끝낼 수는 없어―.'

땅바닥을 보는 리네의 눈동자에는 분명한 빛이 있었다.

몸이 생각대로 움직이지 않는 것은 사실이지만, 책략이 없는 건 아니다.

기백만으로 아무렇게나 검을 휘두르는 것처럼 보이지만, 리네는 어떤 목적을 위해 그러고 있었다. 그 목적이란 여유를 가지고 검을 피하는 피네스를 어떤 지점에 유도하는 것이다.

그 지점은 피네스가 처음 사람들을 붙잡은 뿌리를 뿌린 장소.

다시 말해서, 그 뿌리를 베기 위해 리네가 수십 번 검을 휘두른 장소.

「공간참화의 진가」를 발휘하기에 걸맞은 장소.

그리고 검을 계속 휘두르기를 약 1분, 드디어 피네스를 그 지점까지 유도하는데 성공했다.

그와 동시에 리네의 손에서 툭 검이 미끄러져 떨어졌다.

"……이번에야말로 끝이다."

공격할 수단을 잃고, 그저 서 있는 것도 여의치 않은 리네를 피네스는 발바닥으로 밀어내듯 차버렸다. 그저 그것만으로도 리네의 몸은 10미터 이상 날아갔다.

―그렇지만.

"호오, 견뎌냈나."

간신히 두 다리로 착지한 리네를 보고, 피네스는 놀라서 말했다.

"그러나 그것도 무의미하다. 네놈에게 승산 따위 남지 않은 것을 가르쳐 주마."

그렇게 고한 다음 피네스가 시선을 돌린 곳에는, 지금까지 계속 리네와 함께 싸워온 붉은색의 검신이 특징적인 검이 있었다. 방금 손에서 미끄러져 떨어진 것이다. 피네스는 오른발을 들더니, 그대로 내려서—.

그 검을, 두 동강으로 부숴버렸다.

"이걸로 이제 불꽃의 참격을 뿜어낼 수는 없다. 네놈의 패배다."

리네의 패배를 선언하는 그 말을 듣고.

"—아니, 아직이다."

리네는 작게 웃었다.

빛을 띤 비취색 눈동자로 피네스를 노려본다.

놈을 쓰러뜨리기 위해서. 그걸 위한 마지막 책략은 아직 남아 있었다.

'공간참화의 본질. 그것을 이 남자는 이해 못했어.'

베어낸 공간을 직접 태운다. 그것이 공간참화의 능력이다. 그러나, 이것은 결코 베어내는 것과 태우는 것을 동시에 하는 게 아니다.

베어냈다는 말이 가리키는 것은 과거, 다시 말해서 리네는 현재가 아니라 과거에 베어낸 공간을 선택해서 태우는 것이다. 보통은 베어내고 태울 때까지 시간의 오차를 극한까지 줄이고 있기 때문에, 주위에서는 마치 검 자체가 불꽃을 두른 것처럼 보일 것이다.

공간참화의 본질, 그것은 현재 리네에게 닿지 않는 범위에도 공격이 닿는 것이다. 더욱이 덧붙이자면, 공간참화를 발동할 수 있는 기간은 베어내고서 몇 초 뒤나 몇 분 정도가 아니다— 영원히다.

'공간참화, 제2의 검—.'

방금 전에 리네가 수십의 검격을 뿌린 지점과 피네스의 위치가 겹치고 있었다. 조건은 모두 모였다. 지금 이 손에 검을 쥐고 있지 않아도, 리네는 공격 수단을 가지고 있었다. 피네스를 쓰러뜨릴 수 있다.

그리고, 리네의 목소리가 늠름하게 울렸다.

"—영구잔화(永久殘火)."

"큭, 설마—."

피네스는 드디어 이변을 깨달은 모양이지만, 이미 늦었다.

도망칠 틈도 없이, 화염의 검섬(劍閃)이 수십 개 흐드러진다. 피네스를 둘러싸듯 뿜어져 나온 검섬은 모든 방향에서 종횡무진으로 그의 몸을 베어내고 순식간에 사지를 불태웠다. 그리고—.

그 중에서 한 줄기 빛이, 드디어 피네스의 목을 베어냈다.

"—네, 놈."

공중에 떠오른 머리만 남은 상태가 된 피네스는, 경악한 것처럼 눈을 부릅뜨면서 리네를 보았다— 그러나, 그것도 한순간이다.

이윽고 화염 속에 떨어진 그의 머리는, 이미 그곳에 있던

몸통과 함께 불타올랐다.

"……이긴, 건가."

소멸하는 피네스의 몸, 그리고 뿌리나 넝쿨의 구속에서 해방된 사람들을 보면서 리네는 작게 중얼거렸다.

아슬아슬한 싸움. 그렇게 표현하는 것도 미지근하다. 본래 리네와 피네스의 전투력은 크게 떨어져 있다. 쓰러뜨릴 수 있을 리 없는 적이다. 그것을 리네는 자신만이 가진 뮤테이션 스킬의 능력을 한계까지 이용해서, 기습처럼 쓰러뜨릴 수 있었다.

여러모로 반성할 점이 있다. 그러나 지금 이 순간만큼은, 하다못해 기쁨을 누리자.

그렇게 생각해서.

눈앞으로 다가온 죽음에, 반응조차 못했다.

"—어?"

뿌리와 넝쿨이 엉키면서 만들어진 거대한 망치가 갑자기 시야를 뒤덮었다. 막을 수단 따위 생각할 틈도 없이, 리네는 그저 무방비하게 그 공격을 받았다.

그 망치는 리네의 몸과 함께 대지를 때렸다. 귀를 찢는 듯한 폭발음과 함께 거대한 크레이터를 만들고, 그 충격으로 격렬한 진동이 흘렀다. 공격을 마치자, 망치는 역할을 마쳤다는 듯 녹아드는 것처럼 땅으로 사라졌다.

크레이터 한가운데, 리네는 쓰러져 있었다. 온몸의 뼈가 부서지고, 내장은 파열되고, 입에서 피가 뿜어져 나왔다. 이미 꼼짝도 못할 정도로, 절망적인 상황이었다.

"리네 씨!"

멀리서 리네를 염려하는 목소리가 들렸다. 이것은 분명히 앙리의 목소리가 아니었던가? 몽롱한 머리로도 그녀의 목숨이 무사해서 다행이라고 생각했다.

그렇지만 대체 무슨 일이 일어났는지, 그것을 파악하지 못하고는 눈을 감을 수 없었다.

그래서 리네는 땅바닥에 볼을 비비며 고개를 들어 「그것」을 보았다.

"……저, 건."

리네는 영구잔화를 사용한 장소에 떠오른 칠흑의 안개를 보았다. 그러나 그것도 불과 한순간의 일이었다. 마치 대지에서 소재를 공급받는 것처럼 몸이 복원된다. 불과 몇 초 뒤, 그곳에는 놀랍게도 피네스의 모습이 있었다. 그 몸에는 상처 하나 없었다.

"설마, 네놈이 내 몸을 멸할 수 있을 줄이야."

절망하는 리네에게 들려주듯, 피네스는 찬사처럼 말했다.

그리고 그 어조는 한순간에 바뀌었다.

"그러나, 그뿐이다. 처음 네놈에게 가르쳐준 것처럼, 내 본체는 이 악의가 가득한 마력에 지나지 않는다. 이 몸은 그저 종언수를 그릇 삼아 만들어낸 것에 지나지 않는다."

"······."

"네놈의 공격은 분명히 내 몸을 멸해낼 수 있었다ㅡ. 그러나, 결국 그 정도로 이 악의를 소멸시키는 것은 불가능했다는 것이다."

"······그렇, 군."

ㅡ참으로 가여운 결말이라고, 리네는 생각했다.

이번에는 책략이든 뭐든, 그런 차원의 이야기가 아니다. 리네가 가진 최대화력의 일격을 성공시켰는데도 쓰러뜨릴 수 없었다. 어떤 책략을 짜서 싸워도 결과는 같았을 것이다.

완전히 패배한 것이다. 리네는 지금 처음으로, 그 사실을 가슴에 품었다.

"그러나, 인정하지. 네놈은 다른 자와 달리 내가 죽이기에 걸맞은, 이 살의를 다소나마 채우는 존재였다. 따라서, 절망해라."

그런 리네의 표정을 보고, 만족한 것처럼 피네스가 말했다. 그제서야 드디어 리네도 이해할 수 있었다. 피네스는 죽이는 상대의 희망을 모두 꺾어버리고, 절망시킨 다음에 죽이는 것을 신념으로 삼은 것이다. 그렇기에, 마지막까지 포기하지 않았던 방금 전의 리네를 죽이려 하지 않았으리라.

그리고 지금, 이미 모든 것을 포기해 버린 리네를 보고 피네스는 결의했다.

"끝을 내주마."

피네스가 한 손을 들자, 땅에서 뻗은 뿌리와 넝쿨이 모여 하나의 거대한 창으로 형태를 바꾸었다. 저것을 어떻게 할지는 상상할 것도 없었다.

"죽어라."

그리고, 창을 리네를 향해 휘둘렀다.

다가오는 죽음. 그것을 앞두고 리네가 마지막으로 떠올린 것은 함께 여행을 하는 두 사람의 모습이었다. 계속 혼자 여행을 해온 그녀에게, 그들과 함께 지낸 시간은 대단히 매력적이고 즐거운 것이었다. 바라건대 한 번만 더, 그 두 사람을 보고 싶었다.

그렇게 바라며, 리네는 다가오는 죽음에서 도망치듯 꼬옥 눈을 감고—

뭔가 부서지는 소리가 났다.

·····················.

················.

······.

'······?'

뭔가 이상하다. 위화감이 있었다.

소리가 울려 퍼지기만 하고, 아무리 시간이 지나도 충격이 찾아오지 않는다. 본래 이미 자신은 죽어 있어야 하는데.

"······네놈은."

의문을 품은 리네의 귀에, 피네스의 목소리가 들렸다. 그 말이 대체 누구를 향한 것인지는 모르지만, 어쩐지 분노 같은 감정이 포함된 것 같았다.

대체 어떻게 된 걸까? 리네는 의문을 품으면서 천천히 눈을 떴다.

"미안, 기다렸지."

그 목소리를 듣고, 그 등을 보았다.

만난 지 아직 얼마 안 됐지만, 이미 익숙해진 목소리와 익숙해진 등.

그것은, 지금 막 리네가 생각했던 토모야의 뒷모습이었다.

"……토모, 야."

부서진 몸으로 쥐어짜내듯 그 이름을 부르자, 그는 돌아보며 한쪽 무릎을 짚고 고개를 끄덕였다.

"그래, 맞아. 늦었지만 구하러 왔어."

말하면서 토모야가 리네에게 한 손을 들자, 거기서 나타난 따스한 하얀색 빛이 리네의 몸을 감싸고 내부에서부터 치유해간다. 치유 마법이다. 보통은 고치는 것이 불가능할 것 같은 리네의 상처가 순식간에 나았다.

"이제 괜찮을 거라고 생각하는데, 일단 아직 쉬고 있어. 「저것」의 상대는 내가 할게."

"……그래, 맡길게."

순순히 대답하자, 토모야는 씨익 웃고 몸을 돌렸다. 그대로 걸어가 크레이터 밖으로 나오자, 모험가, 일반인, 그리고 적인 피네스마저도 예외 없이, 대체 토모야의 정체가 뭔가 하는 시선을 보냈다. 그러나 사람들이 지켜보는 가운데 토모야는 당황하지 않았다.

그저 조용히, 눈앞에 있는 피네스를 보았다.

"네가 적이구나."

마치 감정을 억지로 억누른 것처럼 억양이 없는 목소리였다.

그런 토모야를 보며 피네스는 눈썹을 찌푸렸다.

"……네놈, 무엇을 했지? 일개 인간 따위가 막을 수 있는 공격이 아니었을 텐데."

"방금 그 이상한 창? 딱히 대단한 것도 아냐. 그냥 이렇게 손을 들었을 뿐이지."

토모야는 손바닥을 피네스에게 내미는 형태로 팔을 가슴 앞에 들면서 설명했다. 그의 말도 안 되는 방어 스테이터스라면 분명히 그것만으로도 막을 수 있으리라. 그러나 그것을 모르는 피네스는 거짓을 규탄하는 표정으로 토모야에게 시선을 보냈다.

"헛소리. 그러나, 아무래도 좋다. 어쨌든지 그 여자와 마찬가지로, 네놈도 죽게 되는 것은 변함이 없다!"

땅을 꾸욱 짓밟고, 피네스는 그 자리에서 「사라졌다」.

리네는 눈으로 보는 것조차 불가능했던 초음속의 이동. 아무리 토모야라도, 처음 봐서는 이 움직임을 좇는 것은 어려울 것이다—.

"아니, 죽는 건 너겠지."

"—큭?!"

—그렇게 생각했을 때 이미 결판이 나 있었다.

토모야가 선 장소에서 뭔가가 고속으로 부딪히며 선풍이 불었나 싶더니, 피네스의 몸은 토모야 앞의 땅바닥에 묻혀 있었다.

그 위에는 토모야의 주먹이 있었다.

별 거 아니다. 리네는 볼 수도 없었던 속도의 공격을 토모야는 완전히 간파하고서, 주먹을 휘둘러 반격까지 한 것이다.

"이봐."

땅에 파묻힌 피네스의 머리를 신발로 짓밟더니, 그대로 토모야는 얼어붙을 것 같은 목소리로 고했다.

"리네를 죽이려고 했잖아. 너도 죽을 각오는 되어 있겠지?"

싸늘한 눈빛이었다.

―피네스의 자아가 형성될 때까지는, 기나긴 세월이 필요했다.

본래 악의에 물든 마력은 종언수의 핵에 흡수되는 법이다. 그러나 소량이지만 거기서 벗어나 종언수에 만연하게 된 마력이 존재하는 것도 사실이었다.

그 마력에는 악의와 함께, 세계수가 만들어내고 종언수에 이르기까지의 기억이 담겨 있었다. 다시 말해서, 그 마력을 사용한 사람들과 마물의 기억이다.

자신의 영토를 손에 넣고 싶어서, 거기에 사는 죄 없는 사람들을 죽인다.

같은 종족인 사람들을 구하기 위해서, 다른 종족의 사람을 죽인다.

살아남기 위해서, 자기가 먹을 사냥감을 죽인다.

그런 기억이 헤아릴 수 없을 정도로 존재하며, 피네스에게 고하고 있었다.

인간이란 이런 존재라고. 그들이 그것들을 행동으로 옮길 때 자각하게 되는 악의— 살의에서 눈길을 돌리고, 가치가 있는 것처럼 행동한다는 것을.

그렇다고 해도 어쩔 수 없다.

피네스는 그 기억에 대해 뭔가 감상을 품고, 생각한다는 힘을 가지지 못했다.

그러나 그런 나날이 지나는 가운데, 그 일이 일어났다.

종언수의 핵이 한계를 맞이해, 마력을 흡수하지 못하게 됐다. 그에 따라서, 한층 강한 악의를 가진 마력이 피네스의 곁으로 모였다.

지금까지 자신이 가지고 있던 기억이 갑자기 의미를 이루기 시작했다.

기억 속에만 있었을 인간에게, 처음으로 증오를 품었다.

'나를 구성하는 근원인 살의, 그것은 동시에 모든 인간이 가지고 있는 것이기도 하다.'

그럼에도, 그들은 그 사실에서 눈을 돌리고 있었다.

'—장난하는가.'

그것은 피네스에게는 납득할 수 없는 일이었다. 그에게 터무니없는 살의를 준 존재가, 어째서 그런 식으로 유유히 살아

갈 수 있는가? 웃기지 마라.

'내가, 네놈들을 죽여주마.'

인간들에게 너희들이 잔혹한 존재라는 것을 전하기 위해서.

너희들이 다른 사람에게 내린 죽음은 바로 옆에 있다는 것을 전하기 위해서.

그리고 무엇보다, 피네스의 내면에서 끝 없이 솟아오르는 살의를 채우기 위해서.

그리고 드디어, 피네스는 종언수의 일부를 그릇 삼아 형태를 얻었다.

이 세상에 저항할 수 있는 자 따위 없을 정도로 최강의 몸이다.

드디어 그 살의를 뿌릴 수 있다고, 그렇게 생각했다.

그런데―.

'―어째서 내가, 땅을 기어야 하는가!'

위에서 걸리는 압력으로 자신의 안면이 땅에 눌리는 상황에서, 피네스는 분노를 담아 마음속으로 외쳤다.

이 몸을 얻어서, 운이 좋게도 죽이는데 걸맞은 존재를 한 사람 발견하고, 이제부터 피네스의 살의를 채우기 위한 시간이 시작되려고 했다.

그랬을 텐데―.

"야, 듣고 있냐?"

머리 위에서 내려오는 「그 남자」의 목소리를 듣고 분노가 정점에 달했다.

"네놈—."

이대로 굴욕적인 자세로 있는 것이 용납될 리 없다. 피네스는 양손을 땅에 대고서, 증오를 품으면서 반격을 시도했다.

피네스는 오랫동안 종언수에 가득한 마력으로 존재했으며, 종언수의 성질을 완전히 파악하고 있었다. 자신의 마력으로 어느 정도 조작하는 것도 가능하다. 그것을 모르는 적에게 반드시 통하는 공격이 있다.

땅 속에 마력을 전도시켜서, 그곳에 있는 종언수의 뿌리나 넝쿨의 존재를 느낀다. 그렇게 되면 다음은 간단하다.

'종언소란!'

마음속으로 외친 순간, 땅에서 끝이 창처럼 뾰족한 수십의 뿌리와 넝쿨이 튀어 나와 남자를 공격한다. 금속 따위와 비교가 안 되는 강도를 가진 종언수의 창이라면, 어떤 자든 꿰어버리는 게 가능하다.

"소용없어."

그렇게 생각했기에, 모든 창이 남자에게 부딪힌 순간에 터지며 날아가 버리는 광경이 현실이라는 것을 즉시 이해할 수 없었다.

"……무슨."

너무나 충격적이라, 머리를 누르는 남자의 발이 사라진 것을 깨닫는 것이 늦었다.

"다음은 내 차례지? 먹어라."

안면에 남자의 발끝이 파고들고, 그대로 피네스의 몸을 포탄 같은 기세로 날려버렸다. 속도가 줄어들지 않은 채 등으로 돔에 부딪혀서, 피네스의 몸 내부에서 으직으직 불길한 소리가 울렸다. 일부러 사람이 없는 방향으로 걷어찼는지, 중간에 뭔가에 부딪히는 일은 없었다.

비틀거리는 다리로 어떻게든 땅에 착지했다.

피네스의 몸은 그저 그릇이기 때문에 고통을 느끼지 않는다. 그는 몸의 파손 부분을 수복하면서, 추가 공격을 하지 않고 유유히 이쪽으로 걸어오는 남자를 보았다.

'대체 뭐냐, 이 남자는!'

피네스가 붉은 머리칼의 여자를 죽이려고 했던 순간에 나타난 그 남자— 분명히 여자가 토모야라는 이름으로 불렀던가? 토모야는 그 짧은 공방으로, 자신이 피네스보다 훨씬 강력한 존재라는 것을 증명하고 있었다. 리네를 죽이기 위해 뿜어낸 거대한 창이나, 방금 전의 종언소란을 완전히 막아내고, 이렇게 피네스에게 대미지를 주고 있었다.

더욱이 주목해야 할 점은, 그 과정에서 뭔가 특별한 스킬을 사용하는 것처럼 보이지 않았다는 점이다. 방금 전의 여자와 싸울 때는 어느 정도 봐주고 있었지만, 본래 피네스의 신체 능력과 마력 적성은 스테이터스로 고치면 올 1천만에 이를 것이다. —이 대륙 모든 존재가 한꺼번에 덤벼도 이길 수 없을 정도의 압도적인 실력이다.

그런 피네스에게 대미지를 주려면, 상식을 뒤엎는 스킬의 행사가 필요해진다. 지금 생각하면, 피네스를 멸하기에 걸맞은 불꽃을 뿜어낸 그 여자의 참격은 그냥 스킬이 아니라 뮤테이션 스킬이었으리라.

그러나 이 남자, 토모야는 그러한 것을 사용하는 기색이 없다. 그저 막고, 그저 때리는 수단으로 피네스를 압도한 것이다.

대체 어느 정도의 스테이터스를 가지면 그런 것이 가능해지는 것일까? 피네스가 보유한 수많은 기억 속에도 그런 스테이터스를 가진 자는 없고, 상상도 할 수 없었다.

"야."

그 사실에 경악하는 피네스 앞에서, 토모야는 맥 빠진 것처럼 말했다.

"너 이 정도밖에 안 되냐?"

"──."

그 말을 듣고, 피네스 안에서 속박이 풀렸다.

"……재미있군."

그렇게까지 말한다면, 보여주마.

피네스가 아직 힘의 일부밖에 보이지 않은 것을, 이 남자는 이해하지 못한 것이다.

"네놈만큼은, 이 손으로 죽인다─. 종언소란!"

또 다시 땅에서 수십의 창을 출현시키고, 그것을 그대로 토모야에게 방사했다.

안면, 몸통, 사지, 모든 것을 꿰뚫을 것처럼 다가오는 창을 보고, 토모야는 살짝 눈썹을 올렸다.

"그게 안 통하는 건 방금 알았잖아."

여유로운 표정을 짓는 토모야. 그러나, 그에게 직격하기 전에 몇 개가 방향을 바꾸었다.

"음—."

그 창들은 토모야를 직접 찌르는 게 아니라, 두 팔과 다리를 묶는 것처럼 휘감겼다. 이것은 토모야에게 대미지를 주는 것이 아니라, 움직임을 멈추기 위한 수단이었다.

남은 창은 차례차례 토모야에게 부딪히고 터져 날아갔지만, 그것도 예상했다. 그가 그쪽에 의식을 기울이는 사이에, 피네스는 초음속으로 다가왔다.

종언수의 뿌리를 구사하는 공격은 막아냈다. 그러나, 아직 피네스가 직접 타격을 주지 않았다. 그렇잖아도 단단한 몸의 강도를 더욱 올리듯, 주먹에 뿌리를 둘렀다.

땅을 짓밟고 모은 힘을, 다리, 허리, 어깨, 팔로 전달시켰다. 이윽고 마지막에는 뿌리를 두른 거대한 암석으로 변한 주먹으로 집중시킨다.

"종언폭파."

멍하니 서 있는 토모야를 향해서, 있는 힘껏 휘둘러서—.

"스테이터스 1억."

—모두 사라져 버렸다.

일격으로 대륙에 금이 갈 정도의 공격에, 토모야는 대륙을 두 동강으로 깨부수는 위력의 주먹으로 대응했다. 순식간에 피네스의 주먹이 사라지고, 그 구타의 여파에 피네스의 몸까지도 말려들었다.

너무나도 잔학한 구타를 받고서, 고통을 느낄 리 없는 피네스에게 의사적인 통각이 떠올랐다. 수많은 기억이 고하는 것이다. 이 일격은 피네스를 뿌리부터 소멸시키는 힘을 가지고 있다.

'크아아아아아아!'

이미 안면이 날아가서, 외치는 것도 마음속으로밖에 못한다.

정신이 나갈 것 같은 고통 속에서, 남아 있는 다리로 후방을 향해 반사적으로 뛴 것은 대단한 판단이었다. 고통을 느끼지 않는다고 그대로 계속 공격하는 것을 고집했다면, 거기서 모든 것이 끝났을 것이다.

수십 미터 후방에 착지했을 때, 피네스에게 남은 부위는 허리 아래뿐이었다. 그보다 위는 토모야의 구타로 완전히 사라졌다.

몇 번째인지는 모르겠지만, 땅에서 튀어나온 뿌리의 공급을 받아 그것을 조작하여 본래 형태를 되찾았다.

그 광경을 보고서도, 토모야는 의연하게 그 자리에 서 있었다.

마치 몇 번을 부활하든 전혀 문제없다고 말하는 것처럼.

"네놈은, 나를 얕보고 있는 건가?"

"그렇지는 않아. 어떡하면 죽는 건지 관찰하고 있을 뿐이다. 하지만, 이제 알았어. 다음으로 끝낸다."

피네스의 몸이 복원되는 모습을 보고, 몸에 더해서 마력까지 소멸시키면 된다는 것을 깨달았으리라. 토모야가 중얼거린 다음, 작게 자세를 취했다.

'……정신이 나갔군. 이런 일이 있어도 되는 건가?'

그 토모야의 모습— 초보자 티가 확 나는 모습을 보고, 피네스는 독설을 뱉었다. 수천, 수만의 시간을 거쳐 드디어 형태를 얻은 자신이 목숨을 건 전투 따위를 한 적도 없을 이런 애송이에게 압도당하다니, 정말 제정신으로 믿을 수 있는 일이 아니다. 이것도 모두 신이 내린 스테이터스 탓인가?

이 남자만큼은, 죽여야 한다.

이런 존재가, 자신이 가진 힘의 의미를 모른 채 잘못된 정의감에 따라 다른 사람을 해치는 것이다. 그러나 지금의 자신은 그 바람을 이룰 수 없다.

"……어쩔 수 없지. 지금 나에게 네놈을 죽음으로 이끄는 것은 불가능한 것 같다."

"……? 포기하고 항복할 건가?"

"바보 같은 소리."

피네스가 중얼거린 말의 의미를 잘못 이해한 토모야가 엉뚱한 물음을 던졌다. 그럴 리 없다. 피네스의 존재의의는 이 살의를 채우는 것뿐이니까.

"네놈은 죽인다. 그걸 위해 수단을 가리지 않는다. 그저 그것뿐이야."

말하고서, 마지막이 될 종언소란을 발동했다.

"——."

토모야는 땅에서 출현한 수십의 창에 대비했다.

그러나 그 동작에 의미는 없었다.

그 수십의 창은, 누구도 막지 못하고 「그것」을 꿰뚫었다.

◇◆◇

"……다이나믹 자살이냐?"

—눈앞에 펼쳐진 광경을 보고, 토모야가 작게 말을 흘렸다.

토모야를 향해 쏘아낼 거라고 생각한 수십의 창이 놀랍게도 눈앞에 있는 남자를 꿰뚫었다.

몸이 조금씩 붕괴한다. 남자의 형태를 만들고 있던 것은 아무래도 공격수단으로 쓰고 있던 뿌리나 넝쿨이었는지, 그것들은 땅 속으로 녹는 것처럼 사라졌다.

그 자리에 남은 것은 칠흑의 안개뿐. 그것이 남자의 본체였으며, 토모야가 종언수의 최하층에서 색적으로 느낀 마력 자체였다. 어째서 일부러 이 상태로 돌아간 건지는 모르지만, 문제를 해결하려면 이 마력을 소멸시킬 필요가 있다.

그러나, 그렇게 생각하는 토모야 앞에 떠오른 마력이 갑자기 움직이기 시작했다.

마력은 이 돔의 중심에 있는 종언수의 수관까지 이동했다. 그리고 그대로 흡수됐다.

"무슨 일이 일어난 거지?"

그 의문에 대한 대답은, 금방 들렸다.

『대답해주마.』

"——."

그냥 목소리가 아닌, 마치 잔향 같은 목소리가 들렸다. 그 목소리는 눈앞에 있는 높이 100미터의 거대한 줄기와 수관에서 들렸다.

『방금 전까지의 나는 종언수의 일부를 그릇 삼은 것에 지나지 않았다. 그러나, 그래서는 네놈을 당해낼 수 없다. ——따라서, 이 수단을 취했다. 그저 그릇이 아니라, 나 자체가 종언수와 동화되어 네놈을 죽인다!』

"……그런 거였군."

그 목소리를 듣고, 동시에 감정의 스킬을 사용하여 토모야도 이해했다.

【피네스】—— 랭크 측정 불능.

종언수와 같은 피네스라는 이름, 그리고 랭크 측정 불능이라는 문자로 알 수 있다. 그는 방금 전하고는 비교가 안 될 정도의 강력한 존재로 변했다.

『현시점에서 내가 조종하는 것은 불과 일부, 지상에서 모습을 드러낸 부분뿐이다. 더욱이 이 수단을 쓰면 내 마력도 대량으로 소비된다……. 그러나 상관없다! 네놈을 죽이는 것만이, 지금 내가 바라는 전부다!』

피네스의 외침에 응답하는 것처럼, 줄기와 수관이 맥동하기 시작했다. 그 다음 순간, 줄기에서 팔처럼 거대한 가지가 여러 개 돋았다. 그것 하나하나가 혈관이 지나는 것처럼 격렬하게 융기를 반복하며, 우지지직 성장을 이루었다.

이윽고 그 가지는, 수관의 바로 앞까지 가지 끝을 뻗어 엉키더니 말도 안 되는 크기를 가진 칠흑의 창으로 변했다. 수관이 머리고 줄기가 몸이라면, 이 창은 마치 치켜든 양팔과 주먹을 합친 것 같은 모습이었다.

창을 만든 것은 그야말로 말도 안 되는 경도를 가진 종언수를 더욱 압축한 것. 지금까지의 공격과 비교가 안 될 정도의 살의가 담겨있다. 그 살의를 창 안에만 담아둘 수 없는지, 슬그머니 검은색 안개가 흘러 나왔다.

"……이것은."

그 검은색 안개가 몸에 닿자, 토모야는 피네스의 살의를 느꼈다. 그와 동시에 어째서 토모야를 죽이려고 하는가에 대한 마음도 전해진다. 별로 싸운 경험을 한 적도 없는 주제에, 끽해야 신이 내려주기만 한 스테이터스를 휘둘러 다른 사람을 해치고 업신여긴다. 그런 존재가 살아 있어선 안 된다고, 그렇게 피네스는 생각하고 있었다.

그 의지를 느끼고, 토모야도 느끼는 바가 없는 것은 아니었다.

그렇지만.

"그게, 죽어줄 이유는 못 되지."

토모야는 오른팔을 옆구리에 붙이며 작게 자세를 잡았다.

이 세계에 온 뒤로 몇 번이나 생각했다. 그레이 울프에게서 신시아를 구할 수 있었던 것도, 리네와 함께 여행을 할 수 있게 된 것도, 루나리아가 좋아해주는 것도, 그것은 모두 토모야의 힘이 아니라 스테이터스 덕분이 아닌가 하고.

그렇지만 그러는 도중에, 그런 생각에 의미가 없다는 것을 깨달았다. 토모야가 얻은 힘의 이유 따위 아무래도 좋다. 중요한 것은 그것을 어떤 의지로 사용하는가이다.

그러니까.

『죽어라아아아아아아아아아아!』

토모야를 향해 휘두르는, 분명히 자신만이 아니라 이 자리에 있는 모두를 죽여버릴 위력을 가진 창의 일격을 보고, 강하게 생각했다.

"나는 이 힘을, 누군가를 구하기 위해서 쓰겠어."

그러니까 이런 곳에서, 누구 한 사람 죽게 만들 수는 없다.

"신성 마법, 불 마법, 병용—."

오른손에 담은 순백의 불꽃을.

"토모야!"

등 뒤에서 외치는 귀에 익은 리네의 목소리를 들으며, 그것에 힘차게 밀리는 것처럼.

"—광신(光爐)."

쏘아냈다.

눈부시게 빛나는 순백의 불꽃이 유린을 시작했다.

이 불꽃은 토모야의 눈앞에 떠도는 대기를 집어삼키고, 이윽고 거대한 창에 이르렀다.

그것은 파괴라고 하기에도 너무나 미지근한, 압도적인 힘이었다. 빛에 닿은 창끝에서, 일절 저항도 없이, 마치 어둠이 정화의 빛에 먹히는 것처럼 사라졌다.

순백의 불꽃은 그러고도 진격을 멈추지 않고, 피네스가 동화된 종언수의 수관과 줄기, 그리고 주변 일대를 둘러싼 돔마저도 소멸시켰다.

『—내가, 죽, 는, 건가.』

그런 일방적인 유린 가운데, 자신의 끝을 깨달은 피네스의 목소리가 마지막으로 울렸다.

그 빛은 이윽고 피네스의 살의마저 집어삼키고, 높게 높게, 하늘로 향하는 빛의 기둥이 되어 올라갔다—.

"후~."

색적을 사용해 피네스가 소멸한 것을 확인한 토모야는, 돔이 사라져 머리 위에서 내리쬐는 햇빛을 받으며 살짝 한숨을 쉬었다.

피네스 말처럼, 그가 동화되어 있던 것은 지상에 나와 있는 줄기와 수관 부분뿐이었으리라. 그것들을 소멸시키는 것으로 끝나서 다행이라고 해야 할까?

그런 감상을 품으면서, 지금 막 자신이 사용한 마법, 광신에 대해 생각했다.

광신이란 신성 마법과 불 마법, 다시 말해서 루나리아와 리네가 사용하는 마법을 보면서 떠올리고, 토모야가 스스로 만들어낸 마법이다. 주변을 모두 끌어들여 버리는 주먹과 달리,

이 순백의 불꽃은 토모야가 지정한 마력만 소멸시킨다.

필요 이상으로 피해를 넓히지 않고 적을 쓰러뜨리는 이 마법은, 분명히 앞으로도 사용할 기회가 있을 것이다. 토모야가 신에게 말도 안 되는 스테이터스를 받은 것은 사실이지만, 그것을 이용해 자신이 뭘 할 수 있는지 모색하는 것을 멈출 생각은 없었다.

토모야는 몸을 돌리고, 이제 죽은 피네스에게 고했다.

"하다못해, 편히 잠들어라."

이제, 살의에 가득 차지 않도록.

"……응?"

문득, 토모야는 주위에서 자신을 보는 수많은 시선을 깨달았다.

토모야와 피네스의 싸움을 지켜보고 있던 사람들이, 이제 끝난 건가 의문을 품고 있는 모양이었다.

그래서 토모야는 그 자리에서 엄지를 세우고, 씨익 웃었다.

"이제 괜찮아. 적은 쓰러뜨렸다."

그렇게 말한 순간, 와아 환성이 올랐다.

"굉장해! 저런 괴물을 쓰러뜨렸다!"

"이제, 살았구나!"

"그래. 저 녀석 덕분이야!"

낯간지러운 찬사 속에, 익숙한 목소리도 섞여 있었다.

"토모야 씨, 굉장해요……."

"멋있었어, 토모야!"

"저, 정말로 굉장한 거예요. 저 정도 강적을 쓰러뜨려 버리다니 진심으로 놀란 거예요."

"……앙리, 루나, 그리고 드리아드구나."

그 갤러리 속에는 언제부터 섞여 있었는지 앙리와 루나리아, 그리고 드리아드의 모습도 있었다. 앙리가 어째서 이 자리에 있는지는 모르겠지만, 루나리아와 드리아드는 짐작하고 있었다. 토모야가 지상으로 올라오기 전에, 드리아드에게 나중에 루나리아를 데리고 와 달라고 부탁을 했었다. 토모야가 지상에 돌아올 때에 모든 계층에 구멍을 뚫어놓았으니 그걸 통해 무사히 돌아온 것이리라.

그런 식으로 주위를 둘러본 다음, 토모야가 걸음을 옮긴 곳은 물론 그녀의 곁이었다.

"끝났어, 리네."

"……정말로, 너란 녀석은."

토모야가 뻗은 손을, 리네가 조금 복잡한 웃음을 지으면서 꼬옥 쥐었다. 그대로 상냥하게 그녀의 몸을 끌어당겼다.

"……리네?"

일어선 그녀의 표정이 어쩐지 울적한 것이 신경 쓰여 이름을 부르자, 그녀가 차분하게 말했다.

"결국 저 적을 쓰러뜨리는데, 토모야에게 힘이 되어주질 못했어. 미안. 내가 걸림돌이 되어 버렸어."

"아니, 갑자기 무슨 말이야. 리네가 걸림돌일 리 없잖아."

"어?"

당연한 것을 말했다고 생각했는데, 리네에게는 그 말이 예상 밖이었는지 놀란 것처럼 눈이 커졌다.

"내가 여기 오기 전까지 다른 사람들을 지킨 건 리네잖아. 리네가 없었으면 피해가 얼마나 컸을지 알 수도 없고…… 애당초 나는 리네를 걸림돌이라고 생각한 적이 없고, 앞으로도 절대로 없을 거야. 그러기는커녕 평소에도 이래저래 도움을 받기만 해서 정말 감사하고 있지. 그것만은 믿어줘."

"……"

"자, 가자. 다들 기다린다. 물론 나만 그런 게 아니라 리네, 너도 말야."

그 말은 거짓이 아니다. 실제로 사람들이 지르는 환성의 절반은 리네를 향한 것이었다. 그것만 봐도, 누구보다도 용감하게 피네스에게 맞선 것이 리네라는 것 정도는 토모야도 이해할 수 있었다.

리네가 어째서 자신을 비하하는 말을 하는지는 알 수 없었다. 그래서 하다못해 자신의 말이 거짓이 아니라고 전하는 것처럼, 마주 쥔 손에 꼭 힘을 담아 루나리아 곁으로 걸음을 옮겼다.

토모야의 손에 이끌리는 가운데, 리네는 조금 옛날 일을 떠올렸다.

—리네 엘레강테. 그것이 리네의 풀네임이다. 동대륙 미아레르드 동쪽 끝에 위치한 듀나미스 왕국 자작가의 장녀로, 위에 오빠가 셋 있었다.

듀나미스 왕국. 그곳은 실력 지상주의의 국가라고 할 수 있었다.

왕국 기사단에 입단하는 것, 해마다 한 번 열리는 무투 대회에서 상위의 성적을 남기는 것, 모험가로서 강력한 마물을 수도 없이 토벌하는 것. 그것들이 (본래 의미의) 스테이터스가 되고, 때로는 왕국에서 작위까지 내리는 경우도 있다.

엘레강테 가문의 당주, 다시 말해서 리네의 아버지 몬토도 그렇게 작위를 손에 넣었다.

그런 몬토가 아들이나 딸에게 거는 기대는 컸다. 어린 시절부터 리네는 엄격한 단련을 받았고, 그의 자식들은 어엿하게 성장을 이루었다. —리네를 빼고서.

검술, 불 마법, 공간 마법, 갖가지 뛰어난 스킬을 가진 리네에게 처음에는 커다란 기대를 보냈지만, 재주가 많은 것이 오히려 안 좋았을까? 무엇 하나 극치에 이르지 못했다. 결과적으로 성인 직전인 14세가 된 시점에서 D랭크에 상당하는 실력밖에 얻지 못했다. 나이를 생각하면 타당하지만, 엘레강테 가문의 지표로 보면 기대를 저버린 것이다.

서서히 집에서 취급이 안 좋아지고, 연관된 귀족들도 조금씩 거리를 두었다. 리네도 그런 환경에서 사는 것에 싫증이 났다.

그러나, 그런 가운데 어떤 사건이 일어났다. 리네가 사는 도시에 A랭크 상위 마물이 나타난 것이다. 몬토와 오빠들 세 명이 토벌에 나섰지만, 조금 뒤에 어떤지 보러 간 리네가 본 것은 상처투성이가 되어 패배한 몬토 일행의 모습이었다.

마물이 다음으로 공격한 것은 리네. 눈앞에 다가오는 죽음 앞에서 리네는 필사적으로 저항하여— 결과적으로 「뮤테이션 스킬 공간참화」에 눈을 뜨고 무사히 토벌에 성공했다.

그리고 리네를 둘러싼 환경은 일변했다. 순식간에 A랭크— 아니 S랭크에 이르는 힘을 손에 넣은 소녀 주위에 사람이 모여들었다.

가족을 포함하여, 지금까지 리네를 바보 취급했던 자들이 아양을 떨기 시작했다.

아양을 떠는 게 아니라, 리네를 라이벌로 보고 추락시키려는 자도 있었다.

어느 쪽이든 리네는 그 모든 것에 싫증이 나서 집을 떠나 여행을 하기로 했다.

물론, 가족들이 반대를 했지만 묵살했다. 무력 같은 걸로.

그리고 다양한 장소를 여행했다.

동대륙뿐이 아니라, 북대륙에 가본 적도 있었다.

그러나 어딜 가든 그녀가 안녕을 손에 넣을 수는 없었다.

리네의 실력을 알게 되면 수많은 사람이 아양을 떨었다. 개

중에는 그러지 않는 자도 있었지만, 그것은 결코 그녀와 대등한 장소에 있어준다는 것이 아니었다.

　리네에 필적할 정도의 실력자하고도 만났다. 그들은 예외 없이, 자신의 실력에 자만하고 거만한 태도를 취하는 자들뿐이었다. 그것이 나쁘다고 말하는 것이 아니다. 실력자가 그런 태도를 취하는 것은 이 세계의 상식이다. 다만, 리네가 조금 받아들이기 어려운 방식이었을 뿐이다.

　시간이 지나 리네는 가문, 직업, 스킬을 은폐로 감추게 되었다. 여행을 하는 것에도 지치고, 한때는 루갈에서 남은 생애를 느긋하게 보내고자 생각한 적도 있었다.

　그때, 리네는 「그」를 만났다.

　리네보다 훨씬 강력한 힘을 가진 그의 이름은 토모야. 그는 세계최강이라고 해도 과언이 아닌 힘을 가지고 있음에도 상식이 부족하고, 어쩐지 칠칠치 못한 존재였다.

　그렇지만, 그의 중심에는 확고한 의지와 강한 마음이 있었다.

　루나리아가 레드 드래곤에게 공격을 받았을 때, 앙리가 종언수의 이변에 대해 조사해달라고 부탁을 했을 때, 그리고 지금 막 그토록 강력한 적 앞에 나섰을 때. 어떤 때라도 그는 망설이지 않고 자신만이 아니라 누군가에게 바람직한 선택을 했다. 그리고 마지막에는 그것을 실제로 이룩해냈다.

　그런 그와 지내는 사이에, 리네는 불안한 생각이 들었다.

저 정도로 강한 몸과 마음을 가진 그에게는 자신의 존재 따위 필요 없는 것이 아닐까? 실력적인 면은 물론이고, 자신에게는 루나리아 같은 귀여움이나 마음의 치유력도 없으니까…… 한순간 토모야가 자신의 목욕하는 모습을 보았을 때 귀엽다고 말한 것을 떠올렸지만, 그건 좀 긴급 사태였기 때문에·세면 안 된다고 생각했다. 일단 치워두자.

종합해버리면, 리네는 토모야가 자신보다도 훨씬 뛰어난 존재라고 생각하고 있었다. 그리고 그 마음은 이번 일로 한층 강해졌다. 자신이 손쓸 도리가 없었던 적을 토모야는 압도해버렸으니까.

그렇지만, 그런 식으로 불안하게 생각하는 리네에게 토모야는 말해주었다. 너는 걸림돌 같은 게 아니라고. 리네가 토모야의 힘이 되어주고 있다고.

두 사람은 대등한 관계라고, 그렇게 말해주었다.

'그렇구나……. 나는 분명, 너 같은 존재를 찾고 있었어.'

어떤 때라도 리네와 대등한 장소에서, 함께 웃을 수 있는 존재를.

그것을 자각한 순간, 리네 안에서 신기한 감정이 떠올랐다. 기쁘기도 하고 낯 부끄러운 것 같기도 하고, 한 마디로 설명하기 어려운 그런 감정.

문득, 이제 와서 자신의 손이 토모야의 손을 잡고 있다는 것을 깨달았다. 그 사실을 자각한 순간, 얼굴에서 열을 느꼈다. 그렇지만 신기하게 놓고 싶다고 생각하지 않았다.

'……이 감정은, 대체 무엇일까?'

지금까지 느껴본 적이 없는 것. 가슴에 천천히 퍼지는 편안함이었다.

그 감정이 무엇인지 지금은 아직 알 수 없다. 다만, 그래도 토모야에게 전하고 싶은 말은 있었다.

"토모야, 고마워. 부디 앞으로도 잘 부탁해."

자신의 손을 이끌어주는 토모야의 등을 향해서, 리네는 그에게 들리지 않을 정도의 작은 목소리로 중얼거렸다.

에필로그 내일 봐

　그 종언수 사건이 끝난 뒤, 토모야는 부상자에게 치유 마법을 걸고 모두에게 이번 사건의 발단 따위에 대해 설명했다. 토모야가 종언수의 최하층까지 간 일에도 놀랐지만, 그 이상으로 종언수가 그 정도로 위험한 상태였다는 것이 경악의 대상이었던 모양이다.

　종언수에 뚫린 구멍이나 날아간 수관 따위에 대해서는 나중에 어떻게 해야 하겠지만, 일단 지금 그대로도 문제가 일어나진 않을 거라고 드리아드가 말해주었다. 그렇지만, 토모야는 내일 당장에 어떤지 보러 갈 셈이었다.

　이런저런 일이 있고 그날 밤, 토모야가 머무르는 여관에서도 성대한 연회가 열렸다.

　"자, 토모야 씨! 오늘은 오믈렛이에요. 드세요!"

　"그래, 고마워."

　"에헤헤, 천만에요!"

　오늘도 점원으로 일하는 앙리는 토모야의 눈앞에 부드럽고 맛있어 보이는 오믈렛이 담긴 접시를 두었다. 그에 대해서 감사의 말을 했을 뿐인데, 그녀는 대단히 기쁜 기색으로 웃어

주었다.

어째서 그렇게 기쁜 건지 의문스럽게 생각하는데, 앙리 옆에서 그녀의 어머니인 린나 씨가 쓱 고개를 내밀었다.

"죄송해요, 토모야 씨. 사실 앙리는 토모야 씨가 싸우는 모습을 보고 동경해버린 모양이에요. 돌아온 다음에도, 토모야 씨가 멋있었다는 얘기만 해서."

"자, 잠깐만 엄마 그건 말하지 마! 아니에요, 토모야 씨! 아니 결코 아닌 건 아니긴 하지만…… 아니에요!"

"아아, 괜찮아. 알고 있으니까."

앙리가 조금 혼란에 빠진 것 같아서 진정시키려고 토모야가 말하자, 앙리가 안도의 숨을 내쉬고 주방에 돌아갔다. 참 솔직한 아이다.

"토모야, 식기 전에 얼른 먹어버리자."

"응! 맛있을 때 먹어야 돼!"

"그것도 그렇네."

그리고, 같은 테이블에 앉은 리네와 루나리아가 말하기에 새삼 요리를 보았다. 이 식당에는 그때 종언수에 있던 사람들만 모여 있었는데, 이 테이블에는 토모야 일행 세 명만 앉도록 배려해 주었다. 그렇지만 자주 옆 테이블에서 말을 거는 사람들이 있어서 완전히 갈라진 건 아니었다.

""""잘 먹겠습니다.""""

뭐가 어찌됐든, 이렇게 오늘도 무사히 셋이서 테이블에 앉아 맛있는 식사를 먹을 수 있는 것에 감사하면서, 계속 이런

날이 이어지면 좋겠다고 마음속으로 중얼거리는 토모야였다.

◇◆◇

"그래서, 왜 이렇게 됐지?"

좋은 느낌으로 하루를 마무리했다고 생각한 토모야였지만, 진짜 곤경은 그 다음에 기다리고 있었다.

목욕도 하고 이제 자려고 했을 때, 갑자기 루나리아가 이렇게 말한 것이다. 「오늘은 다 같이 자고 싶어!」라고.

그리고 눈앞의 침대에는 이미 루나리아와 리네가 누워 있었다.

"자, 이제 토모야만 오면 돼! 얼른얼른!"

리네의 품 안에 쏙 들어간 잠옷 차림의 초절 귀여운 천사가 재촉하듯 자기 옆을 톡톡 두드렸다.

"아니, 나는 그래도 괜찮다고 할까 대환영이지만…… 리네도 정말 그래도 돼?"

"그, 그럼. 물론이지."

그렇게 대답하면서도, 리네의 얼굴은 붉게 물들어 있었다. 부끄럽다고 생각하는 것이 틀림없다. 그렇지만 그래도 용기를 쥐어짜 고개를 끄덕인 리네의 마음에는 응답해줘야 한다.

그런 면죄부와 함께, 드디어 토모야는 침대에 누웠다.

본래 1인용 침대라서, 셋이 누우니 좁았다.

"에헤헤. 어쩐지 즐거워."

한가운데 누워 두 사람 사이에 끼어 있는 루나리아는 그런

비좁음이 기분 좋다는 듯 웃었다. 그리고 잠시 꺅꺅 웃으며 좋아했지만, 아무래도 오늘은 여러 가지 일이 일어나서 피로가 쌓여 있었는지 천천히 잠에 빠졌다.

그렇게 되면 남은 토모야와 리네는 조금이지만 부끄러움을 느껴 버린다. 사이에 루나리아가 있다지만 침대는 그리 넓지 않고, 두 사람의 얼굴도 가깝다. 토모야가 살며시 리네의 모습을 살피자, 그녀 또한 같은 생각을 했는지 시선이 부딪혔다. 리네의 볼이 살짝 붉게 물든 것이 보였다.

무심코 고개를 돌려버릴 것 같았지만, 토모야는 꾹 참고서 말했다.

"우리가 만난 뒤로, 참 여러 가지 일이 있었네."

"……그래, 그렇지."

아직 부끄러움이 사라지진 않은 것 같지만, 리네는 상냥하게 맞장구를 쳐주었다.

"레드 드래곤을 같이 쓰러뜨리고, 루나랑 만나고, 오늘은 피네스라는 괴물이랑 싸우고."

"후훗, 정말로 그렇군. 토모야하고 만난 뒤로 지금까지, 경험한 일이 없었던 상식을 벗어난 일들만 일어난다. 그래도 신기하게, 나는 그게 싫지 않아."

"그래, 나도야. 리네랑 루나를 만난 뒤로, 매일 즐거워서 어쩔 수가 없어."

본래 있던 세계에서는 좀처럼 느낄 수 없었던 것. 그것이 이 세계에 온 뒤로 멈추지 않고 밀려들어온다. 그렇지만 그것은 이 세계 덕분이 아니라, 함께 있어주는 존재 덕분이라는 것을 토모야는 이해하고 있었다.

그래서, 아주 조금 장난기를 담아 토모야는 이렇게 말을 이었다.

"그렇게 됐으니까 리네, 「이번에야말로」 앞으로도 잘 부탁해."

"으, 서, 설마 토모야, 낮에 그게 들린⋯⋯."

"시간이 늦었네. 나도 이제 자야지."

"이, 이 녀석, 아직 이야기 안 끝났어!"

"우우~웅. 시끄럽게 하면 안 돼⋯⋯."

"으, 루, 루나한테 혼나 버렸다⋯⋯. 하아, 이제 됐어."

이미 꿈속에 있을 루나에게 혼나자, 리네는 풀이 죽으며 추궁을 포기한 모양이다. 그렇지만 아직 뭔가 말이 부족했는지, 작게 입을 열고.

"잘 자, 내일 보자."

상냥한 목소리로 고했다.

그래서, 그것에 답하여 토모야도.

"그래, 잘 자. 리네, 루나. 내일 봐."

앞으로의 미래에 기대를 보내면서, 조용히 눈을 감았다.

유메사키 토모야의 이세계 생활은, 앞으로도 이어진다.

신계의 장 I 주신 엘트라

새하얀 공간. 그곳에 의자가 하나. 그리고 그 의자에 앉은 소녀가 있었다.

순백의 긴 머리칼, 칠흑의 눈동자, 보는 자 모두가 눈을 부릅뜰 법한 미모를 가졌다.

그 소녀— 알피스를 다스리는 주신 엘트라는, 싱글싱글 웃으면서 눈앞에 떠오른 마력으로 만들어낸 두 개의 모니터를 보았다.

한쪽은 다갈색 머리에 용모가 단정한 청년이 동료 여성들과 함께 미궁에 도전하는 모습.

그리고 또 한 쪽에는 검은 머리의 청년이 붉은 머리 여성과 백발의 소녀와 함께 즐겁게 대화하는 모습이 있었다.

"파격적인 스테이터스를 준 보람이 있어서, 아무래도 둘 다 각자의 목적을 향해서 순조롭게 나아가는 모양이네."

코코노에 유우와 유메사키 토모야를 포함한, 이세계에서 온 다섯 명의 방문자에게 스테이터스를 내린 장본인은 만족스럽게 중얼거렸다. 그 표정은 마치 음모를 꾸미는 것처럼 보였다.

"그건 그렇다 치고, 그들은 이번 일에 대해서 어떤 의견을 낼까? 내가 보기에 유우 군 쪽은 순순히 프레아로드 왕국의 국왕 프레드의 말을 믿고서, 마왕을 쓰러뜨리기 위해 행동하고 있어. 그리고 토모야 군에 이르러서는 왕도에서 추방…….
아차, 듣기 안 좋네. 루갈에서 생활이 보장되었는데도, 스스로 이 세계에 흥미를 품고 여행을 시작했군. 그리고 그녀들 같은 뮤테이션 스킬을 가진 존재와 만나기에 이르렀다…….
그래."

거기서 한 번 말을 멈춘 다음, 엘트라는 말했다.

"대략, 내가 쓴 줄거리대로 진행되고 있네."

유우 일행은 일단 제쳐두고, 토모야에게 「저 스테이터스」를 내리면 그리 머지않아 왕도에서 추방되는 것은 알고 있었다. 그 뒤의 전개는, 일부러 엘트라가 간섭할 것도 없이 마치 운명에 이끌린 것처럼 그녀들과 만났다.

엘트라가 어째서 저 정도의 파격적인 스테이터스를 내렸는지, 뮤테이션 스킬에는 무슨 의미가 숨겨져 있는지, 그리고 그 앞에 기다리는 진실을, 그는 아직 모른다.

그렇지만 지금은 그거면 된다. 이윽고 싫어도 그 현실과 마주해야 할 때가 올 테니까. 따라서 현재 그에게 가장 중요한 문제는 그게 아니라—.

"이얏호~! 나 왔어, 엘트라 씨!"

—엘트라의 사고를 가로막는 것처럼, 소녀처럼 활기찬 목소리가 울렸다. 돌아보자, 그곳에는 방금 전까지 존재하지 않던 문이 나타났고 다갈색 트윈 테일이 특징적인 귀여운 소녀의 모습이 있었다.

당연히 엘트라는 그 소녀를 알고 있었다.

"안녕? 노움. 오늘도 여전히 기운차구나."

"응, 그렇지~."

그 소녀의 이름은 노움. 엘트라를 섬기는 4대 정령 중 하나이며 땅의 정령이다.

얼마 전에 내린 지령에 관한 얘기를 하러 온 것이리라.

"엘트라 씨 말대로, 종언수에 일어난 문제가 해결될 때까지 보고만 있었어. 하지만 정말로 내 도움 없이 핵의 문제를 해결하거나 종언수에서 태어난 마신을 쓰러뜨릴 수 있을 거라고는 생각 못했어!"

"그러니? 그건 다행이야. 물론 나도 여기서 사태는 파악하고 있었지만 말야. 자, 이걸로 그들의 행동을 보고 있었어."

"에~ 그러면 난 필요 없었잖아! 일 땡땡이치고 잠이나 잘걸 그랬네!"

"아니지. 만약의 때를 위해 준비가 필요했어. 나는 아주 조금밖에 하계에 간섭할 수 없으니까. 가능한 한 대비해두고 싶었지."

"움~. 뭐 좋아~."

토라진 것처럼 볼을 부풀린 노움을 보고, 엘트라는 후훗 작게 웃었다.

결과적으로 노움의 힘을 빌리게 되지는 않았지만, 그래도 그녀가 만약의 때를 위해 대기하고 있어준 것은 엘트라에게 대단히 도움이 되는 일이었다. 그러나 일부러 그걸 말해줄 필요도 없으리라. 노움 자신이 그것을 이해하고서 토라져 있을 테니까.

"어디, 새삼 이 사건에 대해서 복습해볼까?"

현재 엘트라와 노움이 이야기하는 것은, 몇 시간 전에 발생한 종언수 폭주 사건에 대해서였다.

본래 예상했던 시기보다도 꽤 빨리 종언수의 핵이 흡수할 수 있는 마력량이 한계를 맞이했기 때문에, 본래는 노움이 준비해야 할 새로운 핵으로 교체되지 못했다.

그에 따라서 미처 흡수하지 못하고 흘러나온 마력이 한 곳에 모여, 피네스라는 괴물을 만들어냈다. 적어도 종언수를 관리하는 드리아드는 그렇게 생각할 것이다.

그러나, 그 생각에는 조금 잘못이 존재한다.

"엘트라 씨는 왜 일부러 이세계에서 온 용사란 거에 이번 사건의 해결을 맡겼어? 핵이 한계였다는 걸 깨달은 시점에서 내가 새 걸 가져갔으면 간단히 해결됐을 거라고 생각하는데~."

노움이 말한 것처럼 엘트라는 종언수의 핵에 이변이 일어나는 것을 미리 깨달았으며, 더욱이 피네스가 태어나기 전에 새로운 핵을 설치하는 것도 가능했다.

그러지 않은 이유는 간단하다.

"토모야 군 자신의 손으로, 피네스를 쓰러뜨려줬으면 했거든."

"어째서~?"

"전에도 설명했지만, 뭐 됐어. 토모야 군은 앞으로를 위해서도, 갖가지 강적과 싸워줄 필요가 있어서 그래."

종언수의 핵에 이변이 생긴 것을 깨닫고 조금 뒤, 리네의 제안으로 토모야 일행이 피네스 국으로 가는 것을 알았다. 그때, 이번 사건에 대해 그에게 일임할 것을 엘트라는 결단한 것이다. 따라서 노움에게도 만약의 때에 대처하는 것 말고는 부탁하지 않았다.

결과적으로 토모야는 단 한 명의 희생도 내지 않고 피네스를 압도하고, 종언수 및 피네스 국의 위기를 구해주었다. 이 경험이 이윽고 토모야를 위한, 그리고 세계를 위한 일이 될 것을 엘트라는 확신하고 있었다. 그렇게 생각하는 이유는 전에 노움에게 말했던 그대로다. 그녀도 그것을 떠올렸는지, 납득한 것처럼 고개를 끄덕였다.

따라서 현재 엘트라가 문제시하는 것은, 실제로 일어난 사건이나 그 해결 방법에 대해서가 아니었다. 어째서 그 사건이 일어났는가에 대해서다.

애당초 일의 발단은 종언수의 핵이 흡수할 수 있는 마력량이 한계를 맞이한 것에 있다. 언젠가 그렇게 될 거라고 예상하고 있었지만, 그것은 수십 년 뒤가 되었어야 했다.

종언수로 가는, 사람들이 사용한 마력의 양이 크게 상승한 이유. 그것은 세계의 모든 것을 파악하고 있어야 할 엘트라조차도 알 수 없었다. 그저 타이밍이 나빴다면 그거면 된다. 그러나, 만약 뒤에서 의도적으로 이번 사건을 일으킨 존재가 있다면—.

'설마…… 아니, 그건 있을 수 없겠지.'

머리에 떠오른 최악의 가정을 떨치는 것처럼 숨을 내쉬었다.

적어도 「그」는 그런 에두르는 수단을 고르지 않는다.

"지금 상황에서는, 생각해봤자 소용없네."

"왜 그래? 엘트라 씨."

"아무것도 아냐. 보고하느라 수고했어. 평소 하던 일로 돌아가 줘."

"후에에, 귀찮아…… 뭐 적당히 열심히 할게요. 안녕~."

결론을 내고 엘트라가 말하자, 노움은 어깨를 떨구면서 나른한 기색으로 문을 통해 모습을 감추었다. 남겨진 엘트라는 시선을 모니터로 돌렸다.

그 중에서 한쪽을 바라보며, 상냥한 음색으로 중얼거렸다.

"……토모야 군, 너는 언젠가 이 세계를 구해줘야겠어."

앞으로 그에게 무엇이 기다리고 있는지, 그것을 전달하는 것은 아직 할 수 없다.

그래서 그 날이 올 때까지는, 하다못해 바란다.

"부디 그때까지, 이 세계를 조금이라도 좋아해줘."

『스테이터스 올 ∞ 2』로 계속〉

스테이터스 올 인피니터 1

초판 1쇄 발행 2021년 5월 10일

지은이_ Nagato Yamata
일러스트_ Sisoo
옮긴이_ 박경용

발행인_ 신현호
편집부장_ 윤영천
편집진행_ 김기준 · 김승신 · 원현선 · 권세라 · 유재슬
편집디자인_ 양우연
관리 · 영업_ 김민원 · 조인희

펴낸곳_ (주)디앤씨미디어
등록_ 2002년 4월 25일 제20-260호
주소_ 서울시 구로구 디지털로 26길 111 JnK디지털타워 503호
전화_ 02-333-2513(대표)
팩시밀리_ 02-333-2514
이메일_ lnovelpiya@naver.com
ㄴ노벨 공식 카페_ http://cafe.naver.com/lnovel11

STATUS ALL INFINITY 1
© Nagato Yamata 2018
Originally published in Japan by Shufunotomo Infos Co., Ltd.
Translation rights arranged with Shufunotomo Infos Co., Ltd.
Through Shufunotomo Co., Ltd.

ISBN 979-11-278-5973-2 04830
ISBN 979-11-278-5972-5 (세트)

값 7,800원

©Kou Yatsuhashi/OVERLAP
Illustration Mito Nagishiro

왕녀 전하는 화가 나셨나 봅니다 1~2권

야츠하시 코우 지음 | 나기시로 미토 일러스트 | 이진주 옮김

왕녀이자 최강의 마술사인 레티시엘은
전쟁으로 목숨을 잃고 천 년 뒤의 세계에 전생한다.
그녀는 마력이 없다는 이유로 무능영애로 취급 당하지만,
레티시엘로서 익힌 「마술」은 사용할 수가 있었다.
그 뒤, 학원에서 레티시엘은 천년 뒤의 「마술」을 직접 목격하고—
그 조잡함에 격노한다!
레티시엘이 선보인 「마술」은 학원을 경악시키고,
이윽고 국왕에게까지 알려지기에 이른다.
정작 레티시엘은 「마술」 연구에 몰두하느라
그 사실을 전혀 알아차리지 못하는데—?!

전생 왕녀가 자신의 길을 걷는
최강 마술담, 개막!!

라이트노벨의 새로운 빛! ㄴ노벨의 신간은 매월 10일에 발매됩니다. http://cafe.naver.com/lnovel11

아라포 현자의 이세계 생활 일기 1~8권

코토부키 야스키요 지음 | JohnDee 일러스트 | 김장준 옮김

정리해고 당한 후, 매일 밭을 돌보며 『제로스 멀린』으로서
게임에 빠져 살던 백수 아저씨, 오사코 사토시(40세).
오리지널 마법을 만들어 명실상부 톱 플레이어가 된 그는
최종 보스를 무난하게 공략하지만
로그인 중 발생한 어떤 사고로 생을 마감한다.
그는 홀로 죽었다고 생각했지만,
정신을 차리고 보니 거대한 산림 지대의 한가운데에 서 있었다.
이세계 여신의 말에 따르면 그는 게임 속 능력을 이어받아 전생했다고 한다.
대산림 지대에서 서바이벌을 거치고 전(前) 공작 노인과 만난 제로스는
현자로서 능력을 인정받아 마법을 쓰지 못하는 소녀의
가정교사 일을 의뢰받는데—?!
"나는 평온한 일상이 인생의 모토인데……."

마흔 살 현자의 이세계 생활 일기 개시!

라이트노벨의 새로운 빛! L노벨의 신간은 매월 10일에 발매됩니다. http://cafe.naver.com/lnovel11

곰 곰 곰 베어 1~14권

쿠마나노 지음 | 029 일러스트 | 김보라 옮김

게임이 현실보다 재밌습니까?—YES
현실 세계에 소중한 사람이 있습니까?—NO

……온라인 게임 설문 조사에 대답했을 뿐인데
말도 안 되는 이세계(아마도)로 내던져진 나, 유나.
은둔형 경력 3년의 폐인 게이머.
맨 처음 장착하게 된 장비템이 『곰 세트』라니…….
이게 무어야—!?
하지만 세고 편하니까 뭐, 괜찮으려나?
울프를 쓰러뜨리고, 고블린을 쓰러뜨리고
극강 곰 모험가로서 일단 해볼까요.

은둔형 외톨이 소녀, 이세계에서 무적의 곰 모험가가 되다!

© Yomu Mishima 2018
Illustration Tomozo

세븐스 1~6권

미시마 요무 지음 | 토모조 일러스트 | 이경인 옮김

여신을 숭배하고, 검과 마법이 존재하는 세계에서
영주 귀족의 장남으로 태어난 라이엘은 15세에 집에서 쫓겨난다.
이유는— 여동생 세레스에게 패했기 때문에.
과거에는 천재, 기린아라 칭송을 받던 라이엘은
세레스의 영향으로 서서히 냉대를 받으며 연금 생활을 보냈다.
상처 받은 라이엘은 저택 뜰에 살던 노인에게
구조를 받아 보옥이 달린 목걸이를 받는다.
노인이 선대— 라이엘의 조부에게서 맡아놓은,
【아츠】가 기록된 푸른 옥은 월트가의 가보라고 할 수 있는 것이었다.
역대 당주 7인의 아츠가 기록된 보옥을 받은 라이엘은
그것을 갖고 저택을 나서는데—